Mi sono scordata di fidanzarmi con te

Laura Tait & Jimmy Rice

Mi sono scordata di fidanzarmi con te

BOOKME

Titolo originale dell'opera: *The Best Thing That Never Happened to Me*
Traduzione dall'inglese: Leonardo Taiuti

Prima edizione giugno 2014
www.deagostini.it
Redazione: corso della Vittoria 91, 28100 Novara

Prologo

ALEX

Maggio 2010

«Dicono che non bisognerebbe mai tornare indietro, eppure lo fanno tutti. Ogni cosa ritorna, per una seconda occasione. Guarda i pantaloni a campana. E i cazzo di Take That».

Sono disteso sull'erba. Non importa se gli insetti mi pungono. Gli ultimi raggi di sole mi scaldano il viso e le braccia. Accanto a me Holly, seduta a gambe incrociate, è intenta a intrecciare una collana di margherite.

«Di che parli, Al?».

«Di noi due. È come se fossimo tornati indietro, per ricominciare. Come se ci fossimo ravveduti».

Holly resta concentrata sulla collana, ma vedo che cerca di trattenere un sorriso. «I pantaloni a campana saranno tornati di moda a Mothston, magari, ma altrove non credo proprio».

«Sono serio» insisto. La mia teoria ha origine nella lattina di sidro posata sull'erba accanto a me, ma ha comunque un fondamento.

«Stai dicendo che tu e io siamo come i Take That?».

«Sì, ma senza i soldi e le fan scatenate».

Finalmente Holly mi guarda e sorride. «Tu saresti Gary Barlow. Sempre così perfettino e giudizioso. E più bello con il passare degli anni».

«E tu saresti Robbie».

«Quello che prima era grasso?».

«No» rido. «Il ribelle che ha tagliato la corda alla prima occasione».

Holly torna alla collana di margherite, ma ha un'espressione più pensierosa, come se non si stesse concentrando fino in fondo.

«È vero, comunque» aggiungo. «Questo è un po' come il nostro primo tour dopo la réunion».

«Al?».

«Eh?».

«Mi passi un altro sidro per favore?».

Annuisco, pesco una lattina dal sacchetto di plastica e gliela lancio. Sorrido dentro di me. Sono felice che siamo qui, Holly e io, e cerco di non pensare al sole che sta tramontando. Aspetto questo momento da tanto tempo, e vorrei che oggi non finisse mai.

Capitolo 1

HOLLY

Settembre 1999

Quando mi sveglio, mi sento diversa.

Non diversa come credevo, lo ammetto. Niente del genere sprizzo di gioia, non sto più nella pelle o vedo il mondo con occhi nuovi.

Ma so cosa devo fare.

Mi si stringe un nodo allo stomaco se ripenso a ieri sera, anche alla prima parte, quando mi stavo divertendo. Ellie e io abbiamo cominciato a buttare giù litri di Turbo Shandy (50% birra, 50% Smirnoff Ice, 100% MAI PIÙ) e a ballare come pazze in giardino. Faceva ancora piuttosto caldo per essere settembre, solo passata mezzanotte la festa si è trasferita dentro casa di Ellie.

La telefonata ad Alex risale a una manciata d'ore dopo. Non posso credere di aver pensato che chiamarlo nel cuore della notte e da sbronza fosse l'ideale per confessargli cosa provo. Che vorrei fossimo più che semplici amici, e da un sacco di tempo. Grazie a Dio, non ha risposto. Non che abbia cambiato idea: deve sapere. Ma è piuttosto importante che non sbrocchi mentre glielo dico.

Mi tolgo la maglietta evitando accuratamente lo specchio, afferro l'accappatoio e mi precipito in bagno. Al rientro a casa, ieri notte, ho fatto una doccia bollente, e me ne faccio un'altra adesso: mi godo il calore mentre la pelle si arrossa, poi mi decido a uscire e mi infilo un paio di jeans e una maglia blu (Alex dice che il blu mi dona), prima di scendere in soggiorno.

«Mamma, puoi darmi uno strappo a casa di Alex?».

«Certo, Holly. Tanto *Un detective in corsia* è quasi finito». Il suo sguardo rimbalza fra me e la TV. «Ho una teoria. Vedi quel tipo? Tutti pensano che abbia ucciso la moglie, ma credo che lei abbia inscenato…».

Non ce la posso fare. Un personaggio di fantasia che ha ucciso la moglie è l'ultimo dei miei problemi, al momento. Per fortuna, lei era a letto quando sono rientrata, ieri notte. Stamattina posso cavarmela, ma se mi avesse vista in quelle condizioni, non sarei riuscita a farla franca neanche con un'interpretazione da premio Oscar.

«Non ti preoccupare, vado a piedi». Almeno, nel frattempo posso decidere cosa dirgli.

Forse dovrei andare dritta al punto? Oppure prenderla alla larga e cominciare con una spiegazione? Dovrei raccontargli della serata peggiore della mia vita? Dirgli che al solo pensiero mi viene da piangere, mi si accappona la pelle e mi scoppia la testa? Che l'unica persona che avrei voluto vedere dopo era lui? Che è il mio migliore amico e a lui ci tengo da sempre, ma da due anni a questa parte provo qualcosa di più?

Finora non l'ho mai ammesso. Sono perdutamente innamorata di Alex Tyler. LO AMO. Il mio migliore amico, lui che mette sempre gli altri prima di se stesso (suo padre, gli amici, me) anche se negli ultimi due anni non se l'è passata benissimo. Amo potergli parlare di tutto, e che mi dica ciò che pensa veramente, non quello che secondo lui vorrei sentirmi dire. Amo che si offra sempre di portarmi la borsa, anche se gli ho ripetuto mille volte che sono in grado di farlo da sola. Amo che indossi maglioni di lana, e nemmeno con ironia. Potrei amare persino i suoi capelli da secchione? Credo proprio di sì. E comunque, potrei sempre spedirlo da un bravo parrucchiere. Amo quando mi faccio un panino e lui mi viene dietro per ripulire il casino che lascio. Amo che ne sappia a pacchi su attori, musica e libri, roba che agli altri ragazzi non interessa per niente. Amo che tenga i CD in ordine alfabetico e amo che abbia organizzato *i miei* allo stesso modo, anche se sul momento ho riso. L'ho mai ringraziato per questo? Glielo dirò dopo avergli confessato che lo amo alla follia, letteralmente (lo amo perfino perché mi rimprovera l'abuso della parola "letteralmente").

Cosa mi risponderà? Dirà «Anch'io»? Conoscendolo, vorrà prima parlarne. Analizzare la questione in stile Alex per capire se sia davvero quello che voglio.

Oppure farà una faccia sconvolta e spiegherà imbarazzato che mi vede solo come un'amica, una sorella, ed è tanto lusingato ma, no, non c'è storia tra noi? Ricordo il primo giorno, in quarta. Sua madre era morta da poco e stavamo andando a scuola insieme. Parlavamo dei suoi genitori, mi pareva molto triste e così l'abbracciai, ma l'espressione sul suo volto… sembrava che gli si fosse avvicinato un cane rabbioso in cerca di una carezza.

Il ricordo brucia ancora, ma non abbastanza da spingermi a voltare i tacchi, tornare a casa e infilarmi di nuovo a letto. Devo sapere, nel bene o nel male, e questa può essere l'ultima occasione.

Okay, magari il tempismo non è dei migliori, visto che sto per cominciare l'università a Londra e lui rimarrà nello Yorkshire. Non che avrei basato su di lui la scelta, intendiamoci, non sono quel tipo di ragazza. Ma è un po' frustrante, se penso che siamo vissuti per sette anni a pochi isolati. Perché non ho mai avuto il coraggio di dirglielo? Avrei dovuto dar retta a mia madre tutte le volte che scherzava sul fatto che ci saremmo sposati. Lo dicevano tutti, ma io li zittivo, ribattendo che eravamo solo amici. Per anni l'ho pensato sul serio. Poi, però, ho continuato a dirlo solo perché temevo che, se non l'avessi fatto, avrebbero indovinato i miei sentimenti e mi avrebbero presa in giro.

Ora me ne infischio di quel che pensano gli altri. E se Alex è d'accordo, possiamo fare in modo che la storia funzioni anche a distanza. Tornerò appena possibile e parleremo per ore al telefono, come facciamo anche adesso d'altra parte. E ci spediremo montagne di lettere d'amore. Sarà tanto romantico. E quando farò un viaggio, Alex verrà con me. Un sacco di gente insegna inglese all'estero, ho letto. E il suo sogno è fare l'insegnante, perciò…

Si gela – mi sa che l'estate è ufficialmente finita – quindi cammino veloce e mi distraggo sognando a occhi aperti i nostri fine settimana insieme: io che mi precipito giù dal treno e gli corro incontro, lui che mi solleva mentre gli allaccio le gambe intorno alla vita. Nella fantasia è un vecchio convoglio a vapore, ma non sarebbe meno romantico se si trattasse di un normalissimo treno della Midland Mainline e io mi trascinassi faticosamente dietro il trolley prima della scena in cui gli salto fra le braccia.

«Oh, ciao Holly» mi accoglie il padre di Alex, facendosi da parte per farmi entrare. «Niente giubbotto? Fa freddino, ormai. Ti va un tè?».

Di solito chiacchiero volentieri con lui, specialmente adesso che mi sembra molto solo, ma stavolta gli dico di no e tento di ignorare la sua delusione.

«Alex! C'è Holly» grida verso le scale. «Sali pure, cara».

Alex ovviamente non ha sentito. È sotto la doccia, sta canticchiando un motivo su un pazzo e un verme che abbiamo ascoltato qualche volta in auto. Mi siedo sul letto e aspetto.

La stanza mi è familiare quanto la mia. Il grande poster di Che Guevara sopra il letto, i libri dell'università impilati con precisione sulla scrivania, il pigiama perfettamente stirato e piegato con cura sopra il cuscino, come sempre.

Per un periodo ho pensato che fosse banale. Noiosetta, per dirla tutta. Ma quando la mamma di Alex è morta, ho cominciato a passare di qui per cercare di tirarlo su e parlavamo fino a tardi, finché non mi addormentavo vestita sulle coperte. E allora ho cominciato a vederla con altri occhi. È calda. E sicura. Un bozzolo che ti protegge dal mondo esterno. È come se niente di male potesse raggiungerti, qui dentro.

«Oh, ciao» fa Alex. È sulla porta con un asciugamano attorno alla vita, e io mi sento arrossire. Le goccioline d'acqua gli imperlano il torace, che si è fatto più ampio negli ultimi tempi, e scorrono giù verso la vita stretta. Cerco di rispondere al saluto, ma ho la gola secca e la voce rauca. Datti un contegno, Holly. L'hai già visto a torso nudo. Con i capelli e le ciglia bagnati, e profumato di sapone.

In vita mia non ho mai desiderato così tanto abbracciare qualcuno.

«Che posso fare per te, piccola?».

PICCOLA?

Lascio perdere il saluto insolito e gli prendo la mano. «Devo dirti una cosa».

«Su ieri sera? Com'è andata?».

È la mia immaginazione o c'è una punta di sarcasmo nel tono? Cerco il suo sguardo, ma mi lascia la mano e si guarda intorno, come se cercasse qualcosa, ed è strano, perché tutto è in perfetto ordine, ogni cosa al suo posto, come al solito. Infilo le mani in tasca per nascondere l'imbarazzo.

«In realtà, ecco, volevo parlarti di questo. Ho cercato di chiamarti ieri. Io…».

«Oh, sì, scusa, non ho risposto». Sorride mentre si passa il deodorante. «Avevo un appuntamento e diciamo solo che ero occupato. Non so se mi spiego».

A scanso di equivoci, mi fa l'occhiolino.

Ma che sta succedendo? È così poco da lui. L'Alex che conosco è gentile, premuroso, dolce… E poi un APPUNTAMENTO con chi, porca miseria?

«Con chi sei uscito?».

«Non la conosci. Si chiama Jane. Gran fisico, tette grosse, bacia da Dio».

Okay, c'è qualcosa che non va. Queste sono stronzate alla Kev, e Alex quando lo sente si mette una mano sulla fronte e scuote la testa.

Mi sono immaginata un sacco di volte il momento in cui gli avrei confessato i miei sentimenti, ma non avrei mai pensato di essere così nervosa. Sono perfettamente in grado di chiedere a un ragazzo di uscire, non ho bisogno di aspettare che me lo chieda lui, come fanno di solito le ragazze: è patetico e banale. E poi, dài, non è possibile che provi qualcosa per questa Jane. Devono essersi appena conosciuti. Non è nulla in confronto a quello che c'è fra noi. No?

«Quindi pensi di rivederla?». Di' di no, di' di no, di' di no.

«Certo. Spero stasera, in realtà. Per questo la doccia».

Mi fa un altro occhiolino e mi si ferma il cuore. Non so se per la gelosia o per l'imbarazzo. E se fosse solo un COLOSSALE errore? Se per tutto questo tempo avessi pensato di essere innamorata di Alex, quando in realtà amo una versione fasulla di lui e non lo conosco affatto? Un po' come qualche anno fa, quando mi presi una cotta per Abel, il professore di francese. Passai tutta l'estate a sognare che avevo venticinque anni, lo incontravo in un caffè di Parigi, ci innamoravamo davanti a un *croissant* e ci baciavamo sotto la Tour Eiffel. A settembre, alla prima lezione ero emozionata e agitata all'idea di vederlo. Ma quando si presentò con i baffi e i discorsi sulla coniugazione dei verbi, mi venne subito da pensare: ma che diavolo avevo in testa?

Forse non ho il cuore spezzato. Forse mi fa solo male scoprire che dopotutto Alex è come gli altri ragazzi, che fingono che tu gli piaccia davvero solo per ottenere quel che vogliono.

Non me ne importerebbe granché, se non provassi quello che provo. È impossibile che non abbia capito un tubo di lui, per tutto il tempo. Cerco ancora il suo sguardo.

«Che guardi?» chiede lui ridendo, e mi sento le guance

in fiamme. Non ho nemmeno il tempo di ricompormi che mi fa: «Cos'è che volevi dirmi, piccola?».

Okay, da dove esce questa stronzata che ora mi chiama "piccola"? Non l'ho mai sentito chiamare così nessuno in vita sua, suona strano detto da lui. Sono una qualunque?

Sono io, Holly! Glielo devo far presente. Ma non posso. Non posso dire nulla di quello che vorrei, perché non sarebbe dovuta andare così.

Mi limito a deglutire, cercando di mandar giù il nodo che sento in gola, e gli sorrido rassegnata. «Sono venuta solo per salutarti. Nei prossimi giorni sarò impegnata con il trasloco, poi mio padre mi accompagnerà in macchina a Londra. E chissà quando ci rivedremo...».

Studio il suo viso, in attesa di una reazione, ma è una sfinge. Eppure, quando apre bocca per rispondermi, spero che mi chieda di che cavolo sto parlando, perché in questi giorni ci vedremo eccome, a costo di venire ad aiutarmi con gli scatoloni. E naturalmente verrà a trovarmi presto. Poi mi stringerà in un abbraccio e...

«Chissà?» risponde, alzando le spalle. «Forse la Mothston Grammar organizzerà una festa per gli ex studenti tra dieci anni. E allora tornerai dai tuoi viaggi, sposata a uno strafigo australiano e con un sacco di figli».

«Sì, forse». Ridacchio. «E tu, invece, sarai preside di una scuola e sarai troppo occupato per venire».

«Forse».

Gli prendo la mano e ci guardiamo per circa sette secondi, poi lui la ritira e si scosta i capelli bagnati dal viso. Infine, inizia a tirare un filo dell'asciugamano, imbarazzato come me. Mormoro l'ultimo saluto e me ne vado, chiudendomi la porta alle spalle.

Le lacrime iniziano a scendere solo quando esco da casa sua. Non so se e quando rivedrò Alex Tyler, ma so che non vedo l'ora di andarmene il più lontano possibile da Mothston.

Capitolo 2

ALEX

Gennaio 2010

Onomatopea.

Mi volto e chiedo ai miei studenti il significato della parola scritta alla lavagna. Si alzano otto mani. Le solite.

«Sì, Isabella?».

«“Onomatopea” è una parola che suona come l'azione che descrive» spiega, come se leggesse da un libro. «Come *bang*, o *clic*».

«Bene. Adesso, qualcuno mi fa un altro esempio di onomatopea?».

Stavolta cerco il contatto visivo con i meno ansiosi di parlare.

«Jack?» chiedo speranzoso.

Jack Couchman è quanto di più vicino ci sia a un teppista, qui alla Mothston Grammar: le sue peggiori canagliate sono state rifiutarsi di infilare la camicia nei pantaloni e dare ogni tanto una risposta impertinente. Negli ultimi anni mi sono ritrovato spesso a desiderare che questi ragazzini avessero una maggiore inclinazione alla ribellione. Vorrei beccarne uno a fumare erba dietro i laboratori o scoprire qualche atto vandalico nella sala computer. Certo, non che io abbia fatto nulla di simile quando studiavo qui, proprio sul banco che oggi occupa Isabella Smart.

«Che ne dice di “vulva”, professore?» dice Jack, agitando una penna tra pollice e indice. La minoranza della classe che non alza mai la mano ridacchia, e io lascio che Jack si goda il momento. Non fa male lasciargli fare un po' il ribelle, ogni tanto. Inoltre, non ce la faccio a concentrarmi sulla linguistica rudimentale, oggi. Sono nervoso per stasera.

«Perché facciamo questa roba?» chiede Jack dopo un po'. «Voglio dire, a che ci serve conoscere le onomatorobe?».

Scruto fuori dalla finestra per trovare ispirazione, ma è una di quelle giornate che perfino un meteorologo avrebbe difficoltà a descrivere: né piovosa, né soleggiata, né troppo fredda, né particolarmente temperata, visto il periodo dell'anno. Ho perso il conto delle volte in cui, negli ultimi sei anni, mi è stato chiesto perché si studi qualcosa, eppure non riesco mai a dare una risposta migliore di «Per farti superare l'esame». Che è sicuramente il problema principale per gran parte di questi ragazzini.

Quando sognavo di fare l'insegnante, m'immaginavo come uno di quei professori carismatici da film, un incrocio tra Coach Carter e John Keating di *L'attimo fuggente*. Ma non riesco proprio a immaginarmi Samuel L. Jackson o Robin Williams impelagati in una discussione sulle onomatopee. O sulle vulve.

Cinque ore dopo l'ultima campanella della settimana, mi ritrovo a passeggiare alla stazione, davanti al piccolo *diner* che un tempo apparteneva a Sue, l'amica di mia madre. Ora è chiuso. Sue aveva un'indole ansiosa, che rendeva il trasporto di tazze e zuppiere molto difficile e caotico. Alla fine questo tratto caratteriale l'aveva costretta a vendere tutto. Si era messa a fare la parrucchiera e mamma la invitava sempre da noi per farle fare pratica sul sottoscritto. Come se avessi avuto bisogno di aiuto per far scappare le donne.

Passo di fronte alle serrande chiuse, osservo il tabellone per vedere quando arriva il prossimo treno per York e mi appoggio alla biglietteria automatica. Abbiamo deciso di vederci qui. Sono nervoso, tamburello le dita sui fianchi, quindi mi infilo le mani in tasca e alzo lo sguardo verso il soffitto di vetro. Mi appaiono davanti costellazioni intere di cacche di piccione e mi chiedo come ho fatto a non notarle prima. Sto giusto pensando che è un po' come guardare le stelle, quando un'ombra mi si para davanti.

È lei. Fiona. Il mio primo appuntamento organizzato su Internet. Vestita con jeans aderenti, un soprabito con la cintura e una frangetta che la fa sembrare il tipo di donna sempre pronta a dire qualcosa di interessante.

Lo so che è squallido ricorrere agli appuntamenti online. L'unico motivo per cui mi sono iscritto al sito, il mese scorso, è che ho iniziato a chiedermi come avrei fatto a trovare una ragazza in una città in cui ogni donna conosce la storia della mia vita, compresa la volta che, da adolescente, mi è venuta un'erezione durante l'ora di religione (ovviamente, non l'ho avuta davvero: era solo una piega dei jeans nuovi. Ma è bastato che Dean Jones gridasse «Alex Tyler ce l'ha duro» e mi sono ritrovato marchiato a vita).

Perciò eccomi qui. Le apro la porta del White Horse.

«Sei molto carina» le dico, ma lei sembra non accorgersi del complimento.

Ho scelto questo posto perché è uno di quei pub pieni di ninnoli che pendono dal soffitto e, soprattutto, con un sacco di angoli tranquilli dove si può fare la conoscenza di qualcuno senza dover coinvolgere per forza l'intera comunità locale.

«Alex!» grida una voce appena ci avviciniamo al bancone. Lo riconosco subito, è l'amico di mio padre, Rod. Appoggia il boccale, esamina Fiona e mi fa l'occhiolino, discreto come i pantaloni di David Bowie in *Labyrinth*.

Mortificato, ordino una bottiglia di vino rosso e mi scuso con Fiona mentre ci sediamo a un tavolo nella stanza sul retro, che per fortuna è vuota.

Ci sono due tipi di città, qui al Nord: quelle famose per qualcosa (torte, show televisivi, supporto all'estrema destra) e quelle che non lo sono. Mothston appartiene alla seconda categoria e l'unico motivo per cui la gente vive qui è perché ci vive da sempre. Come me e Rod.

Io non ero uno di quei ragazzini che non vedevano l'ora di crescere per andarsene, ma non avevo neanche intenzione di restare così a lungo. Mamma è morta poco prima del mio terzo anno di liceo e, quando è arrivato il momento di scegliere l'università, non me la sono sentita di abbandonare papà.

«Presto leggerai di me, qui dentro» mi aveva risposto quando gli avevo accennato alla possibilità di iscrivermi all'università di Exeter. Mi aveva mostrato la pagina dei necrologi sul giornale locale. Quando avevo obiettato che difficilmente alla Exeter avrei potuto trovare l'*Herald*, si era chiuso in camera sua con un flacone di Diazepam. E io avevo finito per fare il pendolare con York.

Mi sono laureato quattro anni dopo, e anche se papà aveva smesso con le pillole, sapevo che non poteva farcela da solo. Papà, che non aveva idea di come funzionasse Internet e aveva difficoltà anche a usare il bancomat. Perciò ho fatto domanda alla Mothston Grammar.

Prima ce l'avevo con lui, lo incolpavo delle cose che non avevo fatto, ma più crescevo, più riuscivo a immaginare quanto fosse stata dura perdere la persona che più amava al mondo. Non mi sorprende che abbia perso anche la bussola...

Decido che è troppo presto per rendere Fiona partecipe della storia della mia vita e beviamo in silenzio i primi sorsi di vino. In quel momento, entrano quattro tizi in maglia da calcio. Riconosco i colori del Leeds United. Papà aveva l'abbonamento allo stadio.

«Non sei un fanatico di calcio, vero?» mi punzecchia Fiona, infondendo alla parola "calcio" un bel carico di disprezzo, come se parlasse di Hitler o della pedofilia.

«Non proprio» rispondo con un sorriso conciliante. Le

mie domeniche pomeriggio le trascorrevo sul divano, a leggere classici della Penguin e a bere cioccolata calda con la mamma.

«Pensi sia chiedere troppo non esserlo?».

«No».

«Perché gli uomini sono così ossessionati?».

«Non saprei. Io non lo sono».

«Il mio ex non la smetteva mai di parlare di calcio. Arsenal qui, Arsenal lì. Alla fine gli ho detto di scegliere, o me o quel cazzone di Arsène Wenger».

«E lui cos'ha scelto?».

«Arsène Wenger».

Fiona si appoggia allo schienale, si strofina le braccia come se avesse freddo e, prima che ce ne accorgiamo, arriva il nostro primo silenzio imbarazzante. È come un buco nero: più ci resti dentro, più è difficile uscirne.

«Quindi ti piace insegnare…» butta lì. Bevo un sorso di vino prima di rispondere.

Alcuni iniziano a insegnare perché dopo la laurea non trovano niente di meglio da fare. E va benissimo. Ad alcuni dei migliori insegnanti che conosco è successo questo. Ma io facevo parte degli altri, dei pochi ingenui che credono di poter fare la differenza.

Fiona fa il gesto di infilarsi due dita in gola quando glielo spiego, e sono consapevole di quanto suonino stereotipate le mie parole. Ma a ventidue anni la penso davvero così.

«Sul tuo profilo c'è scritto che ti piace leggere» dico, tanto per evitare un altro vuoto cosmico. «Che libro ti porteresti su un'isola deserta?».

«*Come farsi degli amici e influenzare le persone*» risponde di getto, senza neanche pensarci, e io cerco di non sembrare sbalordito.

«Ma a che ti servirebbe su…».

«Dovresti leggerlo, se davvero vuoi fare qualcosa di buono a scuola». Fiona butta giù il vino. «Oppure fai come me: metti su una stamperia. L'anno scorso ho fatto 120 000 dollari».

Ero speranzoso per questa serata. Il sito diceva che eravamo compatibili e ci siamo mandati lunghi e frequenti messaggi. Finora, però, il nostro appuntamento ricorda un uccellino appena nato, che sbatte disperatamente le ali cercando di volare per la prima volta.

Ci lanciamo un sorriso silenzioso da una parte all'altra del tavolo e io propongo di mangiare qualcosa, nella speranza che ci aiuti a rilassarci. Prima accende una sigaretta, che fuma come se stesse ricordando un momento brutto del passato: espirando lateralmente senza muovere la testa, occhi sfuggenti che fissano le vetrine dei locali sfitti dove un tempo c'era Woolworths. Colmo il vuoto chiedendole com'è il suo uomo ideale e mi risponde che è alto uno e ottantasette (io sono uno e ottantacinque), ha capelli corti scuri (ce li ho scuri, ma lunghi sopra le orecchie), abbronzato (no), di successo (vivo ancora con mio padre) e che vada d'accordo con i suoi amici (non so nemmeno se li conoscerò mai).

Ascolto con pazienza la lista. Io vorrei solo una persona da cui mi senta attratto, che abbia uno scopo nella vita e che capisca le mie battute. È chiedere troppo?

Fiona spegne la sigaretta sotto la scarpa, mentre il rumore di bicchieri rotti indica che nell'altra stanza è avvenuto un incidente di percorso.

«La classe lavoratrice, eh?» scherzo.

«Io ne faccio parte» risponde lei, fraintendendomi completamente. Addio a ogni speranza residua che questo appuntamento possa essere l'inizio di qualcosa.

Lascio che un'idea maligna si faccia largo nella mia mente, un'idea che mi vede correre via a gambe levate, senza guardarmi indietro, l'aria fresca di fine gennaio che mi sfiora il corpo, accaldato per l'eccitazione della fuga.

Nella mia testa sono quasi arrivato a casa, quando il cameriere mi passa un menù. È a quel punto che Fiona e io cadiamo nel nostro ultimo buco nero, il punto di non ritorno.

«Quando imparerai che nessuno ormai va più agli appuntamenti al buio?» mi deride Kev mentre finisco di raccontare.

«C'è dell'altro» aggiungo con un sorriso smagliante. Una volta arrivato il menù, continuo, Fiona ha annunciato di essere vegetariana.

Kev appoggia la pinta sulla superficie d'acero malconcia e tossisce, coprendosi la bocca con la mano. «E quindi?».

«Quindi, quando ho ordinato una bistecca, mi ha detto che dovevo scegliere qualcos'altro».

«Ehm, *dovevi*? Ho sentito bene?».

«Già. Mi ha consigliato le lasagne agli spinaci».

«E cos'hai fatto?».

«Ho cambiato ordinazione». Attendo di vederlo spalancare la bocca, meravigliato. «Ho preso una grigliata mista».

Non gli do il cinque che mi offre, e non perché abbia qualcosa contro il gesto (anche se una volta, a scuola, mi ha lasciato con il braccio alzato come un idiota). È per via di tutti i germi che ha sulla mano. E perché non ho voglia di festeggiare niente.

«Chi ha pagato la cena?».

«Io».

«E quanto hai speso? Tipo 50 sterline?».

«Un po' di più».

«Sei tu personificato. Quando si tratta di donne sei un salame».

«Come può una persona essere pers…». Mi arrendo. Una ex mi ha insegnato che bisogna avere almeno cinquant'anni per poter correggere impunemente gli errori grammaticali di qualcuno fuori da un'aula scolastica.

«Vabbè. Senti, ma che intendevi quando dicevi che nessuno va più a questi appuntamenti? Come fai a trovare una ragazza?».

«Ehm, scopando, Alex? Scopando e riscopando. E se è ancora divertente dopo la quinta volta, significa che hai trovato la tua ragazza».

«Così mi sembra più una trombamica».

«Ne hai mai avuta una, Alex?».

«No, né ho mai…».

«Allora chiudi quella cazzo di bocca, se non sai di che parli».

Per quale motivo assecondo ancora Kev? Perché vengo ancora al Lion ogni sabato pomeriggio? Forse perché non c'è un cazzo di altro da fare, a Mothston. Un tempo eravamo in tre, ma da quando si è fidanzato, Rothers è in eremitaggio.

Kev se la passava meglio qualche anno fa, quando aveva la testa rasata solo per scelta e sulla sua pancia non ci si poteva ancora appoggiare un boccale di birra. E io? Dormo nella stessa stanza dove appendevo i poster della tavola periodica. Sono rimasto in attesa di qualcuno con cui dividere un mutuo, ma adesso, al tramonto dei vent'anni, sono bloccato in un circolo vizioso: niente ragazza, zero possibilità di permettermi una casa; niente casa, nessuna possibilità di trovare una ragazza.

Kev prende il bicchiere vuoto e me lo agita davanti al viso. Quando ritorno con il secondo giro, vedo mio padre, comparso da chissà dove, seduto accanto a lui. Mi chiede com'è andato l'appuntamento, anche se non gliene ho mai parlato. Kev alza le spalle come a dire "Io non c'entro".

«Che ci fai qui?» gli chiedo, ma invece di rispondermi si gratta il palmo di una mano, osservandolo con interesse. Alla fine fa un profondo respiro, trattiene l'aria nei polmoni per un secondo e, mentre espira, annuncia che sta vendendo la casa.

«Che vuol dire che stai vendendo la casa?» farfuglio io.

«Ho comprato una barca».

«Hai comprato una barca?» Adesso sto ridendo. È

senz'altro uno scherzo organizzato da questi due. Mi aspetto che una troupe televisiva appaia da un momento all'altro.

«Una barca fluviale».

«Ma non posso vivere su una barca fluviale».

Kev si rilassa sullo sgabello e incrocia le braccia, gustandosi il dramma che si svolge davanti ai suoi occhi.

«Mi ci vorranno mesi per vendere la casa, non è che devi stare per strada».

Lo guardo incredulo.

«Ma di che accidenti parli? Da quando vuoi vivere su una barca fluviale?».

«Tua madre e io ne parlavamo spesso. Stavo aspettando che te ne andassi a vivere per conto tuo, ma, be'...».

«Stavi aspettando che *io* andassi a vivere per conto mio?».

Papà mi rivolge un sorriso che interpreto come comprensivo, come se non ce l'avesse con me per averlo costretto, in tutti questi anni, a rimandare il suo sogno.

In gola mi si affollano migliaia di parole di indignazione e protesta. Nessuno dice nulla per un paio di minuti, finché Kev non sbatte le mani sul tavolo.

«Ho la soluzione» annuncia entusiasta. «La risposta ai vostri problemi. Ti trasferisci da me. I miei non torneranno mai dall'assolata Spagna, puoi starne certo. Possiamo dividere l'affitto, trasformare quel posto in un vero appartamento per maschi. Che ne dici?».

Capitolo 3

HOLLY

«Ciao, vecchia gattara obesa e triste».

Come auguri di buon compleanno non sono certo i più carini che abbia ricevuto, ma vengono da Jemma, e se dovessi prendermela per ogni cosa che dice, rischierei di assomigliare sempre al tipo sul ponte nel dipinto *L'urlo*.

«Solo un altro anno prima dei fatidici trenta, eh? Che schifo essere te» continua con il suo accento scozzese. «Comunque, che ci fai qui? Cominciamo tra quarantacinque minuti».

«Arrivo sempre a quest'ora. È che non ci sei mai per accorgertene. A proposito, anzi, tu che cosa ci fai qui così PRESTO?».

«Sono venuta per decorarti la scrivania con i palloncini e altre sciocchezzuole che si usano per i compleanni e che ti ritrovi dappertutto per una settimana».

«Te ne sono grata» dico cercando di non suonare troppo falsa.

«Non esserlo. Ho dimenticato tutto sulla metro».

«Non importa, è il pensiero che conta».

Per quanto le voglia bene, sono contenta che Jemma non venga qui ogni giorno a quest'ora. Mi piace stare da sola, posso lavorare senza distrazioni. Di solito, c'è anche Melissa, ma non è una che si perde in chiacchiere.

«Non ci posso credere che il capo è a una colazione di lavoro l'unica volta in cui arrivo presto» dice, indicando la porta dell'ufficio di Martin Cooper. «Avrei potuto portargli qualche *brownie*. Sono sicura che mi crede un'assistente terribile».

Sei un'assistente terribile, ma lasciamo perdere.

«Gli manderò un'e-mail, così saprà che sono arrivata presto». Inizia a digitare sulla tastiera. «E il tuo boss? È già qui?».

Come se avesse sentito, Richard Croft esce dal suo ufficio.

«Buongiorno, signore. Ehi, Jemma, sei raggiante, oggi. Hai fatto qualcosa ai capelli?».

«In effetti, ho usato un nuovo balsamo» risponde lei civettuola, buttandosi una ciocca dietro le spalle. «Gentile da parte sua averlo notato».

«Figurati. Holly, verresti un attimo per un aggiornamento rapido?».

Richard è quasi sulla porta dell'ufficio, quando Jemma esclama: «È il compleanno di Holly, comunque, nel caso voglia darle un bacio di auguri».

«Oh, sì. Ehm, buon compleanno, Holly». Richard resta fermo per un secondo, poi si avvicina alla mia scrivania e mi stampa sulla guancia il bacetto più veloce della storia, prima di allontanarsi.

«Ehm, grazie» borbotto, rivolta alla sua schiena.

«Holly, sei paonazza» ridacchia Jemma appena lui scompare. «Domani fingo che sia il mio compleanno per avere un bacio da Richard Croft».

«Spero che ti strozzi con il *croissant*» rispondo, poi seguo Richard in ufficio.

«Be', è stato imbarazzante» commenta appena mi chiudo la porta alle spalle.

«Sì lo so. Ti chiedo scusa per Jemma. Comunque, il peggiore bacio di compleanno di sempre. Posso avere quello vero, adesso, per favore?».

Richard si alza ridendo e mi mette una mano dietro la testa e una sul fianco. Inizia piano, dalla guancia, poi raggiunge le labbra. Per me è il punto di non ritorno, sono già totalmente alla sua mercé. Stiamo risalendo a gran velocità la scala Richter dell'abbandono passionale.

All'improvviso, mi accorgo che il bacio è finito, ma me ne sto ancora lì con gli occhi chiusi, muta. Devo dire qualcosa, altrimenti penserà che sia svenuta.

«Grazie ancora per il regalo, è bellissimo», e gli poso le mani sul petto. Mi ha portata a cena fuori la sera prima e mi ha regalato una grossa borsa di pelle nera Mulberry, morbidissima. È di gran lunga la borsa più costosa che abbia mai avuto. Anche sommando il valore di tutte le mie precedenti borse, non farei neanche il manico di quella. Una parte di me vorrebbe tenerla nell'armadio per sempre, per non rovinarla, tanto è bella, ma non voglio che Richard pensi che non l'ho gradita.

«Figurati, tesoro. Comunque, oggi pomeriggio devo incontrare un cliente con Martin, perciò volevo solo farti gli auguri finché posso».

«Grazie. Avresti dovuto svegliarmi, stamattina. Sarei venuta con te».

«No, dormivi così bene. Non volevo». Mi sistema una ciocca di capelli dietro l'orecchio e mi bacia sulla fronte. «E poi, il tuo capo mi ha detto che ti meriti un giorno di ferie per il compleanno. Hai lavorato sodo, non avremmo alcuna speranza con questi clienti, se non fosse stato per te. Questo posto cadrebbe a pezzi se non ci fossi tu. Lo dicevo a Martin giusto ieri».

Faccio un gesto di noncuranza con la mano e sorrido, lusingata.

«Dico sul serio» insiste. «Voglio che ti tenga in considerazione. Non lasciare che ti veda solo come una segretaria».

Sistemandosi la cravatta di seta blu Hugo Boss, si siede alla scrivania.

«Sicuro di non farcela proprio, stasera?» chiedo con finta indifferenza, lisciandomi il vestito.

«Piccola, vorrei proprio. Ma non potevo dire di no quando Martin mi ha chiesto di restare a lavoro fino a tardi insieme a lui. Mi spiace».

«Tranquillo» dico subito. «È solo che Leah, Rob e Susie non vedono l'ora di conoscerti, e Susie porta anche la sua nuova fiamma». Non aggiungo che vorrei evitare di reggere il moccolo il giorno del mio compleanno.

«Lo so. Mi scoccia non esserci».

«Non importa, sul serio. Ci saranno altre occasioni».

Ci frequentiamo da nove mesi e ancora non ha conosciuto le mie due migliori amiche. Se non altro, almeno loro sanno di noi, perché non lo sa nessun altro. Meglio così. Preferisco tenere le cose segrete, piuttosto che diventare per tutti il cliché dell'assistente che se la fa con il capo.

Non è affatto così. Lui non è sposato e la nostra non è un'AVVENTURA. Eravamo entrambi single quando abbiamo iniziato a vederci.

Richard non è né VECCHIO né un PERVERTITO. Ha trentacinque anni, è in buona forma e mi tocca in maniera inappropriata solo quando la situazione lo richiede.

E, soprattutto, non sto cercando di FARE CARRIERA dandola via. Anche se lui mi spinge sempre a farmi notare in azienda, a me piace fargli da assistente personale, siamo una bella squadra. L'unico motivo per cui abbiamo deciso di mantenere il segreto è proprio che non vogliamo che la gente fraintenda la situazione. Tutto questo nascondersi, se non altro, è piuttosto eccitante.

Quindi, la nostra relazione non è affatto la classica storiella aziendale. È più simile a una normalissima storia d'amore. Ragazzo incontra ragazza. Ragazza si innamora di ragazzo. Ragazzo si innamora di ragazza anche se non dovrebbe e, insieme, superano le difficoltà della vita per restare uniti.

Vediamo se ci sarà un "E vissero felici e contenti".

Quando esco dal suo ufficio sono ormai arrivati tutti e mi salutano a turno con «Buon compleanno, Holly», «Auguri, Hol» e «Batti il cinque, vecchiona!» (Danny). Sento anche un «Ragazzi, silenzio» (Melissa).

Mi siedo alla scrivania e inizio a stendere la lista delle cose da fare.

Ho sempre adorato le liste. In ufficio, c'è chi si distrae facendo shopping online, mangiando schifezze al cioccolato o andando su Facebook. Io, invece, amo elencare su un foglio tutte le cose che devo fare durante la giornata, che depenno con una bella riga via via che le finisco. Lo faccio dai tempi dell'università. Quando vivevamo insieme, Leah e Susie mi prendevano sempre in giro. A turno mi aggiungevano altre voci quando non guardavo, tipo: "Pulire il bagno", "Preparare il tè alle mie coinquiline" o "Farsi una vita".

Chiamo il ristorante per cambiare la prenotazione per stasera, poi con soddisfazione traccio una bella riga su "Chiamare ristorante" appena prima che Martin Cooper, quasi due metri di altezza, proietti la sua ingombrante ombra sulla mia scrivania.

«Buondì, gente» esclama. «Jemma, possiamo intrattenerci un secondo nel mio ufficio?».

Scompare dietro la porta con sopra il suo nome, mentre Jemma raccoglie un bloc notes dalla montagna di cianfrusaglie che tiene sulla scrivania.

«Okay, ora vado» dice. «Ma se solo prova a intrattenersi con me, lo denuncio».

Riesco a eliminare altre tre voci dalla lista, prima che riappaia. Danny ci arriva accanto, ancora seduto sulla sua sedia con le rotelle.

«Come andiamo, Essex?» lo deride Jemma.

«Scozia libera!» replica lui, alzando il pugno e tentando invano di imitare il suo accento. «Ho una domanda per voi, signore. Preferireste avere quattro dita in una mano o sei dita in un piede?».

«Facile» risponde Jemma. «Sei dita in un piede. I piedi di solito sono nascosti, mentre le mani sono sempre in bella vista».

«E poi, dove troveresti un guanto a quattro dita?» aggiungo io, senza alzare lo sguardo dal computer. «I calzini, invece, non hanno le dita, perciò non fa differenza».

Danny annuisce, soddisfatto. «Mi sembra giusto. Buona argomentazione, brave».

Ci piace Danny, nonostante abbia l'irritante abitudine di concludere una frase su tre con l'espressione "Non so se mi spiego", anche se ciò che ha detto non è neanche lontanamente ambiguo.

«Okay, allora,» fa Jemma «preferireste non essere mai più in grado di: avere un orgasmo o provocare un orgasmo?».

«Avere» dico io.

«Provocare» fa Danny.

«Egoista».

«Bugiarda» risponde lui.

Non sto mentendo. Non che sia una cosa di cui devo preoccuparmi, con Richard. Lui continua a provare e riprovare finché non vengo, anche se dovessi impiegarci tutta la notte. Sono sempre stata contraria a fingere un orgasmo, ma di recente ho capito che è una semplice necessità. La verità è che non vengo ogni volta. Ma questo non significa che non mi piaccia. Richard, però, è il primo partner a cui la cosa non va proprio giù. Non la accetta, punto. Il che è molto dolce, solo che a volte si rivela piuttosto scomodo.

Mentre penso che siano particolari decisamente troppo intimi da rivelare a Danny, che già si sta trascinando di nuovo verso la sua scrivania, Martin e Richard escono contemporaneamente dai rispettivi uffici.

«È tempo di ingoiare il rospo» annuncia Martin a mo' di saluto.

«Goditi il compleanno, Holly» aggiunge Richard con

un discretissimo occhiolino che mi fa venire la pelle d'oca. «Esci pure un po' prima, se ti va».

«Grazie, Richard» rispondo io, con un tono che spero sia abbastanza educato e amichevole da mostrare rispetto verso il capo, ma anche fermo quanto basta da escludere che io possa anche solo pensare di farmi legare alla testiera del suo letto con quella cravatta blu di Hugo Boss.

È una linea sottile.

«Motivo n. 94 per il quale il tuo capo è meglio del mio» protesta Jemma mentre li guarda uscire.

«Già. Carino da parte sua farmi uscire prima».

«Certo, anche per quello. In realtà io mi riferivo al culo».

Continuo a lavorare fino alle quattro, quando comincio ad accorgermi che, piano piano, attorno alla mia scrivania si sta radunando un po' di gente, intenta a far finta di nulla. Stanno palesemente aspettando che arrivi la torta per cantarmi "Tanti auguri". Che palle. È super imbarazzante. Devo comportarmi come se me lo aspettassi o fingere di cadere dalle nuvole? Alla fine, parte la canzone e posso spegnere le candeline.

«Scusa se non è buona come al solito» dice Jemma posandomi vicino alla tastiera un piattino pieno di una specie di ciambellone al cioccolato. «Sarebbe stato poco carino chiederti di preparare la tua torta, perciò stavolta l'abbiamo comprata».

Faccio sempre io le torte per i compleanni dei colleghi. È iniziato tutto per i ventitré anni di Danny: avevo appena iniziato a lavorare lì e mi avevano parlato della ridicola tradizione secondo cui il festeggiato deve portarsi la torta. Io mi sono offerta di prepararne una e da quel momento sono diventata la pasticciera ufficiale. Adesso i colleghi mi mandano addirittura richieste via e-mail precisando che dolce vogliono, ma fingono sempre sorpresa quando gli arriva davanti.

«Mmm, era ec-cel-len-te» afferma Melissa, gettando il tovagliolo nel cestino e spazzando via le briciole dalla scrivania. Ha la stessa espressione impassibile dell'uomo delle previsioni del tempo quando annuncia pioggia in un giorno di marzo. Jemma mi dà una gomitata. Finché non me l'ha fatto notare, non avevo mai fatto caso che Melissa esprime emozioni solo vocalmente, senza mostrarne la minima traccia sul volto.

«Ancora?» mi chiede Jemma.

«No grazie, cara».

Lei si taglia una seconda fetta. «Ecco perché sei una 38 e io no».

Sono una 38 perché mi alleno in palestra tre volte a settimana, altroché.

Da come parla, sembra che porti la 56, non la 42. Da quando lavoro qui, ogni giorno dice che da domani si mette a dieta. Ogni giorno.

«Meglio se oggi mi vizio un po'» annuncia leccandosi le dita. «Da domani sono a dieta».

Finita la festicciola improvvisata, torno al lavoro e riesco a finire le cose più urgenti per le cinque in punto. Jemma si alza all'improvviso.

«Forza, prendi il cappotto, ce ne andiamo al pub».

«Non posso».

«Certo che puoi. Il tuo capo ha detto di sì e il mio non deve per forza saperlo».

«Devo dare da mangiare ad Harold». Dato che in teoria avrebbe dovuto esserci anche Richard, non ho invitato Jemma alla cena per il mio compleanno, anche se mi sarebbe piaciuto. Siamo diventate amiche il giorno in cui le ho salvato la vita prima di un appuntamento dell'ultimo minuto, prestandole i trucchi e la piastra portatile che tengo nel cassetto della scrivania. L'uomo con cui è uscita è durato meno di una settimana, ma da quella volta la nostra amicizia è decollata.

«Cioè, mi stai dicendo che corri a casa per dare da mangiare al tuo gatto ritardato?».

«Harold è parzialmente cieca, Jemma, non ritardato».
«E depressa».
«Sì. E forse anche bulimica».
«E allora perché dargli da mangiare?».
«Dar*le*». Quando Harold si è presentata per la prima volta sulla soglia di casa, ho pensato che fosse maschio. Quando ho scoperto la verità, ormai era tardi. «Okay, hai ragione, in effetti. Ma devo nutrirla lo stesso. Scusa, Jem».
«Va bene» borbotta un po' stizzita. Sento un gemito di protesta e penso che stia un po'esagerando con i rimproveri. Poi, però, mi accorgo di chi si sta avvicinando.
«Te ne vai già, Holly?» chiede Melissa gentilmente. «Dio, ti invidio. Riesci ad andartene sempre presto. Vorrei non avere così tante responsabilità e tornare anch'io a casa a quest'ora. Divertiti!».
Troppo infastidita per ricordarle che lavoro fino a tardi ogni santo giorno, la guardo allontanarsi.
Jemma, invece, le alza il dito medio.

Faccio un salto a casa e do da mangiare ad Harold, visibilmente scocciata che esca di nuovo, prima di raggiungere i miei amici a Blackheath Village.
Li noto subito perché appena entro nella piccola trattoria italiana vengo travolta da grida festose. Li hanno messi a un tavolo da sei, in un angolo, le ragazze da una parte e i ragazzi dall'altra. Butto la borsa nuova sulla sedia di fronte a me e saluto tutti con un bacio.

Capitolo 4

ALEX

Il signor Henderson allunga una mano verso la busta che gli porgo. La apre e legge il contenuto con espressione impassibile. Una volta finito, si appoggia allo schienale della poltrona.

«Londra, eh?» dice allegramente.

Ricordo il mio primo giorno da insegnante alla Mothston Grammar. Un ex alunno, proprio come il signor Henderson. «Guarda quanta strada hai fatto» mi aveva detto allora, senza ombra di ironia. Adesso lo sto informando che non tornerò dopo le vacanze di primavera e la sua reazione mi sembra ambivalente. Il mio ego ne risente.

Se guardo indietro e osservo le ultime settimane, gli ultimi mesi, mi rendo conto che non è stata la decisione di papà di vendere la casa a spingermi a lasciare Mothston. È stato il mio appuntamento con Fiona, e la domanda che mi ha fatto: «Ti piace insegnare?». Senza saperlo, mi ha ricordato *perché* sono diventato insegnante. Nei giorni successivi, mi sono reso conto che l'immagine dell'uccellino che non riesce a lasciare il nido non era solo una metafora del nostro appuntamento, ma la storia della mia vita. Alle superiori non vedevo l'ora di arrivare all'ultimo anno, pensavo solo all'università: solo altri quattro anni per finire gli studi, mi dicevo, poi inizierò a vivere davvero. Avrei conosciuto la donna della mia vita e insegnato a generazioni di bambini ad amare Shakespeare. Eppure, durante il triste appuntamento con Fiona, ho capito di aver sprecato troppi anni ad attendere qualcosa che pensavo fosse lì, dietro l'angolo.

All'improvviso, sapevo di dover lasciare Mothston, l'incubatrice dei miei sogni irrealizzati. Perciò ho fatto domanda per insegnare in scuole di Oxford, Leeds e Londra.

«C'è qualcosa di particolare nella nuova scuola» spiego al signor Henderson. «È in una zona povera e…».

«La tua occasione per cambiare il mondo?» commenta lui. Si toglie gli occhiali e li pulisce sul blazer prima di rimetterseli. «Mi ricordi tanto tua madre».

Nessuno di noi riempie il silenzio che segue. È come se qualcuno avesse premuto il tasto pausa nella conversazione, mentre ci fermiamo a ricordare mia madre. È un silenzio pesante, in grado di condensare giorni, settimane, perfino anni in una manciata di secondi. Mamma era stata vicepreside qui a Mothston, finché non aveva accettato un posto da preside in una scuola per alunni disabili dalle parti di York. Il signor Henderson si ricorda ancora della raccolta fondi che aveva organizzato, salvando la scuola dalla chiusura quando tutti le dicevano che non c'era speranza. Come se potessi dimenticarlo. Giuro: ho ancora le vesciche alle mani per quanti cartelloni ho realizzato sul pavimento della cucina.

Non posso fare a meno di chiedermi cos'avrebbe fatto lei al mio posto. La rivedo mentre mi spiega che, quando il sensore dell'allarme in soggiorno lampeggia, significa che Babbo Natale è venuto a controllare se mi comporto bene. Da bambino mi sentivo sempre osservato, anche molto tempo dopo aver smesso di credere a Babbo Natale.

Quando la mamma è morta, ho pensato che da quel momento sarebbe stata lei a controllarmi, per quanto possa sembrare sciocco, e so che mi avrebbe spinto a non esitare. Darei tutto quello che ho per poterne parlare con lei, adesso. La cosa che mi rende più triste è che l'ho conosciuta solo con gli occhi di un bambino, e non da adulto, come il signor

Henderson, ad esempio. Che collega era? Com'era dopo un paio di bicchieri? Non lo saprò mai.

«Sono molto felice per te» dice il signor Henderson. «Non sai quante volte avrei voluto cambiare aria anch'io».

Cerco di mascherare la sorpresa. Suppongo che ogni generazione creda che gli anziani non abbiano mai avuto vere ambizioni, come se i sogni fossero stati inventati dopo.

Prima che possa chiedergli che cosa l'abbia trattenuto a Mothston, la segretaria bussa e riferisce di un incidente in biblioteca.

«Sfrutta ogni occasione che ti capita nella vita» conclude lui, alzandosi. «Certe cose accadono solo una volta».

Non sono emozionato solo per la Whitford High, la mia nuova scuola. Sono emozionato per Londra: il Museo di Storia Naturale, i Kew Gardens, il West End, Shakespeare al Globe Theatre. Dubito che prenderò molti appuntamenti online.

Kev scommette che non durerò nemmeno due minuti lontano da Mothston. Immagino sia il suo modo per dirmi che gli mancherò. Sto ancora cercando di decidere se il sentimento è reciproco. Nella vita esistono due tipi di amici: quelli con cui si esce perché si condividono gusti e punti di vista (che poi è proprio il tipo di persone che spero di conoscere a Londra), e quelli che si conoscono da sempre, che fanno parte del proprio passato. Kev appartiene a quest'ultima categoria: anche se gli voglio bene, non sono sicuro che mi piaccia così tanto.

Comunque, è stato gentile ad aiutarmi a trovare un appartamento, anche se si è incazzato perché scartavo subito gli annunci di chi mi sembrava troppo ignorante, disordinato o bohémien.

«Ti rendi conto che la persona con cui vivrai, chiunque sia, ti troverà insopportabile, vero? Lo capisci che sembri affetto da disturbo ossessivo-compulsivo?» mi aveva sgridato, una volta fissato il terzo e ultimo appuntamento.

Perciò eccoci qui, sulla metropolitana, alla stazione di King's Cross, nella capitale.

«Ehi» mi dice con aria preoccupata. «Non è che dopo un po' cominci a usare espressioni tipo "Perbacco" e "Perglioso" come fanno i signorotti di Londra, vero?».

Lo guardo con un sopracciglio alzato. «No, a meno che tu non mi faccia compagnia dicendo "Incantato di conoscerla" o "Come più le aggrada"».

Mi guardo intorno, osservando di sottecchi gli altri passeggeri: un gruppo di turisti cinesi, un adolescente vestito come un manichino dei grandi magazzini e uno skinhead con un anello al naso. Nessuno incrocia il mio sguardo e assaporo con piacere quell'anonimato.

«Ehi,» esclama Kev con un cenno del mento verso lo skinhead «quel tizio assomiglia un po' a Bobby Shepherd».

Bobby Shepherd era un tipo svitato e prematuramente calvo che se l'era presa quando avevo ricevuto una bicicletta nuova con più marce della sua per il quattordicesimo compleanno. Un pomeriggio mi aveva aspettato fuori dalla scuola insieme a Dean Jones, e probabilmente mi avrebbe fatto a pezzettini, se non fosse intervenuto Kev. Si erano appartati e avevano parlato: sorrido ancora se ripenso alla faccia di Bobby in quell'occasione, eppure a tutt'oggi non so che cosa gli abbia detto Kev.

«Gli ho promesso di non dirlo mai a nessuno» risponde quando glielo richiedo per l'ennesima volta.

«Ma sono passati quattordici anni! È entrato nell'esercito, ha combattuto. I suoi nemici sono i talebani, adesso, non tu e io».

Kev riflette.

«Consideralo un regalo d'addio» aggiungo, e lo vedo che sgrana gli occhi.

«Cioè, non devo comprarti nulla?».

«No».

Kev si guarda intorno alla ricerca di eventuali ficcanaso, non si sa perché.

«Be', insomma, sai, no, che il padre di Bobby era finito dentro?».

Annuisco. «Sì, per rapina a mano armata».

«E come facciamo a saperlo?».

«Perché Bobby l'ha detto a tutti».

«Precisamente». Aspetta che ci arrivi da solo, ma faccio solo spallucce, ignaro di dove voglia arrivare. «Dài, è stato Bobby a dire a tutti che il padre era una specie di bandito da strada, armato fino ai denti. Non avrebbe mai detto la verità, ossia che l'avevano arrestato per atti osceni di fronte alle vecchiette, non credi?».

Lo guardo con aria scettica.

«È vero. Mio zio Mick fa il secondino a Wakefield. Quando Bobby ti voleva picchiare, l'ho minacciato di scrivere quello che sapevo su ogni lavagna della scuola».

Sul mio viso, l'ammirazione si sostituisce allo scetticismo.

«Niente di che» conclude Kev. «Tutti abbiamo qualche scheletro nell'armadio, no?».

«Parla per te».

Kev si infila il mignolo in un orecchio, poi lo ispeziona con attenzione e se lo pulisce sui jeans. «Ah, già, scusa, mi dimenticavo di quella volta in cui mia madre ti ha beccato a smanettarti nel nostro bagno».

«Quante volte te lo devo dire? Pensavo di avere un livido».

«Secondo me ti stavi facendo una sega».

Scuoto la testa. «Kev?».

«Presente».

«Stiamo un po' in silenzio, che ne dici?».

Il primo appartamento che visitiamo è al secondo piano di un edificio nel cuore di Greenwich. Dovrei condividerlo con Carl, un illustratore free lance che possiede un televisore al plasma da 52 pollici e pare suoni il basso in qualche band *indie*.

Kev picchia le nocche sulla parete della camera da letto. «L'intonaco è in buono stato».

Un muratore, seppure disoccupato, non è mai fuori servizio.

«Chi se ne frega?» dico facendomi notare da Carl mentre alzo gli occhi al cielo, perché sappia di non dovermi giudicare per quello che dice Kev.

«Nel caso tu voglia attaccare un bersaglio».

«Ma non gioco a freccette».

«Insomma, sto solo dicendo che l'intonaco è in buono stato. Non conosci nessuno, qui. Se vuoi cominciare a giocare a freccette per passare il tempo, puoi anche farlo».

È per stupidaggini come queste che ero indeciso se portarmelo dietro o no. Anche se, a pensarci bene, non ha tutti i torti: avrò bisogno di passatempi. Ho una mezza idea di fondare un club del libro, nella mia nuova scuola. E di sicuro mi comprerò una bici.

«Qui intorno ci sono bei pub» interviene Carl, scostandosi dagli occhi la lunga frangia obliqua.

Kev mi dà una pacca sulla schiena. «A posto, allora. Non ti serve nemmeno un bersaglio».

Finito il giro della casa, ci salutiamo e andiamo a piedi all'appuntamento successivo.

«Non è per niente male come posto, ammettilo».

«Non posso viverci».

Kev si blocca. «Perché?».

«Non l'hai visto starnutire?» chiedo senza fermarmi.

«Ma porca miseria ladra, dài!».

Impreca e mi raggiunge.

«Non posso vivere con una persona che non si copre la bocca quando starnutisce. I batteri volano nell'aria a centinaia di chilometri orari».

Kev mi guarda come se, invece di aver fatto un'osservazione assolutamente sensata, avessi appena detto che mi piace indossare mutandine da donna.

All'appartamento numero due ci aspetta Russell. La prima cosa che fa è indicare la maglietta dei Pink Floyd di Kev.

«Anche tu sei un appassionato?» chiede. È il segnale di partenza. Li perdo entrambi.

Passano dieci minuti e non ci siamo mossi dall'ingresso. Stanno ancora cercando di capire chi sia il fan più sfegatato. Vince Russell: la moglie lo ha minacciato di chiedere il divorzio, se l'avesse costretta a vedere il DVD del tour di *The Wall* anche il giorno del loro anniversario di matrimonio. Ecco perché cerca un nuovo coinquilino.

Solo quando dico che rischiamo di fare tardi per l'appuntamento successivo si degna di mostrarci la casa.

«Non credo ci sia bisogno di andare a vedere il prossimo, no?» conclude Kev quando ce ne andiamo.

Aspetto che smetta di salutare con la mano e che Russell chiuda la porta. «Ha un poster che ritrae quattro uomini a grandezza naturale appeso alla parete del soggiorno, Kev».

«Non sono quattro uomini *qualsiasi*, amico».

Forse, ma non mi importa. A essere onesto, il motivo per cui non posso vivere con lui non è l'ossessione per i Pink Floyd. È il sospetto che sarei costretto a vedere Kev molto spesso.

Nell'ultimo appartamento, a Deptford, la mia potenziale coinquilina è una hostess di nome Suzanne. Appena la vede, Kev si lecca le labbra, senza badare al trucco incrostato che ha sotto il naso.

«Non ti dà fastidio se Alex ospita un amico un paio di volte al mese, vero?» chiede.

Suzanne fa un sorrisetto birichino.

«Voi due non siete...?» esita. «Siete una coppia?».

Kev sembra divertirsi un sacco all'idea che qualcuno

possa considerarlo gay. Io, invece, trovo offensiva anche solo l'insinuazione che possa piacermi un tipo come lui.

«Senti, Susan» dice Kev.

«Suzanne».

«Scusa. Scommetto che ti capita spesso, eh?».

«Veramente no».

«Be', comunque». Kev si china verso di lei per confidarle qualcosa; Suzanne si stringe le braccia al petto, come una tartaruga nel guscio. «Ad Alex, qui, piace altro, non so se mi spiego». Mi copro la faccia con le mani.

«Ma magari tu e io potremmo conoscerci meglio, se dovesse venire a vivere qui».

«Okaaaaay…». Suzanne si sposta di lato e ci guida in soggiorno, dove c'è un grosso tappeto e moderne *chaise longues*. L'ambiente è accogliente e, a giudicare dalla breve conversazione che intratteniamo quando Kev va in bagno, anche lei sembra una persona piacevole. Già ci vedo a cenare insieme, con *hors d'oeuvres* e dolcetti alla cannella.

Sul treno, diretti a casa, Kev decide di buttare giù una lista di pro e contro sul retro dell'etichetta di una bottiglia d'acqua.

Vivere con Suzanne: pro (secondo Kev)

1) Ha l'aria da sporcacciona
2) Non ha problemi se vengo a trovarti
3) Bella casa
4) Probabilmente ha amiche decenti
5) A cinque minuti dal lavoro
6) Ha l'aria da sporcacciona

Vivere con Suzanne: contro (secondo Kev)

1) Pericolo di chiacchiere da femmine
2) La tavoletta del water non è a posto, bisogna tenerla su con la mano quando si piscia
3) Non dormirai mai

«Ho qualche domanda» dico, leggendo la lista.
«Spara».
«Intanto, il pro n. 2 non dovrebbe trovarsi tra i contro?».
«Proprio simpatico. Poi?».
«Che significa "Pericolo di chiacchiere da femmine"?».
«Be', quando le ragazze tornano a casa dal lavoro ti mettono al corrente di ogni dettaglio della giornata, tipo che cos'hanno mangiato a pranzo e quante volte sono andate in bagno».
«Intendi... che fanno conversazione?».
«Ok, Casanova. Altre domande?».
«Solo una: perché non dormirei mai?».
«Perché vivendo con una ragazza così figa te ne staresti ogni notte con l'uccello dritto».
«È vero, accidenti, perché non ci ho pensato subito?».
Valuto che, anche con la storia del non dormire, la lista dei pro è più lunga di quella dei contro, perciò cerco in rubrica il numero di Suzanne.
«Ehi, ciao». Sembra sorpresa di sentirmi.
«Ho riflettuto e, se per te va bene, vorrei prendere la stanza».
«Oh, okay».
«È ancora libera?».
«Sì, ma...».
«Ma cosa?».
Per un attimo c'è silenzio dall'altra parte e mi chiedo che cavolo stia succedendo.
«Non fraintendermi... sembri un ragazzo a posto. È il tuo amico».
Comincio a sentirmi un filo imbarazzato, ma cerco di restare calmo. «Sì?».
«È inquietante».
«E questo che c'entra?».
«Non voglio darti la stanza se so che verrà qui una volta al mese. O verrà qui, in generale».

Vorrei spiegarle che va benissimo, perché nemmeno io voglio che venga a trovarmi, ma sono quasi certo che Kev comprerebbe il biglietto del treno senza dirmelo e si presenterebbe alla porta.

Riaggancio e guardo fuori dal finestrino. Non riesco a credere che Kev abbia trovato il modo di mandare tutto all'aria.

«Be', allora? Che ti ha detto?».

Stringo più forte la bottiglia d'acqua, cercando le parole.

«Se vuoi proprio saperlo…» inizio sospirando, senza guardarlo. Niente, non ci riesco. Non sarà mai pronto a sapere cosa pensa davvero di lui il sesso opposto. E comunque, non dovrò sopportarlo ancora a lungo. Lascio perdere.

«Un tizio è passato dopo di noi e ha preso la stanza».

«Oh, mi dispiace, amico. Mi ci vedevo già a scoparmela su quel buffo divanetto. Quindi, cosa sceglierai? Batteri o Pink Floyd? Ti sei mosso un po' tardi per avere alternative, non credi?».

Il giorno successivo sto ancora decidendo quale appartamento scegliere quando incontro Sally Barrowclough in un fish & chips. Sally e io eravamo vicini di banco al corso di Letteratura. Era una di quelle ragazze con il fidanzato ultratrentenne: all'epoca mi sembrava figo, poi sono cresciuto e ora non mi sembra figo per niente.

Le parlo di Londra.

«Sai che ci vive Holly Gordon, vero?» mi interrompe. Lo dice con tono allusivo, e non so bene cosa stia insinuando, quindi incamero l'informazione con un semplice cenno del capo.

«Sua madre è passata nel mio salone. Tu e lei uscivate insieme, giusto?».

Il calore della friggitrice inizia a bruciarmi il viso. «In realtà, no».

«Sicuro?» chiede, allungando 10 sterline alla ragazza dietro il bancone.

«Credo che me ne ricorderei».

Sally sogghigna mentre ordina, poi sogghigna ancora mentre mi saluta. Mi sembra un po' infantile.

Certo che so che Holly vive a Londra, ma è una città grande. Non mi aspetto certo di incontrarla per caso sulla metropolitana. E anche se fosse, Sally cosa immagina che succederebbe?

Non penso più alla conversazione per un paio di giorni, finché non squilla il telefono. Risponde papà. Lo vedo annuire con aria un po' sorpresa e, dopo un minuto circa, mima l'atto di scrivere per farsi portare carta e penna.

«Chi era?» gli chiedo quando riattacca.

«Joan Gordon». C'è qualcosa di losco nel modo in cui sorride, ma non riesco a mettere a fuoco cosa.

«Non sapevo che vi sentiste ancora».

«In effetti, no. Solo biglietti di auguri».

Sono ancora confuso.

«Che voleva, quindi?».

«Ha sentito che vuoi trasferirti a Londra».

Finalmente capisco. Joan deve essere andata dal parrucchiere. Sally Barrowclough è sempre stata una chiacchierona. Raccontava a tutti le zozzerie che faceva con il fidanzato più grande.

«Ha chiamato per darmi l'indirizzo e-mail di Holly».

Mi rendo conto che nel sorriso di papà non c'è proprio nulla di misterioso. È solo un ghigno. Come quello di Sally al locale. Non avrei dovuto aspettarmi niente di diverso. Siamo a Mothston, dopotutto. Un posto dove la gente non ha niente di meglio da fare che mettere il becco negli affari altrui.

Accetto il foglietto con nonchalance, ma all'improvviso mi viene in mente una serie di domande. Perché non si è più fatta sentire? Perché non mi ha mai chiamato quando tornava a Mothston?

L'ho cercata su Facebook, provando a individuarla tra le 263 Holly Gordon che mi sono comparse sullo schermo. Ricordo che sono sempre stato attratto dalle sue labbra, dal suo sorriso permanente, sempre sul punto di sbocciare in una risata. Le altre ragazze della scuola si truccavano come per una sfilata di moda, o si riducevano alla fame con la dieta della zuppa di cavolo che andava di moda all'epoca (in quei mesi, la sala comune non era un ritrovo piacevole). Holly no. Lei era diversa, eppure stupenda. Se con gli occhi le cercavo sempre la bocca, quando ero solo con la mente correvo al suo corpo: pieno di curve, il sogno di ogni caricaturista.

Provo una punta di rimpianto quando mi rendo conto che magari non l'ho trovata su Facebook perché non è più Holly *Gordon*. Forse ha sposato quel Max con cui ho sentito che usciva. Non mi ricordo nemmeno più chi me lo ha detto.

Nei giorni successivi, tento e ritento di scrivere un'e-mail, cercando il tono giusto. Ho incontrato per caso la signora Gordon (probabilmente è stata lei a parlarmi di Max, fra l'altro) e mi ha detto che Holly vive a Londra e lavora nella City. Non so altro. Quanto ha viaggiato? Ha mai aperto quella pasticceria a Parigi? O era un pub inglese? Mi sfugge... Alla Mothston Grammar non avevamo il concorso per la ragazza dalle prospettive più rosee, ma se ce l'avessimo avuto, tutti avrebbero scelto Holly.

Sì, a quei tempi avrei corso nudo per il centro di Mothston pur di stare con lei, e credo che fosse anche piuttosto ovvio agli occhi di tutti. Ma lei non mi vedeva come fidanzato, perciò ho cercato di andare avanti. In seguito ho avuto la mia buona dose di delusioni amorose, ma non mi hanno fatto soffrire quanto pensavo. Credo fosse per colpa di Holly. Come la chiamano? "La persona che ti sei lasciato scappare": quella che non riesci a dimenticare. Ecco perché mi hanno colpito le parole di Sally, al fish & chips. Holly è sempre dentro di me. È come una capsula del tempo, di quelle che si sotterrano nei cortili delle scuole da bambini.

E adesso, dopo tanti anni, ho l'impressione che a breve la dissotterrerò.

Capitolo 5

HOLLY

«Richard si sta scopando qualcuna» dichiara Jemma posandomi una tazza di tè sulla scrivania.

Oddioddioddioddio. Come fa a saperlo? Lo sa qualcun altro? Ho lasciato le mutandine nel vassoio della corrispondenza? Ho staccato la cornetta per sbaglio mentre lo facevamo e ho premuto il tasto di chiamata rapida?

«Cosa te lo fa pensare?» mugugno senza alzare gli occhi dallo schermo, fingendomi concentratissima sull'e-mail che sto leggendo.

«Guardalo. Sorrisetto compiaciuto, aria da spaccone. L'altro giorno sono entrata nel suo ufficio e l'ho sentito fischiettare, Holly. FISCHIETTARE! Come se fosse tutto orgoglioso di qualcosa».

Ricomincio a respirare, ma sono sollevata solo in parte. È molto probabile che il nostro segreto verrà presto svelato. E sicuramente in maniera spettacolare e devastante.

Ma c'è un altro problema che mi assilla: dovrei essere al terzo giorno di ciclo, invece nulla. Nemmeno un doloretto. Devo confessare che Richard e io non siamo stati attentissimi nei momenti di intimità in ufficio. Anzi, in un paio di occasioni siamo stati proprio incauti.

Perciò, sono terrorizzata. Ma non troppo, ed è strano. Se dovessi spiegare a tutti che sono stata messa incinta dal mio capo dopo un rapporto illecito sulla sua scrivania, be', non ci farei proprio una gran figura.

Due anni fa mi sono presa un bello spavento con il mio

ex fidanzato Max, e proprio non riuscivo a immaginarmi nei panni della futura mamma, ad andare in giro con il pancione, a comprare pannolini e vestitini. Per niente.

Ma se ci penso adesso, lo trovo quasi naturale.

Non è che improvvisamente ho deciso di sistemarmi perché ho raggiunto un'età in cui tutti si aspettano questo da me. Con Richard è successo tutto per caso. Era appena rientrato dalle ferie quando ho iniziato a lavorare qui. Prima ero stata assistente del direttore generale di una banca, ma con la recessione, quasi all'improvviso, siamo finiti entrambi in mezzo alla strada. Avrei dovuto capire che c'era qualcosa che non andava, visto che il mio capo aveva sempre guadagnato una fortuna senza fare praticamente un cazzo. Questo il giorno dopo che Max se n'era andato di casa.

Quella mattina, peraltro, mi si era anche rotta la piastra: ho dovuto farmi l'ultimo giorno di lavoro con mezzi capelli crespi.

Mi sono chiusa nel mio appartamento per una settimana, avvilita a morte. Parlavo solo con Harold, non riuscivo a vincere la depressione. Mi annoiavo talmente tanto che me ne stavo seduta sul divano in pigiama a leggere i vecchi diari di quando ero adolescente. La Holly quattordicenne, quindicenne e sedicenne non vedeva l'ora di andarsene da Mothston e vedere il mondo… È allora che ho avuto una rivelazione: viaggiare era l'unica cosa che non ero mai riuscita a depennare dalla lista delle cose da fare. Perché me ne stavo lì tutta triste? Non avevo mai messo da parte l'idea di vedere il mondo e avevo appena perso gli unici due vincoli che mi trattenevano.

Perciò ho stilato un elenco di destinazioni e ho cominciato a fare una serie di faticosissimi lavoretti per racimolare il denaro necessario. L'unica ragione che mi faceva andare avanti era la pila di guide Lonely Planet sul mio comodino.

Poi, però, alle 9 di un lunedì mattina, all'inizio delle mie tre settimane di prova alla Hexagon, eccolo che arriva. Stavo per svenire.

«Tu devi essere la mia nuova assistente» aveva detto Richard con un sorriso, stringendomi la mano.

"Io ti amo" avevo risposto. Tra me e me, per fortuna.

Ecco come ho conosciuto Richard, un anno fa. Diciamo che mi è sembrata una buona ragione per rimandare la partenza e restare nei paraggi.

«Da quanto tempo si è lasciato con Rachel?» continua Jemma. «Ormai saranno sei mesi buoni, giusto?».

Bleeeeeeaaaaaaah, la sua ex.

«Nove mesi». Queste due parole mi fanno venire in mente la scatolina con il test che tengo nel cassetto. Con un misto di paura ed eccitazione, ingollo metà del tè.

«Accidenti, non hai nemmeno bisogno di pensarci» commenta Jemma con un sorrisetto. «A quanto pare, qualcuno monitora la situazione da vicino».

«Assolutamente no» protesto. «Lo so solo perché si sono lasciati quando ho concluso i tre mesi di prova». E una settimana prima del nostro primo bacio.

Ero rimasta fino a tardi per aiutarlo a preparare una presentazione e, quando finalmente abbiamo finito, alle 21,15, lui era sovreccitato. Mi aveva preso il viso fra le mani e mi aveva baciata sulle labbra. Poi c'era stato quel momento imbarazzante, da film, in cui i due si guardano per una vita (in realtà, per pochi secondi) prima di avvicinarsi e darsi un bacio come si deve. Richard è un baciatore eccellente. Una volta gliel'ho anche detto, ma mi ha risposto con un sorriso per nulla sorpreso, perciò ho capito di non essere stata la prima a farglielo notare.

«Ti piace, vero?» mi chiede Jemma. «Lavori sodo perché il tuo capo è un figo. Me lo spiego solo così».

«No, ti sbagli» mento.

«Allora come mai sei single? Sei pure bella. In amore

siamo proprio le più sfigate del pianeta, tu e io. Se a quarant'anni siamo ancora sole, diventiamo lesbiche?».

«Ma non stavi uscendo con uno?». Cerco di cambiare argomento.

«Mi sa che è finita».

«Perché dici così?».

«Perché mi ha mandato un messaggio con scritto "È finita". Ma insomma, a me sta bene» aggiunge, prima di ispirarmi compassione. «Ho il numero di un ciclista che mi ha quasi buttata sotto un autobus stamattina, e vedrai che me lo sposo».

«Addirittura? Eppure, quella volta che abbiamo detto che gli uomini su due ruote sono sexy, te la sei quasi fatta sotto dal ridere, quando hai capito che parlavo di biciclette, e non di moto».

«Sì, ma il suo biglietto da visita dice che è un banchiere, perciò le altre ruote su cui viaggia probabilmente sono quelle di una Bmw».

«Perché non resti single per un po'?» chiedo, e non è la prima volta. «Concentrati su te stessa. Dimostra che non ti serve un uomo per essere felice».

«Ma sì che mi serve» piagnucola. «E preferibilmente ricco, così posso lasciare il lavoro e limitarmi a sfornare figli».

«Vai così, potere alle donne, sorella!». Le offro il pugno, ma Jemma lo picchia con righello.

«Voi femministe mi fate morire. Tutte quelle stronzate anni Sessanta, tipo i falò dei reggiseni e cose del genere... Pensavano di farci un favore dimostrando che siamo uguali agli uomini, ma hanno solo creato una società in cui quelle che VOGLIONO farsi una famiglia e occuparsi della casa non possono neanche dirlo ad alta voce».

Prima che possa chiederle come pensa di occuparsi della casa, visto che non riesce neppure a tenere in ordine la scrivania, Melissa si avvicina.

«Holly, ciao. Devo parlare con Richard, è in ufficio?».

«Certo, vai...». Si allontana senza aspettare che finisca. «...pure» concludo, alzando gli occhi al cielo.

«C'è una persona a cui farebbe piacere sapere che Richard non ti interessa. Meno competizione».

«Melissa?». Non riesco a nascondere la sorpresa. Non sono certo un tipo geloso, ma il pensiero di Melissa che flirta con Richard mi fa stare male. È una di quelle donne che sanno cosa vogliono e non si fermano finché non l'hanno ottenuto.

«Già, le piace da matti. Ogni volta che deve incontrarlo in riunione va in bagno e si rinfresca il trucco. Aspetta, sta tornando. Guardala».

«Sono entusiasta di questo progetto» dice, e dallo sguardo trapela lo stesso entusiasmo di uno in coda al bancomat. Nel frattempo, tocca il bicipite a Richard.

Accidenti.

Non che mi senta minacciata da lei, anche se è bionda, abbronzata (artificiali, entrambe le cose) e abbastanza carina. Mi salva il fatto che è simpatica come una seduta dal dentista.

«Vedi?» Jemma abbassa la voce.

«Okay» dico ridendo, mentre finisco il tè. «Se hai finito di spettegolare sulle fidanzate del mio capo, avrei da lavorare».

«Figurati, cosa vuoi che me ne freghi delle sue fidanzate? Sono solo convinta che si tenga impegnato, tutto qui».

Due ore dopo, non ho ancora fatto pipì. Com'è possibile? Sono troppo agitata.

«Terra chiama Holly».

«Scusa, Jem, che hai detto?».

«Preferiresti sposare un uomo molto intelligente ma brutto, o un figo con il cervello di un divano?».

Di solito non penso troppo prima di rispondere a domande del genere, ma questa mi sembra pertinente alla situazione. Lancio uno sguardo a Richard, che gesticola sulla soglia dell'ufficio di Martin Cooper. L'aspetto fisico è una questione genetica. E l'intelligenza? Non credo. O sì?

«Intelligente e brutto» rispondo, perché mi sembra l'unica soluzione accettabile al problema.

«Ma per favore. Io scelgo l'idiota figo. Scrivo a Danny e sento che ne pensa».

Sto per alzarmi per andare a comprare uno snack alla macchinetta (cavolo, una voglia...), quando mi arriva un'e-mail.

Da: <alexpatricktyler@hotmail.com>
A:<Holly@hexagon.co.uk>
Oggetto: Ciao

Ciao Holly,
ti ricordi di me? L'indirizzo me l'ha dato tua madre. Finalmente faccio l'insegnante, ho trovato lavoro a Londra. Credo che tua madre mi abbia dato questa e-mail perché ci incontrassimo. Dove vivi esattamente? Io abiterò a Greenwich.
Non posso crederci, è passato così tanto tempo. Abbiamo quasi trent'anni! Spero tu stia facendo tutto quello che volevi. Mi piacerebbe tanto rivederti, una volta. Comunque, non voglio annoiarti, il trasloco mi aspetta. Spero di sentirti presto.

Baci, Alex

Oddio, Alex!

«Chi?» Jemma si volta e mi rendo conto di aver pensato ad alta voce.

«Un tizio con cui andavo a scuola quando vivevo nello Yorkshire. Mi ha appena scritto che si trasferisce a Londra».

Rileggo l'e-mail con il cuore che batte a mille. Vuole incontrarmi? Non lo sento da undici anni. Sarebbe carino rivederlo. O sarebbe strano? Perché, fra tutti i giorni, ha scelto proprio oggi per scrivermi? Non riesco a pensare con lucidità.

«Accidenti, non hai l'accento dello Yorkshire».

«Ci siamo trasferiti lì quando avevo undici anni, poi me ne sono andata di nuovo a diciotto, quindi non ho mai...».

«Sì, okay, basta così. Il tipo è single?».

Faccio spallucce. Non l'ho più sentito da quando ho lasciato Mothston. Avrà sposato quella Jane che ha incontrato prima della mia partenza. Casa, matrimonio, figli. Alex era uno che faceva le cose nel giusto ordine.

«Non siete amici su Facebook? Oh, dimenticavo, sei l'unica persona sulla faccia della Terra che non ha Facebook».

«Anche Richard non ce l'ha». Che sto facendo? Zitta, Holly, taci. Proseguo, prima che Jemma mi chieda come faccio a saperlo. «Lo trovo inutile, comunque. È solo un mezzo con cui le persone possono perseguitarsi a vicenda».

«È proprio questo il punto. Rifletti. Senza Facebook non avrei mai saputo che quel tizio che ho conosciuto è membro del gruppo "Persone che danno fuoco ai propri peti" e magari ci sarei uscita. E poi, è ottimo per riallacciare i contatti».

«Io sono in contatto con le persone che mi interessano».

«E infatti, sai solo quali delle tue ex compagne di classe sono diventate grasse. Comunque, come fa di cognome, l'amico?».

Glielo dico.

«È pieno di Alex Tyler» si lamenta dopo un po'. «Che aspetto ha?».

«Ehm, magrolino, capelli tagliati male».

«E com'è che non eri interessata? Non ci posso credere».

Rido. Alex era molto più di questo, ovviamente. Era un buon amico, anche se tutti pensavano che fosse un secchione noioso, perché non saltava mai la scuola, non disturbava a lezione e non fumava dietro la palestra, come facevano i ragazzi "tosti". E analizzava ogni cosa fino allo sfinimento, ma era un ottimo ascoltatore. Potevo dirgli tutto. Poi, però, quando ho avuto davvero bisogno di parlargli, si è comportato da emerito coglione. Quindi, in sostanza, non è che potessi dirgli proprio tutto tutto.

«Non puoi fare una ricerca per luogo?» azzardo. «Prova Mothston, magari».

«Oh, ho perso interesse a "capelli tagliati male". Ora sto giocando a Scrabble».

Mi sembra giusto.

Rispondo velocemente ad Alex. Accantono l'idea di una birra e propongo un semplice caffè, perché mi viene in mente la mia possibile condizione attuale. Un minuto e mezzo dopo, mi ritrovo seduta sul water.

Con i pantaloni calati.

E le mutande ancora su.

Non ci riesco. Non a fare la pipì, quello è facile. Anzi, rischio di farmela addosso se non provvedo. Volevo dire che non riesco a vivere questo momento così.

Se il test fosse positivo, me lo ricorderei per tutta la vita. Voglio davvero dire al piccolo Jeremy o alla piccola Jemima (a proposito, devo chiedere a Richard se anche lui da piccolo era un grande fan di *Citty Citty Bang Bang*) che ho scoperto di essere incinta nel bagno dei disabili? Non ci dovrebbe essere anche Richard con me? È da irresponsabili dirglielo prima di esserne certa? Non abbiamo mai parlato di figli, questo è vero, ma deve pur averci pensato. Capita, quando si ha una relazione seria con qualcuno, di fare progetti per il futuro.

Non posso rimanere qui a rimuginare, perché se c'è un

disabile in attesa dietro la porta so che mi odierò per tutta la vita, quindi faccio pipì senza test e torno alla scrivania.

Arriva domenica. Ancora niente ciclo, e ancora non l'ho detto a Richard. Quando sono andata nel suo ufficio, mi ha anticipata con un'esaltante notizia di lavoro: la Hexagon sta discutendo di una potenziale fusione con una grande azienda pubblicitaria americana.

Uso la parola "esaltante" perché per Richard potrebbe significare una promozione, che lo porterebbe a capo di un nuovo dipartimento in cui avrebbe importanti clienti statunitensi.

Da quell'ultimo incontro, oggi è la prima volta in cui sarò sola con lui. Sto giusto infilando mezzo limone in un pollo, quando mi squilla il cellulare.

«Ehi!».

«Ciao, bellezza. Ho una notizia buona e una cattiva».

La buona è che la compagnia con cui stiamo trattando la fusione vuole incontrarlo a New York.

La cattiva è che parte stasera e deve prepararsi, perciò non può gustarsi il mio pollo arrosto.

Gli dico che va bene. Ovviamente non va bene affatto, ma non mi sembra il caso di comunicargli per telefono la sorpresa che avevo in serbo per lui: un bel test di gravidanza.

«Grazie, piccola. Mi farò perdonare. Ma… che cavolo è? Sei in chiesa?».

«No, stavo facendo zapping e ho beccato la messa».

Ride. «Allora vado».

Non lo rivedrò fino a martedì. Non posso aspettare così tanto per fare il test. Potrei impazzire.

«Be', sembra proprio che stasera saremo solo tu e io, Harold».

"Ah, davvero?" sembra chiedermi. "E dovrei essere contenta? Poveretta!" esclama, e se ne va.

Tornerà quando il pollo sarà cotto.

Sono seduta sul water quando squilla il cellulare, e mi spaventa a morte.

È Richard che ha deciso di farsi perdonare?

Guardo il display.

«Ciao, mamma, non è un buon momento. Ti posso richiamare…».

«Tesoro, senti un po': oggi nello show di Jeremy Kyle c'era questa donna che ha scoperto che sua figlia, che va a trovarla ogni fine settimana, non solo le ruba i soldi, ma si fa anche suo marito. E sai cosa ho pensato?».

«Che dovresti uscire di più?».

«Simpatica. No, ho pensato che è fortunata: lei almeno vede sua figlia ogni fine settimana».

Le madri normali si limiterebbero a chiedere di andarle a trovare più spesso. La mia invece no, a lei piace nascondere la domanda dietro frasi tortuose, incastonandola in un argomento di conversazione molto più ampio.

Almeno stavolta è arrivata al punto quasi subito. Di solito parliamo per ore e non so mai come concluderà. È la stessa sensazione di quando sai che c'è una persona nascosta da qualche parte, pronta a farti prendere un colpo. Lo sai che salterà fuori, prima o poi, ma non puoi farci nulla. E l'attesa ti consuma.

«Verrò presto, mamma, promesso. Ora però devo proprio lasciarti…».

«Comunque, ho chiamato per dirti» mi interrompe ancora, tutta eccitata «che Alex Tyler si è trasferito a Londra».

Deve essere il pettegolezzo del momento: a Mothston non succede nulla di tanto entusiasmante dai tempi in cui l'ufficio postale aprì un reparto dedicato ai biglietti di auguri. Mia madre mi aveva chiamata anche in quell'occasione, infatti.

«Lo so, mi ha scritto chiedendomi di incontrarci. A proposito, grazie per aver diffuso il mio indirizzo con tanta sollecitudine».

Ignora l'ultima parte della frase. «Quindi, vi siete visti?».

«Non ancora».

«Oh». Sembra delusa. «Pensavo che morissi dalla voglia di rivederlo».

«Sono passati undici anni» puntualizzo. E al momento sono distratta dalla potenziale, imminente scoperta del tuo primo nipotino.

«Allora dovrete mettervi in pari. Dài, che probabilmente non conosce nessuno a Londra».

Le assicuro che mi occuperò della faccenda e riaggancio.

Una volta fatto il test, evito di guardare di continuo l'orologio e cerco di distrarmi canticchiando fra me. Sto quasi per finire il motivetto, quando il telefono squilla ancora. Richard...?

«Dimmi, mamma». Ho risposto di nuovo, ma solo perché c'è una piccola parte di me che non vuole restare sola, in questo momento.

«Non era suo padre, comunque».

«Eh?».

«La ragazza che si faceva il marito della madre. I suoi erano divorziati e la signora si era risposata. Nel caso non ti fosse chiaro. Anche se in questo show non sai mai cosa aspettarti».

Ascolto a malapena. Sto fissando il bastoncino bianco che tengo tra le dita.

Capitolo 6

ALEX

«Eeecciuuuuu!».

Carl si alza dalla poltrona, gli occhi umidi e gonfi, mentre osservo la zona limitrofa per capire quali elementi siano stati contaminati. Gran parte del tavolino da caffè è ormai irreparabilmente appestata, così come la matita sulla tavoletta grafica, il telecomando e una scatolina rettangolare di metallo che sospetto contenga erba.

«Maledetta allergia». Sospira, avvicinando un paio di mocassini con il piede destro. «Vado a comprare gli antistaminici. Ti serve qualcosa, bello?».

Salviette sterili? Un fazzolettino? Un mitra?

«Sono a posto, grazie».

Ho finito di traslocare un'ora fa e sono già sicuro di non essere tagliato per condividere un appartamento. Sono ricorso al lancio della monetina per scegliere tra Carl (batteri) e Russell (Pink Floyd), convinto che, una volta sistemato, avrei sempre potuto trovare qualcosa di meglio. Ma Carl mi ha chiesto una caparra di 800 sterline, che non mi ridarà se me ne vado entro sei mesi, perciò adesso sono intrappolato in questa fossa di germi, costretto a guardare un programma religioso su un televisore al plasma da 52 pollici perché ho troppa paura di toccare il telecomando.

Lascio perdere la TV e accendo il portatile. Non ho potuto controllare le e-mail per l'intero fine settimana e mi ci vuole un po' per districarmi tra tutta la spam che mi è arrivata. Elimino newsletter di Amazon e della scuola, nonché il messaggio di un leader rivoluzionario nigeriano che chiede il mio aiuto per rovesciare gli oppressori. Quando finalmente vedo la sua e-mail, mi si stringe lo stomaco.

È un po' surreale leggere il suo nome scritto in Courier. L'ultima volta che ci siamo visti, a Mothston, nessuno aveva mai sentito parlare di posta elettronica. Se avevamo qualcosa da dire a qualcuno, andavamo a trovarlo a casa. Apro il messaggio e vengo inaspettatamente travolto da una sensazione familiare. La stessa che avevo sempre quando mamma o papà mi avvertivano che Holly era venuta a trovarmi. Allora mi controllavo il battito con le dita, davanti allo specchio del bagno, poi inspiravo profondamente e…

Da: <Holly@hexagon.co.uk>
A:<alexpatricktyler@hotmail.com>
Oggetto:re: Ciao

Ciao Alex,
spero le cose ti vadano bene.
È fantastico! Adesso insegni, come hai sempre voluto. Buon per te! Io vivo a Blackheath, proprio accanto a Greenwich. Dovrei liberarmi per un caffè fra un paio di settimane. Scrivimi quando ti sarai sistemato, così ci possiamo vedere.

Buona fortuna per il trasloco,
H

Rileggo per scovare altri indizi, per trovare un piccolo segno che è felice di sentirmi. Dipende tutto da come si interpretano quel «dovrei liberarmi» e, soprattutto, quel «caffè».

È proprio la storia del caffè che non mi va giù. È come se avesse fatto un grande sforzo per concedermi cinque miseri minuti della sua vita. Mi ero immaginato di trascorrere un'intera serata a ricordare i vecchi tempi davanti a un paio di birre, chiacchierando fino alle ore piccole, come facevamo prima. Non lo so, forse mi aspettavo troppo. Ma speravo che certe cose non cambiassero mai.

Dopo un quarto d'ora, decido che c'è una piccola possibilità che io sia un imbecille, perciò mi faccio andare bene la proposta del caffè e rispondo entusiasta, fornendo anche il mio numero di cellulare. Poi richiudo il portatile e crollo sul divano, sopraffatto dal nervosismo e dall'eccitazione mentre mi chiedo cosa aspettarmi l'indomani.

Svolto a destra alla stazione di Deptford e percorro uno stradone in salita con una macelleria halal e un alimentari afrocaraibico. Sorrido a un negoziante, che finge di non vedermi.

L'aria primaverile è immobile, contiene già le prime avvisaglie di estate. Mi tolgo la giacca e la tengo sulla spalla, finché non raggiungo un isolato dove sorgono condomini popolari che pullulano di parabole fissate sui balconi colorati. Inizio a spiare di sottecchi i ragazzi: i maschi con le camicie fuori dai pantaloni e gli zaini tutti consumati; le ragazzine già grandi, con i cerchi alle orecchie e le espressioni severe. Non sono come li avevo immaginati. Sono vistosi, appariscenti. Nelle ultime settimane mi ero fatto un'idea tutta mia della scuola in cui sarei andato a lavorare: immaginavo che ci avrei trovato un ragazzetto polacco, con i buchi nelle scarpe e senza soldi per i libri, e gli avrei regalato la mia copia delle poesie di W.B. Yeats. Lui mi avrebbe sorriso, ringraziandomi in un inglese stentato. Cinquant'anni più tardi, quel ragazzino, diventato poeta laureato, mi avrebbe fatto visitare la sua biblioteca personale, con indosso uno smoking rosso borgogna. Mi avrebbe messo in mano un libro avvolto in una spessa carta da pacchi e avrei capito che era lo stesso volume di Yeats che gli avevo donato tanti anni prima.

È una visione vagamente romantica, me ne rendo conto.

Svolto di nuovo a sinistra e ci sono: la mia nuova scuola. Me ne sto lì, immobile, a guardarmi intorno. L'edificio principale è un enorme scatolone composto da tre strati di cemento e tre di finestre. Alcuni ragazzi mi scrutano mentre mi passano accanto, chiedendosi senz'altro chi sia e che cos'abbia da sorridere. Ma non riesco a smettere.

Un segretario mi accompagna dal capo del dipartimento, il signor Cotton, con cui trascorro la mattinata a parlare di protocollo, supporto spirituale e altri argomenti del genere.

Alla fine, mi chiede come mi senta in vista della prima lezione, nel pomeriggio.

«Sono emozionato, ansioso, e molto altro che le parole non bastano a descrivere. Penso di essere anche un po' spaventato…».

«Comincia con quelli di prima superiore, vero?».

Controllo la tabella con l'orario, anche se la so a memoria. «Sì, credo».

«Bene, non si mostri "un po' spaventato", o la mangeranno vivo».

Rido della battuta, ma l'espressione del signor Cotton resta di pietra. La carnagione giallastra, il riporto e il naso lungo lo fanno sembrare un personaggio di *Indovina chi?*.

«Sono serissimo» dice quando suona la campanella. Si alza e mi indica la porta allungando un braccio. «Quei ragazzi sono uno dei motivi per cui i suoi predecessori se ne sono andati».

«Seduti, prego, seduti. Io sono il professor Tyler e d'ora in avanti sostituirò la professoressa Marsden». Qualcuno in fondo all'aula sbadiglia. «So che è difficile cambiare insegnante a questo punto dell'anno scolastico, ma sono sicuro che insieme non avremo problemi a recuperare».

Un ragazzo pallido con una macchia rossa sulla camicia

e un anello pacchiano alla mano destra aggancia un elastico alla biro, lo tende, prende la mira e colpisce in piena fronte un compagno tre banchi più in là. Controllo il registro elettronico. Si chiama Gareth Stones.

«Dài, smettila, Gar…». In quell'istante, entra un ritardatario. Anche con la massa di capelli afro che ha sulla testa, raggiunge a malapena il metro e mezzo d'altezza. Mi passa davanti con il suo blazer troppo grande, senza il logo della scuola.

«Kenny vuole infilarsi negli armadietti in fondo, professore» mi avvisa una ragazzina con i capelli decolorati che pendono da radici nero corvino. Juliette Jacobson, stando al registro.

Confuso, mi sistemo dietro la scrivania e cerco con lo sguardo l'insegnante di sostegno, la professoressa Pritchard, che appare sbalordita quanto me.

«Posso chiederti che stai facendo?» domando, ma il ragazzino è nel suo mondo, un mondo dove è perfettamente normale infilarsi in un armadietto di metallo. Ci entra senza difficoltà: ci sta tutto, e avanza anche spazio. Si chiude dentro.

«Senti, puoi uscire da lì, per favore?».

Ancora nessuna risposta. Gareth lancia un altro elastico e colpisce Juliette in testa, mentre io mi avvicino esitante all'armadietto.

«Dài» imploro, aprendo l'armadietto. Kenny si spiaccica in fondo e sbatte il gomito sulla parete.

«Ahia, mi fa male!» urla. «Questo è abuso su minore!».

«Professor Tyler!» grida Gareth. Ha un tono di voce che ricorda allo stesso tempo un gangster spaccone e un presentatore televisivo. Il resto della classe alza subito gli occhi dalla copia di *Amleto* che ha davanti. «Ci stavamo chiedendo da dove viene. Harvey dice da Newcastle. Stacey dice da Marte».

Quasi tutti ridono e decido di usare la stessa tattica che aveva funzionato bene con Jack Couchman alla Mothston Grammar: lascio Gareth per un po' al centro dell'attenzione, invece di rimproverarlo.

Lui ridacchia sotto i baffi quando gli rispondo. È normale, è colpa del nome: Mothston. Quasi impronunciabile. Sospetto che succeda lo stesso anche agli abitanti di posti come Grimsby o Bognor Regis.

«E dove sarebbe?».

«Nello Yorkshire».

Subito Gareth si raddrizza sulla sedia e declama, imitando l'accento del Nord: «Vado a insegnare a Londra, sennò mi tocca restare in questo cesso!».

La classe prorompe in un applauso e Gareth festeggia alzandosi e facendo un paio di inchini.

«Molto bene, Gareth, bell'imitazione». Sorrido. «Il problema è che potrebbe finirci la tua vita, nel cesso, se qui non lavoriamo un po'».

Per qualche motivo, la mia risposta scatena l'ilarità generale e quando riesco a farli calmare, l'ora è già finita.

I ragazzi escono dalla classe, tiro fuori il telefono dalla tasca e trovo un nuovo messaggio da un numero che non conosco.

Capitolo 7

HOLLY

Alla stazione di Canary Wharf sale un folto gruppo di passeggeri e noto che la donna vicino a me ha sulla borsa un adesivo con su scritto “Bimbo a bordo”. Le persone sedute si fingono concentrate nella lettura dell’*Evening Standard*, quindi sono io l’unica ad alzarsi.

«Prego, si sieda». Mi sposto per farla passare. La signora è nella fase della gravidanza in cui il confine tra “donna incinta” e “donna grassa” è labile, e non avrei rischiato la figuraccia se non fosse stato per l’adesivo. Mi ringrazia con un sorriso e si rilassa sul sedile, sospirando profondamente e mettendosi le mani sulla pancia. Non posso fare a meno di pensare che ci marci un po’ sopra.

Non importa, quel posto è per lei. Sono felice di cederglielo, perché non c’è nessun “bimbo a bordo” da queste parti, nossignore.

Mi aveva già convinta quel “NON INCINTA” apparso sul test, ma l’arrivo del mio amichetto mensile ha dissipato ogni dubbio residuo. Mi aspettavo di essere pervasa dal sollievo, ma non ho provato nulla. Ci avevo rimuginato su talmente tanto che ormai me ne ero fatta una ragione? Per fortuna, Richard non era lì per condividere con me il momento… E se fosse stato sopraffatto dalla gioia di diventare padre? Mi sarei sentita malissimo.

Anche per questa storia di Alex, non so se mi sono messa in contatto con lui solo per far piacere a mia madre o perché ho bisogno di distrarmi. Ma sto andando all’appuntamento.

`Non vedo l'ora. Holly x`

Gli ho scritto così. Sono cose che si dicono, non importa se sono passati undici anni dall'ultima volta che l'ho visto, se praticamente non ho idea di cosa abbia fatto da allora. Non conta neppure la nostra separazione piuttosto brusca. I messaggi sono solo consuetudini sociali, e di solito più edulcorati di quanto vorremmo.

Non sono spaventata, ma non so proprio cosa aspettarmi. Nella mia testa, Alex è due persone diverse. C'è l'Alex dolce, onesto, a disagio, un po' precisino, intelligente e simpatico che mi ha sempre guardato le spalle. E poi c'è l'Alex bizzarro e vagamente inquietante che è diventato un coglione al primo accenno di attenzioni sessuali da parte di una ragazza.

Ho molti più ricordi del primo, naturalmente.

Ma il secondo è quello che ho visto appena prima di lasciare Mothstón e da allora è sempre rimasto con me. E se fosse stato solo l'inizio del cambiamento? Se avesse proseguito in quella direzione per undici, lunghi anni e fosse diventato solo una grossa, inutile testa di cazzo?

`Un po' scettica, ma proviamoci. Holly x`

Avrei risposto così, se fossi stata davvero onesta. Oppure:

`Speriamo non sia imbarazzante. Holly x`

«È troppo diretto» ha obiettato Jemma. «Perché non ti limiti a spiarlo dall'altra parte della strada, e se ti fa schifo, gli mandi un messaggio e gli dici che stai male? Poi potrai evitarlo per il resto della vita, se vuoi».

«Vedi, Jem,» ho risposto «ho una triplice obiezione alla tua idea. Primo, ci vediamo in un pub, perciò non potrò vederlo da fuori. Secondo, non sono una persona tanto orribile. E terzo, ti sfugge il nocciolo del problema: non mi importa come sia fisicamente. Non è un appuntamento al buio, è un vecchio amico, e ho solo paura che non avremo niente da dirci».

«Oh, finiscila. Sei single e stai per incontrarti con un tizio che non vedi da anni, e che potrebbe essere single a sua volta. Non ci credo che non ti sei nemmeno chiesta che aspetto abbia».

E va bene, ha ragione. Non sul fatto che sono single, ma che aspetto abbia Alex me lo sono chiesta, eccome. Undici anni è un tempo sufficiente a mettere la pancia e a perdere i capelli. E se fosse ancora bello? Che effetto mi farà rivederlo? Mi sembrerà un fratello, come nei primi anni della nostra amicizia, o proverò quel solletico che sentivo quando gli ero vicina, dopo aver capito che mi piaceva? Non che faccia differenza, a uomini sono a posto. Ma è dura non chiederselo.

Dopo il nostro ultimo incontro, avevo passato il tragitto da Mothston a Londra a cercare di convincermi di aver frainteso i sentimenti che provavo per lui. Mai viaggio era stato tanto illuminante. Su quell'auto mi era sembrato di lasciarmi alle spalle non solo Mothston, ma anche la ragazza che ero quando vivevo lì. Era stato un viaggio verso l'età adulta. La Holly che pochi giorni prima ballava spensierata nel giardino di Ellie già mi sembrava un'estranea, e da quella sera ero cambiata. Volevo convincermi che quanto provavo per Alex non fosse vero amore, l'amore degli adulti, ma solo un'ingenua infatuazione.

Ma a Jemma ho detto la pura verità: il mio timore più grande è di arrivare lì e accorgermi che non abbiamo nulla da dirci. Certo, fa un po' ridere, se penso che ai vecchi tempi non la smettevamo mai di parlare. Ma se l'unica cosa che abbiamo in comune, in realtà, fosse il passato? Non voglio stare tutta la serata a parlare dei cari, vecchi tempi a Mothston. Quella parte della mia vita l'ho messa in un cassetto tanto tempo fa, e non ho tanta voglia di riaprirlo.

Sono stata sul punto di annullare diverse volte, ma alla fine sto andando. Il fatto è che voglio rivederlo. Sono curiosa di sapere com'è diventato. Mamma mi ha detto che è un insegnante, ma poco altro. Insegnare è come si aspettava? O è diventato uno di quei professori disillusi che odiano tutti i loro studenti? Non ce lo vedo proprio. D'altra parte, anch'io probabilmente non sono come lui mi immagina. Magari è rimasto ai capelli selvaggi di un tempo (grazie a Dio, hanno inventato la piastra) e non sa nemmeno che ho scoperto l'esistenza delle palestre, quindi mi penserà più in carne. Credo che resterà di stucco, un po' come quando la ragazza si mostra agli amici alla fine di quei programmi di trasformazione.

Sono abbastanza tranquilla, finché non vedo nel vagone due amiche che s'incontrano per caso. Squittiscono di gioia e corrono l'una verso l'altra per darsi un bacetto sulla guancia. Vado nel panico. Come dovrei salutare Alex? Un abbraccio? Una stretta di mano? Quando eravamo amici non avevamo un saluto particolare.

Non che non ci piacesse toccarci: a volte ci abbracciavamo quando uno dei due si sentiva giù, e ci baciavamo sulle guance per i compleanni. Ma non abbiamo mai avuto un gesto tutto nostro, un segno di riconoscimento speciale. Con Ellie, per esempio, ci davamo bacetti *vicino* alle guance, con uno schiocco esagerato. Che poi, a ripensarci, che razza di saluto era? Tanto valeva darsi il cinque. Almeno ci sarebbe stato un contatto reale.

Che settimana strana. Solo ieri rischiavo di fare un lungo balzo in avanti nella mia esistenza. Essere madre è proprio roba da adulti. E adesso, mentre la metropolitana si ferma nella stazione di Cutty Sark, sento di essere tornata al 1999. Ho di nuovo diciotto anni.

Non so cosa mi faccia più paura.

Capitolo 8

ALEX

Arrivo al pub alle sette meno undici. Una parte di me è convinta che sia tutto un grosso sbaglio, che mi sia solo sognato il messaggio di Holly e che tra mezz'ora me ne andrò da qui, tra i sorrisetti ironici di chi è stato testimone della mia idiozia.

Mi guardo intorno e sono felice di aver scelto questo locale. Quando Holly ha proposto di vedersi a Greenwich per una birra, mi è subito venuto in mente. L'unica volta che ci sono entrato era pieno di ragazze con abiti a pois e Dr Martens e ragazzi con barbe di varie lunghezze. Ho immaginato che fosse un posto particolare, e magari a Holly poteva piacere.

Prendo un bicchiere di vino rosso e mi butto su un divanetto. Non è comodo come sembrava. L'orologio appeso sopra il bancone segna le sette meno otto.

Decido di fare una telefonata, per distrarmi e distendere i nervi. Da Kev ottengo solo un «Castigala anche per me», perciò scorro la rubrica e chiamo qualcun altro.

«Alex, amico mio» risponde Rothers con entusiasmo. «È una vita che non ci sentiamo. Com'è Londra?».

Quando Holly se n'è andata dalla mia vita, all'improvviso non ho più avuto nessuno con cui confidarmi. Non ci siamo sentiti per un bel po', e solo al secondo anno a York fui pronto a conoscere persone nuove, ad andare avanti. Avevo iniziato a uscire con Charlotte McCormack, una ragazza dalle gambe vertiginose, occhiali ironici (anche se lei negava) e la biografia di Mao sul comodino. Pensavo che avremmo potuto anche sposarci, un giorno, ma una settimana dopo la laurea mi aveva annunciato che aveva bisogno di andare "a trovare se stessa" in Thailandia. Diciotto mesi dopo, avevo scoperto dove l'aveva portata il viaggio di riscoperta di sé: in una casa popolare a Bradford, dove vive ancora oggi con i due figli. Ma non è questo il punto. Il punto è che quando mi lasciò, per un mese intero non riuscii quasi a mangiare. La solitudine è una sensazione che da bambino non puoi capire. Sei annoiato, hai voglia di qualcosa, ma non ti senti mai veramente solo, specialmente se vivi in una cittadina come Mothston. E poi, se avevo bisogno di un abbraccio, c'era Holly. Invece, quando Charlotte se n'era andata, ero rimasto solo. Mi era sempre mancata Holly, ma soltanto allora capii veramente che cosa avevo perso. Parlare con Rothers, che all'epoca viveva a Manchester, non era certo la stessa cosa.

«Sì, è davvero bella, oggi è stato il mio primo g…».

«JACOB, METTI GIÙ QUEL VASO! Scusa, Alex, Meg è a una conferenza e Jacob ha deciso proprio oggi di farsi possedere da Satana. Che stavi dicendo?».

«Niente, solo che oggi è stato il mio primo giorno di scuola e che fra un po' devo…».

«NON FARMELO RIPETERE, JACOB!».

Un gruppetto di otto studenti entra nel pub e tutti si tengono lontani dal bancone per non essere costretti a offrire un giro. Alla fine, si dividono a coppie per ordinare.

«Senti, ti richiamo un'altra volta, che dici?».

«No, non… Okay, questo è troppo, giovanotto. Scusa, Alex, è meglio se mi richiami, sì. Scusami».

Rothers è l'unica persona che conosca la cui vita sia andata esattamente secondo i piani, e ogni volta che gli telefono provo una sensazione sgradevole. Non ricordo più l'ultima volta in cui abbiamo parlato per più di qualche minuto, ora che si è ritrasferito vicino a Mothston con la famiglia ed è socio di uno studio legale di York.

Mi rimetto il cellulare in tasca e, senza più distrazioni, vengo sopraffatto dall'ansia, come se dovessi affrontare un esame. Mi osservo. Che idea stupida venire con l'abito da lavoro. Ho avuto un sacco di tempo per cambiarmi, ma ho pensato che avrei fatto più bella figura in completo che con qualsiasi altro capo del mio vestiario. Ora mi sembra di essermi vestito troppo bene senza motivo.

Due minuti alle sette.

Un incontro con la mia fidanzatina d'infanzia. Anzi, con quella che avrei tanto voluto fosse la mia fidanzatina d'infanzia. Avevo dovuto abituarmi all'idea che fossimo migliori amici, ma nel corso degli anni mi sono sempre chiesto se avessi sbagliato qualcosa anche come amico. Avevamo passato troppe serate a chiacchierare fino alle ore piccole? E perché non mi aveva più richiamato, se eravamo così intimi come pensavo?

Rileggo il suo ultimo messaggio ancora una volta, per assicurarmi che stia accadendo davvero. Almeno dal tono sembra abbastanza contenta, e lo sono anch'io. Sono curioso, del passato e del presente. Sono nervoso per ciò che potrà succedere in futuro.

Mi sembra che il cellulare vibri, ma quando lo guardo non ci sono chiamate, né messaggi.

Undici minuti, undici anni; in questo momento non mi sembrano poi così diversi. A volte, da adolescente, sentivo che avrei potuto passare la vita intera ad aspettare Holly Gordon.

Bevo un bel sorso di vino per darmi una calmata, mi rimetto il telefono in tasca e, appena l'orologio del bar segna le sette, punto con ansia lo sguardo sulla porta.

Capitolo 9

ALEX

Settembre 1997

Gironzolo di fronte al negozio del signor Sawyer in attesa di vedere Holly svoltare l'angolo della strada dove abita. Così posso regolare il passo e incrociarla all'inizio di Brickfield Road. E andare a scuola insieme a lei.

Mi sento un idiota a starmene qui, ma non la vedo da due settimane e non le ho ancora parlato, perché ieri sera è tornata tardi. Non posso aspettare fino a pranzo per rivederla.

Quando alla fine compare, in ritardo come al solito, con la nostra nuova uniforme scolastica, sento l'adrenalina scorrermi nelle vene. Mi incammino, accelerando il passo dopo qualche secondo e arrivando all'angolo con Brickfield Road appena in tempo: sembra proprio una coincidenza.

«Ehi. Com'era la Turchia?» chiedo, incerto su come salutarla dopo tanto tempo. «Grazie per la cartolina».

«Era bella» risponde Holly. «Però era meglio se mio padre non prendeva un pacchetto *all-inclusive*. Tanta strada, e abbiamo visto soltanto l'albergo».

Mi guarda per la prima volta. «Comunque» dice, sorridendo. Il sole estivo le ha fatto venire un po' di lentiggini sul naso. Sono bellissime. «È bello vederti, Al. Come se la cava tuo padre?».

Mia madre e mio padre. Nessun altro osa parlare del fatto che la mamma è morta, né mi chiede mai come sta papà.

Forse temono che gli scoppi a piangere in faccia. Holly è l'unica a cui non sembra importare.

Lei c'è sempre stata. Figlia unica, come me, la sola con cui appartarsi un po' alle feste in famiglia. È così che ci siamo conosciuti: i suoi si erano appena trasferiti a Mothston e la mamma aveva deciso di accoglierli con una festa di benvenuto, affinché potessero farsi qualche amico.

Holly era diversa da chiunque altro. Quando ero piccolo mia madre si lamentava perché ci mettevo troppo a bere il tè. Restavo ore a decidere quale biscotto mi piacesse di più tra quelli che avevo nel piattino, e me lo lasciavo per ultimo. Holly era più sbrigativa. Non che fosse avventata, solo che non perdeva tempo a riflettere sulle cose. Anche se aveva solo undici anni, sembrava che avesse pianificato alla perfezione tutta la sua vita. Da quando l'ho conosciuta, ho sempre cercato di far parte di quel piano.

E ora, da quando alla mamma hanno diagnosticato il cancro, da quando è accaduta la cosa peggiore che potesse capitare, l'unica nota positiva è che Holly e io ci siamo avvicinati ancora di più.

«È...». Mi si spezza la voce e, dal nulla, le lacrime iniziano a scendermi copiose lungo le guance. Holly si ferma, e mi fermo anch'io. Mi guarda intensamente. Fa per abbracciarmi, ma io, anche se non c'è niente al mondo che desideri più di un suo abbraccio, faccio finta di non accorgermene e riprendo a camminare. È l'unico modo per bloccare le lacrime.

In mensa, Rothers capisce dove sto puntando lo sguardo. «Chi aspetti?» mi chiede.

Kev risponde al posto mio. «La ragazza dei suoi sogni erotici, ovviamente».

Non è esatto, perché non ho mai avuto un vero e proprio sogno erotico. Anzi, ogni volta che ne parlano divento rosso come un peperone e devo fingere di sapere che cosa siano.

«Avrei dovuto immaginarlo» dice Rothers, mentre scuoto la testa e sorrido indulgente, come a dire che si sbagliano di grosso.

Però è vero che sto aspettando Holly. Voglio vederla per assicurarmi che non ci siano problemi, dopo la situazione spiacevole di stamattina.

«Mettitelo in testa: Holly non vuole farsi uno che indossa pantaloni di velluto a coste» mi deride Kev, e io mi copro la bocca fingendo uno sbadiglio.

«Non ci hai mai visti quando siamo soli io e lei».

«Per forza».

Vado avanti. «Parliamo di tutto, Kev».

«E avete anche il ciclo negli stessi giorni?».

Inizia a cantare il jingle della pubblicità degli assorbenti Bodyform. Lo avverto che è la canzoncina dei Tampax, non dei Bodyform.

Kev si sputa sul palmo della mano destra. «Due sterline che ho ragione io».

Faccio una smorfia. «Non c'è bisogno di scommettere».

Lancio un'altra occhiata verso la porta, ma mi distrae la vista di Dean Jones che fa a braccio di ferro con Shaun Harmston. Per far capire quanto si senta superiore, Dean si versa il ketchup sulle patatine con la mano libera.

«Devo ammetterlo, comunque» dice Kev trafiggendo con la forchetta una salsiccia e infilandosela tutta in bocca. «Ha proprio un bel paio di tette».

«Chiudi quella cazzo di bocca, va bene?» abbaio.

Rothers resta a bocca aperta.

«Porca puttana» esclama Kev. «Ma ti sei alzato male, stamattina?».

Tra noi cala un silenzio imbarazzato e capisco che è colpa mia. Ho esagerato. In realtà, discorsi del genere da parte di Kev sono quasi un sollievo: il Kev "gentile" che è venuto fuori da quando è morta la mamma (quello che non mi dà soprannomi ispirati ai genitali, quello che non mi deride di continuo per i miei vestiti) è un po' sconcertante. È solo che sono irritato perché si rifiuta di credere che possa nascere qualcosa tra me e Holly.

«A voi è mai capitato che una ragazza abbia cercato di infilarvi un dito nel culo?» chiede Kev.

Non rispondiamo.

«A me è successo un paio di volte. Ho dovuto farla smettere e dirle che non è roba per me».

Ci guarda in attesa di una reazione, ma non la ottiene. Sappiamo bene che è vergine, ma da quando Megan Robinson ha permesso a Rothers di andare fino in fondo, due settimane fa, Kev si vanta delle sue inesistenti conquiste amorose.

«Scommetto che su qualche rivista femminile c'è scritto che ci piace. Un'intera generazione di donne corrotta con uno schiocco di dita».

Mi guardo ancora intorno, ripensando alla cartolina che Holly mi ha spedito la settimana scorsa: "Vorrei che fossi qui xxx". Ho infuso in quel "Vorrei" un'abbondante dose di desiderio e, ogni volta che chiudo gli occhi, lei è lì sulla spiaggia, stesa a pancia in giù su un asciugamano, a scrivere la frase con la sofferenza negli occhi.

Magari non ho ancora fatto sogni erotici, ma questo non significa che non perda i fine settimana a immaginarla nuda sul mio letto, i capelli sparpagliati sul cuscino; giorni interi passati a scrivere su un foglio le parole esatte con cui mi dichiarerò. E non è la paura del rifiuto a bloccarmi. È la consapevolezza che, se davvero Kev ha ragione e io ho torto, dopo le cose non torneranno più come prima.

«Ohi, ohi» dice Kev adocchiando la porta. Vedo Holly, Ellie e altre ragazze che riconosco dalle foto che ho visto sulla parete della sua camera.

Senza pensarci, il mio braccio sinistro già si alza in cenno di saluto, e con la coda dell'occhio vedo che Kev scuote la testa, sconsolato. Per fortuna, Holly si avvicina.

La fisso impacciato. Nonostante siamo i migliori amici l'uno dell'altra, non passiamo molto tempo insieme a scuola, e la presenza di un pubblico mi mette sotto pressione. Ho un nodo alla gola. Kev mi guarda e capisco che devo dire qualcosa, subito, ma prima che possa aprire bocca Holly indica la borsa posata a terra accanto a Rothers.

«Vai agli allenamenti dopo la scuola?» gli chiede e, quando lui annuisce, Holly risponde che ci sarà anche lei.

«Ma tu odi il calcio!» protesto.

«Sì, ma c'è scritto che è solo per i maschi».

«E allora? Vuoi dimostrare qualcosa?».

Holly annuisce e Rothers ride, un po' troppo forte per i miei gusti. Ha fatto parecchio l'arrogante in queste ultime settimane. Devo soffocare la voglia di dargli uno spintone mentre si dondola all'indietro, in bilico su due gambe della sedia.

«Hai preso un portachiavi?» chiedo. È il mio modo di far capire agli altri che Holly è mia amica e che so tante cose su di lei e loro no. So, per esempio, che colleziona ciondoli, uno per ogni posto in cui è stata, compreso Camber Sands, dove siamo andati insieme alle rispettive famiglie quando avevamo dodici anni.

Ci mostra il ciondolo d'acciaio comprato in Turchia e le chiedo se vuole unirsi a noi, spostando il vassoio verso Kev per farle posto alla mia destra.

Holly guarda le sue amiche, che si sono affollate intorno a Dean Jones e alla sua gang.

«Mi siedo con Ellie» dice, mordendosi il labbro inferiore a mo' di scusa. «Abbiamo una festa da organizzare. Sai, è l'inizio del nuovo anno. Ma perché non venite voi?».

A sederci con Dean Jones? Noi? Non credo proprio. Il compare Bobby Shepherd l'ha abbandonato per entrare nell'esercito, ma ci tratta lo stesso come se fossimo un branco di zingari che gli si sono accampati in giardino.

Un paio di minuti dopo, guardo dove è andata a mettersi. Ride di gusto (mani sulla pancia, bocca spalancata) per qualcosa che le ha detto Dean Jones. Per la seconda volta, oggi, qualcosa di simile a un singhiozzo mi si fa strada in gola. Devo smettere di guardare Kev, perché sono sicuro che ha sul viso il solito sorrisetto irritante e non riuscirei a trattenermi dal dargli un cazzotto in faccia.

Capitolo 10

HOLLY

Aprile 2010

Wow, mi sembra di vivere la mia scena preferita di *Pretty Woman*, quando Edward entra nel bar dell'albergo per incontrare Vivian e vede una ragazza bellissima seduta al bancone, con i capelli perfetti e il vestitino elegante. Quando capisce che è proprio lei, cerca invano di nascondere la sorpresa.

Nel film, Vivian passava da minigonna e stivali alti fino al ginocchio a un bel vestito nero. Alex ha fatto sparire i pantaloni a coste e il maglione in favore di un abito blu scuro leggermente aderente. Non sembra più un adolescente imbarazzato, proprio come Vivian non sembrava più una squillo.

A parte l'abbigliamento, però, è ESATTAMENTE lo stesso.

«Holly!». Si alza di scatto e spalanca le braccia, dissipando con un semplice gesto tutta l'ansia da saluto che avevo accumulato durante il tragitto. Lo abbraccio con gratitudine e vengo avvolta da un sentore di dopobarba misto a vino rosso che mi è estraneo, come l'accenno di barba che mi graffia la guancia.

«Ma guardati!». Poi, però, non va avanti. Guardati... cosa? Stai bene? Guardati, che diavolo ti è successo?

Mi guardo. Indosso una camicetta Reiss bianca infilata in pantaloni a vita alta grigio carbone. Ho i capelli lisci, il trucco fresco, ho due taglie in meno dall'ultima volta che ci siamo visti... diciamo che lo prendo come un complimento.

«E tu» rispondo io, togliendomi il cappotto. «Stai benissimo in completo».

L'ho visto in abito elegante solo una volta, al funerale della madre, ma – e lo dico con affetto – in quell'occasione aveva l'aspetto di un rifugiato che aveva rubato il vestito a un mercatino dell'usato. Adesso, invece, la giacca non sembra appesa a una gruccia, ma gli sta a pennello.

«Be', grazie» dice toccandosi il bavero. «È di Topman. Dài, ti prendo da bere».

«Bello». Poi indico con un cenno il suo bicchiere, improvvisamente tutta contenta. «Lo stesso che bevi tu, grazie».

Non sono mai stata in questo posto e capisco subito perché. È un pub per studenti. Gli interni finto-tradizionali sono pieni di repliche moderne dei vecchi loghi delle birre e, invece di un amichevole barman che conosce bene la sua clientela, dietro il bancone c'è un ventenne annoiato che farebbe fatica a ricordare anche il proprio nome. Perché Alex ha proposto di venire qui? Siamo entrambi fuori luogo vestiti così, rispetto ai personaggi che ci circondano.

Mentre Alex attende paziente di essere servito, mi siedo al suo posto e subito il divanetto m'inghiotte. Sono ancora intenta a cercare una posizione decente quando torna dal bancone, con una bottiglia in una mano e due bicchieri nell'altra.

L'idea che stia per bere vino con Alex è surreale. Mi sembra una cosa sofisticata, come se fossimo due ragazzini che giocano a fare gli adulti.

«Salute». Brindiamo come facevamo sempre quando bevevamo litrate di alcolici alla frutta. Anche lui si trova in difficoltà quando cerca di accomodarsi sul divanetto di fronte.

«Come va a scuola?». Ci sono migliaia di domande che ho molta più voglia di fargli, ma nessuna mi sembra appropriata per iniziare una conversazione con una persona che non vedo da secoli.

«Finora bene. Diciamo che è l'opposto della Mothston Grammar, perciò è perfetta».

Devo frenare l'impulso di dargli il cinque come facevamo quando prendevo il massimo dei voti in un compito in classe o quando lui indossava qualcosa di figo. Avevo completamente rimosso questa nostra abitudine. Improvvisamente, mi sembra un peccato che sua madre non sia qui. Sarebbe stata fiera di suo figlio.

Quando mia madre mi ha detto che faceva l'insegnante, mi era sembrato strano, e ora che me ne parla di persona lo è ancora di più. Continuo a pensare ai nostri professori. Loro erano adulti VERI. Se li vedessi adesso, avrei ancora la sensazione di dover fare quello che mi dicono. Non che fossi una ragazza obbediente, a scuola. A meno che non ci fosse il professor Abel, quello di francese, ma solo perché mi piaceva. Piaceva a tutte. Prima delle sue lezioni, ci arrotolavamo la gonna alla vita, per accorciarla di qualche centimetro.

Mi domando quante adolescenti adesso facciano lo stesso con Alex. Ride quando gli chiedo se devo chiamarlo "professor Tyler", e mi mostra denti bianchi e perfetti. Non mi sorprende, è l'unico che conosco a passarsi il filo interdentale ogni santo giorno.

«Preferisco "professore", se non ti dispiace». Il sorriso, ampio e genuino, gli illumina il volto. È uno di quei sorrisi che ti fanno sempre venire bene in fotografia.

«E tu?» mi chiede. «Tua madre mi ha detto che lavori nella City, ma non ha detto cosa fai».

«Faccio l'assistente personale» dico scrollando le spalle con noncuranza. Perché lo faccio? Perché minimizzo? Amo il mio lavoro. Ho colleghi simpatici con cui sto bene, ho uno stipendio soddisfacente e una buona pensione che mi aspetta. Ma quando vedo la sorpresa attraversare il viso di Alex capisco che tentavo di evitare proprio questo: non volevo che fosse deluso di me.

Non posso biasimarlo, però. Gli ho sempre parlato dei

miei progetti, ogni volta sognando un mestiere diverso. C'è stato il periodo in cui volevo aprire un pub a New York, in cui a volte avrei servito al banco di persona e i clienti abituali mi avrebbero parlato dei loro problemi mentre allungavo loro da bere. Poi mi era venuta l'idea di aprire una pasticceria a Parigi, dove avrei venduto dolci preparati da me, accompagnati da una tazza di tè e giornale gratis. C'era anche il negozio di reggiseni per donne con le tette grosse, dove mettevo a disposizione biancheria carina, invece di orribili reggiseni contenitivi beige.

Eppure, per quanto fossi volubile, non avevo mai pensato neanche lontanamente di finire a smistare la corrispondenza di un'altra persona.

«Nemmeno io me l'aspettavo» lo anticipo, guardandomi le dita e giocherellando con una ciocca di capelli. «Non era voluto. Ho trovato questo lavoro durante un periodo di incertezza, in cui aspettavo di svegliarmi una mattina e sapere con precisione che cosa volessi fare».

Lascio in pace i capelli e torno a guardare Alex. Ascolta con attenzione, un gomito appoggiato sullo schienale del divano, la guancia sul palmo dell'altra mano. È leggermente accigliato e mi chiedo a cosa stia pensando.

Non ho mai detto a nessuno queste cose. Non so perché lo sto facendo proprio adesso. Parlavo molto con lui quando eravamo più piccoli, gli dicevo tutto. Non era come le altre persone, che intervenivano dopo ogni frase per regalarmi la loro opinione. Lui ascoltava senza giudicarmi e mi portava a vederci più chiaro, ogni volta. Era come se vedessi me stessa attraverso i suoi occhi.

«Poi si è rivelato un impiego valido» chiarisco, sorseggiando il mio vino. «Sto bene alla Hexagon, e con Richard, il mio capo, formiamo una bella squadra».

Voglio dirgli che siamo una bella squadra anche fuori dal lavoro, ma a Richard non piace che la gente sappia. È comprensibile, metterebbe entrambi in cattiva luce.

«E com'è lui? Il tuo capo, intendo».

«Oh, è fantastico». Bevo un altro sorso di vino per nascondere l'accenno di sorriso che non riesco a contenere. «In effetti, stiamo tipo insieme».

Come altro avrei dovuto rispondere? Praticamente me l'ha tirato fuori a forza!

«Ah sì?». Alex si appoggia allo schienale e incrocia le braccia, e non riesco a capire che cosa pensi. Gli dico di più, prima che salti alle conclusioni sbagliate. A dire il vero, gli dico proprio tutto, omettendo solo il piccolo dettaglio che la relazione dovrebbe rimanere segreta. So benissimo perché non lo diciamo a nessuno, ma non sono sicura di riuscire a farlo capire a qualcun altro.

«È fantastico, Holly». Alex mi sorride con calore quando finisco di parlare. «Sapevo che ti saresti sistemata».

Mi sembra una risposta strana, ma prima che possa approfondire mi chiede di che cosa si occupa la Hexagon.

«È un'agenzia di marketing. Richard pensa che bla bla bla bla bla bla bla bla bla bla bla...».

Non dico bla bla bla, uso parole vere, ma credo che Alex senta solo questo. Perché sto di nuovo parlando di Richard? Sono diventata una di quelle ragazzette noiose che infilano il proprio ragazzo in ogni conversazione?

Persona X: «Mi passi un tovagliolo, per favore?».

Io: «Anche Richard usa i tovaglioli, sai?».

Pausa. Persona X: «Okaaay...».

«E tu, invece?» chiedo, gettando uno sguardo verso la sua mano sinistra. Niente anello. «C'è una futura signora Tyler?».

«No» risponde. «A quanto pare compirò trent'anni da single, ma non mi disturba».

È evidente da come mi guarda che gli va benissimo stare da solo. Non riesco ancora a farmi andare giù la nuova autostima che riesce a manifestare apertamente senza essere arrogante.

È proprio un buon partito. Non per me, ovviamente, ma forse potrei provare a sistemarlo con Jemma. A ripensarci, però, non credo che riuscirebbe a sopportare quella sua boccaccia... Mi sembra ancora un tipo parecchio compìto.

Chi l'avrebbe mai detto che mi sarei ritrovata qui a pensare a potenziali fidanzate per Alex? Questo mi fa tornare in mente una domanda che mi sono posta negli ultimi undici anni. Non avevo certo pensato di tirarla fuori stasera, ma non avevo neanche pianificato di parlargli di Richard, perciò al diavolo. Mi butto.

«Com'è che non ha funzionato, con Jane?». Bevo un sorso alla fine della frase, per farla sembrare una domanda più innocente di quanto non sia. I pochi secondi che impiega a rispondere sembrano durare una vita. Sono talmente sulle spine che le monetine che un tizio sta infilando nella macchinetta fanno un frastuono da terremoto.

«Jane?». Alex aggrotta la fronte, confuso.

«Quella tizia con cui hai cominciato a uscire alla fine delle superiori» gli ricordo. «"Gran fisico, tette enormi, bacia da Dio"». L'ultima frase la pronuncio facendogli il verso.

«Oh, quella». Sembra sorpreso. «Accidenti, Jane. Me n'ero proprio scordato. Saremo usciti tipo un paio di volte. Come fai...?».

Ma non finisce la frase.

Se la ricorda a malapena. Per tutti questi anni ho pensato che quella Jane avesse avuto un ruolo nel cataclisma che aveva colpito la mia vita. Me l'ero immaginata in molti modi diversi, ora una secchiona mora, ora una tipa bionda e atletica, passando per la ragazza alla moda con i capelli corti. E Alex *se la ricorda a malapena*. Avrebbe fatto differenza se l'avessi saputo? Forse sì, forse avrei trovato il coraggio di parlargli, quella volta. D'altro canto, se qualcosa non avesse cambiato il corso degli eventi, non sarei finita con Richard, perciò suppongo sia vero che tutto accade per un motivo. Decido di lasciar perdere.

Gli chiedo come gli sembra Londra e il suo viso si illumina come quando parla di scuola. Cita musei e teatri con l'entusiasmo di chi si è appena trasferito. Non voglio smontarlo, ma fra tre mesi, quando si lamenterà che per andare a trovare qualcuno ci vuole un'ora e mezza e si tratterrà a stento dall'insultare i turisti fermi sul lato sinistro delle scale mobili, gli ricorderò questa conversazione.

Alla seconda bottiglia di vino, entrambi ci siamo ormai arresi e non cerchiamo più di stare seduti dritti. Siamo buttati sul divano alla meno peggio. Siamo uno di fronte all'altra e ci guardiamo, mentre lui mi aggiorna su chi ancora vive a Mothston, chi se n'è andato e chi è morto. Devo andare in bagno ed è un bel po' che aspetto un rallentamento nella conversazione, ma ancora non c'è stato.

«E il signor Sawyer? Il nanerottolo che gestiva la cartoleria. È ancora...».

Faccio una pausa e aspetto che Alex mi corregga.

«Che c'è?» mi chiede.

«Non vuoi ricordarmi che Sawyer è affetto da nanismo e che non si dice "nanerottolo"?».

«Nooo». Fa spallucce e beve ancora.

«Accidenti, se sei cambiato» lo stuzzico. «Undici anni fa se avessi detto una cosa del genere ti avrei mandato in bestia. L'ho fatto apposta».

Sorride. «Comunque sì, è ancora lì. Ti ricordi quando gli chiesi le gomme che teneva sullo scaffale più alto? Ci ha messo mezz'ora a salire e scendere dalla scala, e quando è tornato giù sei arrivata tu e...».

«...Gli ho chiesto la stessa cosa? Sì! Ha pensato che l'avessi fatto apposta, non era contento».

«No, per niente. Era un po'... Brontolo».

Lo dice mentre sto bevendo e rido, sputacchiando vino ovunque.

Non faccio neanche in tempo a ricompormi che Alex è già al bancone a chiedere un tovagliolo. Arrossisco leggermente, sperando che non se ne accorga. Non so perché sono imbarazzata, sono in compagnia della persona che una volta mi ha tenuto i capelli mentre vomitavo in una pattumiera.

Torna con il tovagliolo e glielo strofino sulla faccia prima di passarlo sul tavolo. Mi ero scordata di quanto fosse divertente. Non ha mai cercato di fare il pagliaccio per essere al centro dell'attenzione. Non rideva mai delle sue battute. Se non lo ascoltavi con attenzione, potevi anche non accorgerti che ne aveva fatta una.

Mi parla degli starnuti del suo coinquilino con aria orripilata, come se mi raccontasse di aver trovato bambini morti nel seminterrato, e mi rendo conto che non è cambiato affatto.

Ha gli stessi occhi grandi che ricordavo, ma le rughe sottili che si formano ai lati quando sorride sono nuove. I capelli sono sempre gli stessi. Mentre gli altri a scuola se li rasavano o tenevano il ciuffo, lui li lasciava crescere selvaggi, lunghi sulle orecchie. Un po' da insegnante, se vogliamo. E ora che fa l'insegnante, sono perfetti.

«Il vecchio ciondolo è diventato troppo pesante da portare in giro?».

«Come?». Seguo il suo sguardo e vedo il mio portachiavi d'argento a forma di cuore.

«Prima tenevi le chiavi in quel ciondolo che avevi preso in Turchia».

«Ah, sì, ho smesso di usarlo all'università. Ce l'ho ancora, ma è troppo grosso».

Lo metto al corrente di tutti i posti che ho visitato dopo il liceo. Sono andata a Magaluf con Leah, Susie e un altro paio di amiche dell'università. Poi sono stata a Creta con Max, Leah e Rob. Poi sono andata a Barcellona con Max per il nostro terzo anniversario.

Tutto qui.

«Stai scherzando!» esclama, sorpreso. «Come mai?».

Perché non si può avere tutto, purtroppo. Gli racconto

di Max. Ci eravamo conosciuti all'università e non potevamo permetterci di viaggiare. La situazione non era cambiata quando lui era diventato un giornalista musicale free lance con ingaggi decisamente sporadici. Poi era arrivato Richard.

«Ma un giorno vedrò il mondo» insisto, anche solo per togliergli dalla faccia quello sguardo compassionevole. Non lo sopporto.

«Con Richard?».

Immagino Richard con sandali e zaino al bancone di un ostello. Quasi scoppio a ridere. Forse sono troppo cresciuta anch'io per gli ostelli. Ad ogni modo, sono sicura che faremo tante vacanze insieme.

«Forse». Poi, prima che dica qualcosa, mi sento in dovere di chiarire. «Non lo so. Da giovani tutto è più semplice, no? Anche se non fai niente di esaltante, sai sempre che potrai farlo in futuro. Quando ti avvicini ai trenta, però, devi cominciare ad accettare che potrebbe non accadere mai».

Beviamo entrambi un sorso, e tra di noi cala per la prima volta un silenzio quasi imbarazzante. Cerco di pensare a qualcosa da dire, ma Alex mi anticipa.

«Com'è che non sei mai tornata a Mothston?».

«Te l'ha detto mia madre di chiedermelo?» rispondo diffidente. Lui ride e nega, ma non mi sorprenderebbe. Anche quando eravamo piccoli si alleavano sempre contro di me.

Mamma: «Non vorrai uscire con addosso quella CINTURA, *vero?».*
Io: «Sì, e non è una cintura, è una gonna».
Alex: «È un po' cortina, Hol…».
Mamma: «Hai cominciato il tema di storia, Holly?».
Io: «No, c'è un sacco di tempo».
Alex: «Ehm, veramente è per domani, Hol…».

A dire il vero, con quella minigonna mi si vedevano le chiappe, e il tema che ho fatto per storia mi ha abbassato la media di un voto pieno.

«È che devo ancora trovare il tempo» gli dico. Mi alzo appoggiandomi al suo ginocchio e vado in bagno. Quando torno, sta tirando fuori dal portafoglio qualche monetina.

«Ti va?» chiede indicando la macchinetta dei quiz.

«Perché no?». Prendo il bicchiere e lo seguo, malferma sulle gambe. Lo vedo che tenta diverse volte di posare il bicchiere sulla superficie inclinata della macchinetta, poi rinuncia e opta per il davanzale della finestra lì accanto. Meno male, non sono l'unica alticcia.

Alex infila la moneta e mi affida il compito di premere i pulsanti.

«Smetti di scegliere domande di spettacolo» si lamenta dopo un po'. Mi spinge via con gentilezza e sceglie la categoria "Arte e letteratura". Seleziona la risposta giusta prima ancora che io finisca di leggere la domanda. Poi ne sceglie un'altra.

"In quale commedia di Shakespeare Don Giovanni è il sinistro fratellastro di Don Pedro?".

«*MOLTO RUMORE PER NULLA*!» grido, e premo subito il pulsante giusto.

«Perché gridi?».

«NON LO SO!» grido ancora.

«Risposta giusta, comunque».

«Era facile». Non c'è bisogno di dirgli che lo so solo perché nel film c'era Keanu Reeves.

«Conosci altri personaggi di Shakespeare che non siano stati portati sul grande schermo da Keanu Reeves?». Mi sorride di sbieco e sfrutto l'opportunità per scegliere di nuovo la categoria spettacolo.

«Noooo, non ha vinto lui *X-Factor*, testone!» grido quando preme il bottone sbagliato. «Bravo, complimenti. *Game over*!».

«Oddio, era dal Medioevo che nessuno mi chiamava più "testone"».

«Sì, vabbè. Dovresti venire al pub di fronte al mio ufficio, il mercoledì c'è la serata quiz e noi facciamo schifo sulle domande di letteratura».

E di storia.

E di sport.

E di politica.

«Be', grazie, mi piacerebbe. Giochiamo di nuovo, dài. Ordino un altro giro e infilo nella macchinetta gli spicci del resto. Sempre vino?».

Sto per rispondere di sì, poi però vedo dall'orologio sopra il bancone che sono le dieci e mezza di sera. Non mi ero resa conto dell'ora. Mi ci vogliono quindici minuti per tornare a casa. Se vado adesso, posso essere a letto per le undici, però stranamente non mi va di rientrare e valuto di restare ancora un po'. Ma se Richard chiama quando atterra, non voglio rispondergli da qui.

«Adesso devo andare. Rifacciamolo presto, però, è stato divertente».

«Certo» risponde, un po' sorpreso.

«Davvero, mi sono divertita» ribadisco, stringendogli il braccio. E sono seria, è stata la serata più divertente da non so quanto tempo. Grazie al cielo, non è venuto fuori il nostro ultimo incontro a Mothston. La serata è trascorsa senza intoppi, come quando uscivamo da buoni amici. Mi ero scordata di quanto fosse piacevole la sua compagnia, ma domani devo alzarmi presto, torna Richard in ufficio e sarà una giornataccia.

«Tranquilla. Presentarmi il secondo giorno con i postumi di una sbronza non sarebbe bello».

Non ricordo di aver mai visto Alex con i postumi di una sbronza. Era uno dei pochi che sapevano quando darci un taglio. Almeno, nelle rare occasioni in cui beveva.

«Sicura che non vuoi prendere un taxi?» mi chiede per la terza volta, abbracciandomi davanti al pub. Gli assicuro che non mi serve e mi fa promettere di mandargli un messaggio quando arrivo a casa.

Dopo cinque minuti, iniziano a farmi male i piedi, perciò appena trovo un po' d'erba mi tolgo le scarpe e cammino scalza. Alex mi rimproverava ogni volta che lo facevo a Mothston. Diceva che avrei potuto calpestare un vetro e tagliarmi. Per convincermi a rimettermi le scarpe sosteneva che avrei potuto prendermi l'Aids pungendomi con l'ago di un tossico. Io facevo finta che non mi importasse, e lui alla fine si toglieva i calzini e mi costringeva a infilarli.

Sto ancora sorridendo al ricordo, quando arrivo alla porta di casa. Quasi inciampo su Harold, di guardia all'ingresso. Mi infilo a letto e alzo il volume della suoneria, nel caso Richard mi chiami, ma cado subito in un sonno profondo.

Capitolo 11

ALEX

Le strade di Greenwich sono immerse in un bagliore arancione come le zucche di Halloween mentre cammino verso casa. Sopra i lampioni, vedo un cielo senza nuvole. Una volta, qualcuno mi ha spiegato che quasi tutte le stelle visibili a occhio nudo ormai non esistono più; si sono consumate, ma si vedono ancora per il tempo che la luce impiega ad arrivare fino a noi. Perciò, non sai mai se stai guardando qualcosa che c'è davvero.

Entro in casa e la trovo buia e silenziosa, ma mentre cerco di districarmi tra le pile di libri che affollano la mia camera sento il rumore della chiave che gira nella toppa, e una risatina femminile. Passi incerti, poi uno starnuto. E un altro. Poveretta. Un istante dopo, la porta della stanza di Carl si chiude.

Anch'io mi metto a letto, ma non riesco a prendere sonno. Non sono neanche le undici quando Holly mi scrive che è arrivata a casa. È stato bello rivederla. Non è stato imbarazzante e non ho fatto figuracce. Ho scoperto che cos'ha fatto da quando ha lasciato Mothston e ho saputo del suo fidanzato, che non è Max. Ne parlava con un trasporto tale che ho avuto l'impressione che mi stesse avvisando: "So della tua patetica cotta per me, Al. Ti prego, stavolta non farti strane idee". Ma va bene così. Stavolta va bene così. È tutto diverso. Lei è diversa.

Quando è entrata nel pub, le mie braccia si sono aperte quasi involontariamente. "Cavolo" ho pensato. Per tutto questo tempo ho avuto in mente un'immagine di Holly, una Polaroid datata che nella mia testa la ritraeva con gli anfibi e la sua solita maglia blu navy. Stasera, però, ho visto quella vecchia fotografia sotto una luce nuova: Holly era molto più snella e indossava abiti eleganti che le stavano a pennello, i capelli ritoccati con Photoshop per eliminare qualsiasi traccia di ricci, le lentiggini svanite grazie al trucco. Mi sono pentito all'istante di non aver scelto un locale più chic.

Non fraintendetemi, era bellissima. Solo, non era come la ragazza della Polaroid. E poi, il lavoro! Se mi avessero chiesto di indovinare che cosa facesse nella vita, certo non avrei risposto "assistente personale". Non ci avrei nemmeno pensato. Un mestiere del genere l'avrei messo nella lista dei lavori che Holly *non* avrebbe mai potuto fare, insieme a muratore, spia dell'M16 e cantante folk. E ancora di più mi ha stupito che non sia andata a nuotare alle Maldive o a campeggiare sulle montagne del Perú: ho avuto la sensazione che si ha quando, da adulto, torni a visitare la tua vecchia scuola elementare, e ti rendi conto che in realtà non è stupenda come ti sembrava da bambino. Forse Holly non è la persona che credevo. Forse non è mai stata lo spirito libero che ho sempre pensato. Lo spirito libero che amavo.

Comunque, è felice. Ai tempi erano le feste e i viaggi a renderla felice. Oggi, sono Richard e il suo lavoro. E mi è piaciuto sentirla parlare di questo; mi è piaciuto stare di nuovo con lei; mi è piaciuto guardarla senza provare un nodo alla bocca dello stomaco. È stato liberatorio. Mi sento svuotato, ma solo perché ho galoppato troppo con l'immaginazione.

Se non altro, ho un'amica, qui. Dovrei esserne entusiasta. Ora devo solo trovarne una single con cui condividere il sabato sera e le festività, quando essere soli è come assistere a una commedia in cui tutti hanno un ruolo, tranne te. Le feste comandate sono la parte più sgradevole dell'essere single. Forse seconde solo alle conversazioni che sono costretto a intrattenere ogni Natale con la zia Pauline.

Zia: «Non ti sei ancora sistemato, Alex?».
Io: «No, zia, non ancora».
Zia: «Be', sei ancora giovane».
Papà: «Ha quasi trent'anni, Pauline».
Zia: «Che è successo alla ragazza con cui ti vedevi? Quella alta?».
Papà: «L'ha lasciato».
Zia: «Mi piaceva, lei».
Papà: «Piaceva a tutti».
Io: «Io e Charlotte ci siamo lasciati sette anni fa, zia».
Zia: «E da allora non ne hai trovata un'altra?».
Io: «C'è stata Debbie, l'hai anche conosciuta. È venuta al cenone di Natale un anno, ti ricordi?».
Zia: «Che fine ha fatto?».
Papà: «L'ha lasciato».
Io: «Non mi ha lasciato!».
E così via.

Mi sento stanco, ma ancora non riesco ad addormentarmi. Mi giro sull'altro fianco, ma non serve. Ho troppi pensieri che mi frullano in testa.

La incontro mentre vado in cucina. Una moretta che sembra uscita dalle pagine di una rivista di moda. Se ne sta andando e mi sorride educatamente con labbra patinate.

«La tua dolce metà?» domando a Carl, che se ne sta appoggiato al bancone della cucina, piatto in una mano, toast nell'altra.

«Sophie? Per l'amor di Dio, no». Sembra davvero sconvolto all'idea. «Ci vediamo ogni tanto».

Non so cosa dire e annuisco con aria interessata.

«Non sono ancora pronto per una storia seria» riesce a dire tra un morso al toast e l'altro. «E neanche lei. Ci va benissimo così».

E con questo finiamo gli argomenti di conversazione. Carl se ne sta lì a masticare, mentre io mi preparo il pranzo.

«Sei tornato tardi, ieri sera?».

Gli racconto di Holly e schivo abilmente le prevedibili domande su noi due. Vedo che è scettico. Ma che problemi ha la gente?

«Forse hai ragione a non impegnarti» afferma, posando il piatto vuoto nell'acquaio, in cima a una pila di stoviglie che ha sporcato lui. «Mi rendo conto che le donne sono un po' come i batteri: una volta che ne prendi una, iniziano a moltiplicarsi».

Sorrido e Carl inizia a ridere. Pensa che abbia sorriso di ammirazione per la sua affascinante teoria, ma non è così. Sono solo felice che sappia cosa siano i batteri.

Una volta chiesi a Scrafton, professore di chimica alla Mothston Grammar, che cosa causasse i postumi di una sbronza, e lui mi parlò degli elementi chimici che si formano durante la digestione dell'alcol, chiamati congeneri. Sono questi minuscoli elementi a provocare la nausea, la gola secca e i giramenti di testa. Gli alcolici di colore scuro, come il brandy, il vino rosso e il whisky, ne contengono molti, a differenza di quelli chiari, come il rum bianco, la vodka e il gin, che hanno effetti meno devastanti. Scrafton e io concordavamo sul fatto che le lezioni di chimica sarebbero state molto più utili se avessero trattato sempre argomenti del genere.

Il problema è che ho cominciato a bere vino rosso a vent'anni, con la speranza che Charlotte McCormack mi considerasse sofisticato, e mi sono abituato a buttarne giù un bel po'. Stamattina, quindi, riportare all'ordine i ragazzi è perfino più difficile di ieri. Fatico a sovrastare la voce di Stacey Bamber, che sta raccontando a Bhumi Khan di aver fatto visita ai cugini a Peckham, dove sembra che sia tutto un «*bang bang*» (finge di sparare con le dita).

«Possiamo darci una calmata, per favore?» chiedo, facendo girare il foglio con un test su *Amleto*.

Mentre passeggio per la stanza, Gareth Stones tira fuori l'iPhone dalla tasca e lo usa per controllarsi la pettinatura. Ha un viso lungo, sottile e pallido. Gli occhi infossati sono un po' troppo vicini tra loro e lo fanno sembrare un fantasma dei cartoni animati.

«Ehi, vaccona» esclama rivolto a Mary Hough. «Come mi stanno i capelli?».

«Adesso vengo lì e ti stacco le palle» risponde lei.

Li rimprovero per il linguaggio e chiedo a Gareth di mettere via il telefono, poi lancio un'occhiata alla professoressa Pritchard, mentre i ragazzi iniziano il test. Quasi tutti lavorano in silenzio, anche se Stacey si limita a disegnare un pene con la penna rossa. È incredibilmente dettagliato, ma esagerato. O almeno spero.

«Laerte… sembra il nome di una malattia che potrei prendermi da te, vaccona» grida Gareth, e il silenzio è rotto da un coro di «Ooooh».

Mary mi guarda. «Come faccio a non incazzarmi con questo stronzo, professor Tyler?».

Mi ci vogliono pochi minuti per farli calmare, ma la storia si ripete: quando sto per riuscire finalmente a combinare qualcosa, Gareth o Stacey fanno un piccolo show e mi tocca ricominciare da capo. È una situazione delicatissima e oggi, anche per colpa dei congeneri, non ce la faccio proprio.

«Okay, secondo voi che cosa ha provocato la crisi di Amleto sulla tomba di Ofelia?» chiedo speranzoso.

Silenzio. Indolente silenzio.

«Qualche idea, Kenny?».

Kenny tiene sempre la testa bassa durante la lezione, e quando alza lo sguardo i suoi occhi brillano di disinteresse.

«Dài, ne abbiamo parlato ieri».

Gareth comincia a canticchiare il nome di Kenny. Paul Keogh si unisce al coro. Li zittisco.

«Vuole che le compri le cuffie?» mi chiede Gareth, ma riesco a soffocare le risate e mi concentro su Kenny.

Gli do un'altra possibilità di rispondere in mezzo al baccano generale.

«Senta, non lo so, va bene, cazzo?».

Spinge il banco in avanti con forza e la classe si ammutolisce. Si alza e fa scivolare una mano nella tasca dei pantaloni con aria minacciosa. Sono in preda al panico. Faccio un passo incerto verso di lui. Mi fissa. Per la prima volta in sei anni, in una classe mi sento totalmente inadeguato. Holly non sarebbe tanto fiera di me, se vedesse questa scena. Il braccio di Kenny risale lentamente sopra la cintura. Insegnare a ragazzini disagiati ad amare la letteratura... Ma chi voglio prendere in giro? Dovrei farlo arrestare, altroché.

Poi tira fuori qualcosa dalla tasca.

Un pettine.

Se lo passa tra i capelli ed esce dall'aula a grandi passi.

Disorientato, chiedo alla professoressa Pritchard di sostituirmi un secondo e lo seguo fuori. Mi metto a correre e supero i bagni, poi però torno indietro e li ispeziono. Nessuno. Esco nel cortile di cemento dove i ragazzi fanno ricreazione. Lo vedo nell'angolo più lontano, che striscia sotto la recinzione di metallo, ormai quasi divelta alla base. Si rialza e si avvicina a quattro o cinque ragazzi più grandi. Indossano jeans sformati e quasi tutti hanno una mano infilata nella cintura. Salutano Kenny con strette di mano elaborate e cenni del capo. Li guardo allontanarsi dalla scuola e, in quel momento, decido che raddrizzare Kenny Sonola diventerà il mio primo obiettivo alla Whitford High.

Quando l'ultimo studente esce dalla classe, mi accascio sulla sedia con un sospiro. Se insegnassi ai ragazzi delle medie, l'aula puzzerebbe di sudore, perché a quell'età molti ancora non hanno scoperto il deodorante. Verso i quattordici anni, però, inizia a sentirsi l'olezzo dei profumi da due soldi e gli studenti sono tutti trucco, autoabbronzante e pigrizia.

«Non riesco a smettere di pensare a quello che è successo con Kenny» confido alla professoressa Pritchard.

«Non è stata colpa sua» mi consola con un melodico accento irlandese. «Quel ragazzo ha problemi».

Viene fuori che Kenny, a quattordici anni, ha già *difficoltà emotive e comportamentali* e segue un apposito programma di sostegno scolastico. La professoressa Pritchard non sa quasi nulla della sua situazione familiare, tranne che la madre è morta quando era piccolo e che lui si è fatto qualche mese di psicoterapia.

«Sa cosa ho pensato, quando si è infilato la mano in tasca?» dico. «Che avrebbe tirato fuori un coltello».

«Anch'io. L'avrebbero pensato tutti».

Ieri ero troppo concentrato sulla classe per notarlo, ma i bei capelli ondulati color nocciola, l'incarnato chiaro e il sorriso costante la rendono attraente. Ancora di più, perché sembra non esserne consapevole.

«Sì, ed è questo il punto. È nero e non s'impegna, quindi per forza deve essere un teppista? L'ho visto là fuori con un gruppetto di altri tizi neri e ho pensato subito: "È IN UNA BANDA". Non posso credere di esserci cascato. Di solito, non ho pregiudizi simili».

«Lei è troppo duro con se stesso».

La professoressa Pritchard mi mette una mano sull'avambraccio e la ringrazio con un sorriso. Si china per prendere la borsa e un tanga rosso fa capolino dall'orlo dei pantaloni. Difficile non rimanere a fissarlo. Non sembra il tipo che fa mostra di sé intenzionalmente, ma se avessi i boxer in bella vista sotto i pantaloni me ne accorgerei, no?

«Be', ci vediamo dopo, allora» saluta sorridendo mentre le tengo la porta aperta.

E all'improvviso sono solo, e non mi sento più così stanco, sfinito e sbronzo.

La metropolitana per Greenwich sta arrivando e mi posiziono all'altezza delle porte, quando sento una voce di donna che mi chiama.

Mi volto e…

«Professoressa Pritchard, non sapevo che prendesse…».

Saliamo sulla metro insieme.

«La prego, mi chiami Cassie. È l'abbreviazione di Cassandra, ma mi chiamano così solo quando ho fatto qualcosa di male. Suppongo che lei sia Alexander quando fa il cattivo, giusto?».

Ridacchia tra sé mentre cerco di ricordare quand'è stata l'ultima volta che qualcuno mi ha chiamato Alexander. Sono passati diversi anni, come minimo.

Per un attimo immagino i suoi capelli sparsi sul mio petto: siamo a letto insieme, lei ha la testa sulla mia spalla ed è mattino. La notte precedente mi ha chiamato Alexander parecchie volte.

«Alex!» dice, agitandomi la mano davanti al viso mentre ci fermiamo a Cutty Sark. «Io scendo qui».

Il treno sta riprendendo velocità, quando un ragazzino che è salito con noi a Deptford Bridge, cappuccio in testa, si volta.

«Ehi, *Alex*».

Gareth Stones mastica una gomma a bocca aperta.

«Ti sbatti la Pritchard, eh?».

Capitolo 12

HOLLY

«Tu e Richard non avete ancora fatto *il discorso*?».

Mi guardo intorno in ufficio per essere sicura che nessuno stia ascoltando la conversazione.

«Smettila con questa stronzata, Susie» sibilo arrabbiata al telefono.

«Ma quando...».

«Perché non glielo chiedi tu al matrimonio di Chloe?».
Questo la zittisce per un secondo e mezzo.

«Viene?».

«Certo».

«Ma viene davvero, o viene come alla cena per il tuo compleanno?».

«Viene davvero. Ora devo andare, non posso parlarne qui. Baci».

È vero, io e Richard non abbiamo mai fatto *il discorso*. Secondo le mie amiche, è necessario se voglio che "il tizio con cui mi vedo" diventi "il mio fidanzato".

Mi hanno ossessionata per una vita con questa storia. Hanno pianificato meticolosamente il momento e il luogo per parlare ai rispettivi uomini, provando e riprovando le battute. Tutto per chiedere con noncuranza: «E quindi, io per te cosa sono?».

Trattenendo il fiato, hanno atteso la conferma che sì, la loro era una vera relazione, oppure la dichiarazione che no, l'altro non era alla ricerca di *una storia seria*.

Addirittura, un tipo ha risposto a Jemma che l'azienda

per cui lavorava stava per trasferirsi a Dubai e che sarebbe partito di lì a due giorni. Non sa che l'ho visto comprare una bottiglia di vino a Waitrose, un mese fa.

Comunque, io non ho mai pensato di fare una cosa del genere. Non ne ho mai sentito il bisogno, ed è un bene, perché la prospettiva mi alletta quanto piantarmi un compasso in un occhio.

A scuola era più facile, potevi vantarti di avere un ragazzo dopo questo semplice scambio di battute:

«Vuoi uscire con me?».

«Sì».

Dopo le superiori, Max mi ha tolta d'impaccio quasi subito, perché tre settimane dopo che ci eravamo conosciuti l'ho sentito dire a un amico, al telefono, che sarebbe uscito con la sua ragazza. Per un attimo, sono andata nel panico, poi ho capito che parlava di me.

Richard non potrebbe mai fare lo stesso, dato che nessuno sa che ci vediamo. E comunque, non ho mai sentito il bisogno di mettere in chiaro le cose, sebbene Susie cerchi di convincermi del contrario fin dalla cena del compleanno.

Era stata un po' colpa di Leah: quella sera suo marito Rob aveva annunciato che Max aveva una nuova fidanzata, Felicity, e lei gli aveva dato una gomitata, cercando di farlo tacere.

Rob e Max sono grandi amici. Leah e io li abbiamo conosciuti allo studentato e sei anni dopo, quando lei e Rob si sono sposati, io e Max abbiamo rotto. Guardandoli sull'altare, avevamo capito che per noi non ci sarebbe stato lo stesso futuro. Ci siamo lasciati piuttosto bene. Non siamo rimasti in contatto, ma abbiamo entrambi continuato a frequentare Leah e Rob senza fare i salti mortali.

«Oh, scusa». Rob era imbarazzato.

«Ma figurati. Che me ne frega se ha una ragazza? Ci siamo lasciati di comune accordo».

«Sì, ma a nessuno piace arrivare secondo» era intervenuta Susie, chiamando il cameriere. «Prendo un'altra vodka, con soda e lime, grazie. Lime fresco, per favore».

«Arrivare secondo?» avevo chiesto dopo che il cameriere se n'era andato.

«Sai, dopo una rottura. A tutti piace essere il primo a trovare un nuovo partner».

«Ma che cazzata! Non è mica una gara. E a parte tutto, sto con Richard da nove mesi».

Avevo stravinto, se di gara si trattava.

«Sì, Susie» aveva sorriso Leah, incoraggiante. «Lei ha una storia con Richard».

«Mmm, non sono sicura che si possa definire una storia. Nessuno tranne noi sa che si frequentano!».

«Come sarebbe?» aveva chiesto Jamie, il nuovo fidanzato di Susie. Era proprio il suo tipo: dolce, mansueto, facilmente prevaricabile.

Per il momento, ci piaceva. E con "ci" intendo a me, Leah e Rob. Susie diciamo che lo tollerava, il che era promettente. C'era stato solo un momento di tensione, quando lui le aveva offerto metà del suo pane all'aglio ricoperto di burro. Sei serio? Vuoi davvero tentarla con questo mix di carboidrati e grassi? Lei l'aveva guardato a lungo e tutti noi avevamo smesso di respirare. Ma era andata bene, per fortuna, e grazie a questo episodio ci eravamo sentiti tutti un po' più intimi.

«Cioè, fammi capire» aveva detto, quando avevo finito di aggiornarlo. «Non ha mai conosciuto le tue amiche, non siete mai andati in vacanza insieme, anzi, non siete quasi mai neanche *usciti* insieme, e i primi tre mesi della vostra… relazione, avete dormito insieme solo sul posto di lavoro».

«Sì. Dove vuoi arrivare?».

«Da nessuna parte, solo che…».

«Ti dimentichi che Susie e io dobbiamo ancora fare quella chiacchierata che inizia con "Quindi, che ne pensi di Jamie?"».

«Lascia stare, era solo per essere sicuro di aver capito bene» aveva subito ritrattato lui.

«Avete fatto *il discorso*?» aveva chiesto Susie.

«Eh?».

«Dài, non avete parlato per stabilire una volta per tutte che siate fidanzati?».

«Be', no. Eravamo lì lì per farlo, poi però ci siamo ricordati che non abbiamo quattordici anni, sai com'è».

«Sì, e poi perché dovrebbe andare a letto con lei, se non avesse intenzioni serie?» aveva aggiunto Leah.

«Ma certo» aveva risposto Rob ironico. Jamie aveva rischiato di strozzarsi con il pane. «Non mi viene in mente nessun altro motivo, in effetti».

«Ma l'hai almeno detto a tua madre?» aveva chiesto Susie, sapendo che non l'avevo fatto.

«No. La finiamo con l'Inquisizione spagnola e passiamo ai regali, per favore?».

«Holly, vieni a vedere questo video su YouTube. Questi gatti mi fanno morire dal ridere» mi chiama Jemma.

«Sono occupata» rispondo, senza staccare gli occhi dallo schermo.

Capisco perché ai miei amici la situazione sembri strana. Ma loro non ci vedono quando siamo solo noi due.

Non l'ho mai detto a nessuno, ma ogni volta che sto con qualcuno mi creo in testa una specie di cortometraggio, con tanto di colonna sonora. Nei primi anni con Max, la canzone era *Truly Madly Deeply* dei Savage Garden. Le scene che scorrevano nella mia mente erano tutte felici, ad esempio noi stesi nel mio letto a una piazza, uno di fronte all'altra, a parlare fino a tarda notte. O noi a darci dentro sulla spiaggia di Creta, con Leah e Rob che ci lanciano una palla gridandoci di andarcene in camera. O in cucina, durante una festa in casa, io seduta sul bancone appoggiata sulle sue spalle, lui in piedi tra le mie gambe, mentre ridevamo con gli invitati.

Poi, nell'ultimo periodo, la musica era diventata *End of a Century* dei Blur, e vedevo solo noi seduti sui lati opposti del divano a guardare la televisione. Ci davamo un bacio A STAMPO e ci auguravamo la buonanotte. Tutto lì.

Per ogni ragazzo, sin dal mio primo fidanzatino in seconda media, avevo un cortometraggio.

Con Richard, dopo il nostro primo bacio, nella mia mente si affollavano scene di occhiate complici in ufficio, con lui che mi afferrava con passione e mi sbatteva sulla scrivania, sullo sfondo di *I Just Wanna Make Love to You* di Etta James.

Ma adesso è diverso. Ora c'è *Better Together* di Jack Johnson. Vedo noi insieme, a parlare seduti vicini. Noi che balliamo nella cucina di casa sua mentre prepariamo la cena. Lui che affetta le verdure e io che le verso nel wok, poi brindiamo con un bicchiere di vino. Noi che ci diamo il cinque dopo aver terminato un progetto difficile a tarda sera. Lui che mi afferra con passione e mi sbatte sulla scrivania.

Come dice Jack Johnson, è tutto più bello, quando siamo insieme.

Lo so, sono patetica.

Però è vero!

Se non tenesse davvero a me, perché avrebbe accettato di venire al matrimonio di Chloe?

Devo ammetterlo, il cinismo di Susie mi fa riflettere. Ho addirittura cominciato a chiedermi se non abbia ragione, e se io non abbia ingigantito il nostro rapporto. Però, quando ho detto a Richard che pensavo di andarci con Alex, al matrimonio, si è quasi risentito che non avessi pensato di invitare lui. Mi sono resa conto di aver dato per scontato che non volesse venire. Poi, però, ho pensato che Chloe è una vecchia compagna di università e non ci sarà nessuno che possa riconoscerlo. L'unico problema, al limite, è questo.

«Posso chiederti un consiglio, o sei ancora occupata?» dice Jemma.

«Spara» rispondo con un sorriso.

Viene fuori che ha invitato Jonny al quiz di domani. Jonny è il banchiere che l'ha quasi investita con la bicicletta, e scopro che ci è già uscita tre volte. Di per sé non sarebbe un problema, se non fosse che, dopo un primo appuntamento focoso, come le capita spesso, Jemma perde totalmente interesse. Morale della favola: l'ha invitato per mollarlo.

«Mi serve il tuo aiuto, Holly» piagnucola. «Sono *stanca* di essere single. Tu da quanto lo sei?».

Con lo sguardo corro senza pensarci alla porta dell'ufficio del mio fidanzato…

«Da circa un anno».

«Sei uscita con qualcuno?».

«No».

«Accidenti, almeno hai fatto sesso?».

«Ehm, no».

Non ho mai scopato tanto in vita mia. Richard è uno di quelli che hanno *sempre* voglia.

Come congratularsi con lui per un buon affare? Sesso.

Come consolarlo per un contratto saltato? Sesso.

Come intrattenerlo se si annoia? Ancora sesso.

Come aiutarlo a rilassarsi dopo una giornata dura? Cenetta, scotch e… sesso.

«Cavolo, un anno intero. È deprimente» commenta Jemma.

In realtà, la mia vita sessuale è stata deprimente solo nell'ultimo anno insieme a Max. Non che non lo facessimo mai, ma era più per necessità che per passione. Un po' come quando si pulisce il forno o si fa controllare la caldaia.

«Che c'entro io, ora? Pensavo volessi un consiglio».

«Ah, sì. Sembriamo il sordo che chiede indicazioni al cieco. Tu, almeno, una volta hai avuto una relazione lunga, quindi l'hai trovato un uomo, giusto?».

È difficile darle un consiglio, perché non ho proprio idea del perché le vada male ogni volta.

«L'hai baciato?».

«Certo». Poi si dà un colpo sulla fronte. «È qui che sbaglio? Devo smettere di fare la zoccola?».

«Nooo, è importante essere se stessi».

«Oh… Ah ah ah. Divertente».

«Forse è questo, però. Ai ragazzi piacciono le sfide. Provaci. Prova a non baciarli al primo appuntamento».

«Grande, grazie per il consiglio». Solleva la cornetta. «Pronto, Doc? Salve, mi stavo chiedendo se potesse prestarmi la sua DeLorean, così posso tornare indietro nel tempo di due settimane e quattro giorni e non divorare la faccia di Jonny al nostro primo appuntamento».

«Be', ovviamente in questo caso è troppo tardi, ormai» preciso ridendo mentre sbatte giù il telefono. «Magari prova a trattenerti un po' prima di andarci a letto».

Riprende la cornetta. «Salve Doc, sono ancora io. Le richiederei la DeLorean, se non è un problema. Devo tornare indietro di due settimane e tre giorni…».

Si interrompe perché vede che Danny si alza per andare in bagno. Si avvicina furtiva alla scrivania del collega e gli rovescia sulla tastiera l'intero contenuto della bucatrice.

«Posso chiederti un consiglio d'amore?» domanda Danny passando davanti alla mia scrivania.

«Perché no? Oggi, a quanto pare, sono quotata. Che cosa ti turba?».

Danny racconta spesso le sue storielle tutte dissolutezza e *libido* nei night di Romford e i risvegli in letti sconosciuti. La verità è che è un tenerone quando si prende una cotta, come avviene più o meno quattro volte al giorno. Attualmente, si vede con Carla, la ventunenne assunta tre mesi fa per coprire Jemma che era andata in ferie. Da quel momento, sono diventati gemelli siamesi, ma pare che sabato Carla parta per un anno per l'Australia.

«Vorrei chiederle di restare, ma continuo a rimandare

perché ho paura che dica di no e di sembrare un deficiente, non so se mi spiego. Ora mi sa che è troppo tardi. Dovrei presentarmi all'aeroporto e implorarla di restare? Alle ragazze piacciono stronzate del genere, vero?».

Gli rispondo che deve smetterla di leggere romanzi rosa.

«Ci piacciono nei film, Danny, ma nella vita lo troviamo imbarazzante e anche un po' invadente. Lasciala andare. Un anno passa in fretta e, se è una cosa seria, riprenderete da dove avete lasciato. Se non le permetti di partire, non avrete comunque futuro. Se deve restare e incolparti di non aver viaggiato, allora è meglio che vada».

«Sì, hai ragione». Per un attimo sembra addolorato, poi sorride e mi scompiglia i capelli. «Grazie, Holly. Sei come la sorella maggiore che non ho mai avuto».

«E tu sei il fratellino che non ho mai voluto». Mi sistemo i capelli con le dita, tentando di rimediare al danno.

L'orologio segna le 17,30 e improvvisamente veniamo sommersi dai jingle di chiusura di Windows. Danny va a spegnere il computer e ci saluta.

«Ci vediamo domani, signore» dice un attimo dopo, fermandosi davanti a Jemma per svuotarle la scatolina delle graffette sulla scrivania. «Domani sera quiz?».

«Non me lo perderei per nulla al mondo». Jemma si infila il giubbotto jeans senza accorgersi delle graffette. Tanto non fanno differenza, visto lo stato della sua scrivania. «Ah, porto un amico. Un ragazzo, in realtà. Perciò, se potessi comportarti per tutta la sera come se io fossi un dono divino per voi uomini, te ne sarei grata».

«Certo! Ho studiato teatro, sono un bravo attore. Holly, tu ci sei?».

«Sì. Forse verrò con il mio amico Alex». Appena lo dico, mi schiaffeggio mentalmente. Alex non sa che la storia di Richard è un segreto. Avrei dovuto dirglielo, lo so, ma mi era sembrato più facile evitare di spiegargli tutto.

«Che *non* è il suo fidanzato» chiarisce Jemma. «Solo un

amico maschio. Perciò non c'è bisogno di essere carino anche con lei».

«E tu, Mel?» chiede Danny a Melissa, che sta uscendo dalla sala riunioni.

Lo guardo malissimo, ma mi ricompongo subito. Jemma, invece, continua a fissarlo come se le avesse accoltellato la nonna.

«Non posso domani sera, ho yoga» risponde Melissa, un po' sorpresa. «Ma magari passo a bere qualcosa prima della lezione».

«Ottimo» dice Danny sorridendo.

«Ottimo?!» esclamiamo all'unisono Jemma e io, appena Melissa se ne va.

«Che c'è? Non potevo non chiederglielo, organizziamo sempre sotto il suo naso. E poi è una tipa a posto. Non capisco che cos'avete contro di lei».

«Io invece capisco cos'hai tu *per* lei» fa Jemma uscendo.

Mi sto preparando anch'io, quando mi squilla il telefono.

«Hexagon Marketing? Oh, ciao mamma».

«Devi venire presto» dice. Strano, è stata molto diretta. Sono colpita.

«Sì, lo farò. Le prossime due settimane sono un macello, ma dopo…».

«No, ti dico che devi venire entro tre settimane. Ho una notizia da darti. Tuo padre e io abbiamo comprato una casa a York. Ci trasferiamo il mese prossimo».

COSA?!

Adesso che mio padre è un poliziotto in pensione, a quanto pare vogliono cambiare vita. Non so perché mi sorprenda. Mia madre è come me, preferisce la grande città al paesino. Sono sicura che vivrebbe ancora a Londra, se non avesse sposato quel città-fobico di papà, sacrificandosi per amore a stare a Mothston.

«Ma non voglio che vi trasferiate!».

«Perché no?».

Be', tanto per cominciare, perché devo tornare a casa e liberare la mia vecchia stanza. Ma scelgo di rispondere con un motivo meno egoistico.

«Perché non sarebbe più la stessa cosa. Io amo quella casa. Ci sono tutti i miei ricordi d'infanzia».

«Figuriamoci» sospira mia madre. «Secondo me non hai voglia di venire a ripulire la tua vecchia stanza!».

«Come ti viene in mente una cosa del genere?».

Eppure, sono più attaccata a quelle quattro mura di quanto credessi. Come mamma mi ricorda ogni volta, ci vado pochissimo, è vero, ma mi piace sapere che sono lì, che ci sono. Forse da quando ho rivisto Alex sono solo nostalgica dei tempi andati, ma mi sembra la fine di un'era. Anche se si è conclusa undici anni fa.

«C'è una stanza per gli ospiti nella nuova casa, perciò avrai sempre un posto dove stare quando verrai a trovarci. O meglio, se verrai a trovarci. È piccola, però, quindi dovrai decidere che cosa buttare e che cosa tenere, tra tutta la tua roba».

«Okay, okay» cedo. «Questo fine settimana c'è il matrimonio di Chloe, ma quello dopo forse sono libera». Guardo l'agenda. «Sì, confermo».

«Ottimo. Ti preparo il tuo piatto preferito. Fammi sapere qual è, visto che è passato un po' dall'ultima volta che ti ho cucinato qualcosa. Scommetto che Terry Tyler non ha dovuto faticare così tanto per convincere il figlio a portare via la sua roba, quando si è trasferito. Come sta Alex, a proposito?».

«Bene». Mi arrotolo il filo del telefono attorno al dito, mentre penso a cosa dirle. «È sempre lo stesso, anche se completamente diverso. Mi capisci?».

«Per niente. Ma sono contenta che stia bene. Bravo ragazzo, come sua madre. Faceva qualsiasi cosa per gli altri, senza lamentarsi mai».

Quando Julie Tyler è morta, mi è dispiaciuto anche per mia madre, erano grandi amiche. All'inizio, quando ci siamo trasferiti a Mothston, la mamma stava malissimo. Per me era l'estate tra le elementari e le medie e i miei avevano pensato che fosse il momento meno traumatico per cambiare scuola. Erano anni che papà voleva tornare a vivere nella propria città natale e mamma era sicura che sarebbe stato un inferno. Poi, però, aveva conosciuto Julie, che l'aveva aiutata ad ambientarsi a suon di caffè mattutini e feste in grande stile. Da quando aveva perso la sua amica, si era sentita un po' persa, a Mothston.

Mi rendo conto di essere una pessima figlia a reagire così, perché magari mia madre sperava di parlarmi del grande trasloco. Con entusiasmo esagerato, allora, le faccio qualche domanda sulla nuova casa.

«Sembra fantastica, mamma» dico con calore.

«Lo è. Ora ti devo lasciare. Ciao».

E riattacca. Bene.

Sospiro e aggiungo una voce alla lista delle cose da fare: "Comprare biglietti del treno per Mothston".

SMS da Holly ad Alex

```
Per la cronaca, nessuno al lavoro sa di me
e R, perciò acqua in bocca. X
```

Capitolo 13

ALEX

Quando entro nel suo ufficio per parlare delle prime due settimane alla Whitford High, Cotton sta innaffiando un cactus sul davanzale. Non distoglie lo sguardo dalla pianta, perciò resto in piedi.

«Non serve una cura particolare» spiega infine, invitandomi a sedere con un cenno. «Si possono lasciare per mesi senz'acqua e non muoiono».

Non mi viene in mente nulla da dire, perciò resto in silenzio. Alla fine, anche Cotton si siede, sistema qualche scartoffia sulla scrivania, poi esordisce con un «Professor Tyler».

«Eccomi».

«Professor Alex Tyler».

Con una vocetta infantile, dico: «È il mio nome, non lo consumi».

«Prego?».

«Scusi, è soltanto una stupidaggine che dicevamo da bambini».

Dal computer di Cotton giunge un *bip*. Nuova e-mail. Si china sul monitor per leggere e resta così per quasi un minuto, poi torna a guardare me.

«Non siamo qui per parlare della sua infanzia, Tyler, ma del suo presente. Come sta andando?».

«Piuttosto bene, direi. Qu…».

«Problemi con qualche classe?».

«Stavo giusto dicendo che quelli di prima liceo sono abbastanza turbolenti. Credo sia il caso di prestare più attenzione ai pochi che impediscono agli alt…».

«Sono i più asini, giusto?».

«Sì, ma…».

«Dia loro compiti più facili. Crederanno di avere il controllo della situazione e le causeranno meno problemi. Così gli altri potranno lavorare in pace».

Lo guardo incredulo. «Ma se do loro compiti facili, che cosa impareranno?».

«Nulla, ma se i compiti difficili li fanno comportare da teppisti, professor Tyler, non vedo altra soluzione».

«Mi scusi, ma io…». Cotton prende un righello dalla scrivania e lo piega con entrambe le mani. Mi sforzo di non dare in escandescenze. «Voglio dire, non ci si può arrendere solo perché qualche ragazzino crea problemi, no? Prendiamo Kenny Sonola. Oggi è uscito dall'aula e la professoressa Pritchard mi ha spiegato che non viene mai nei giorni in cui l'uniforme non è obbligatoria».

«Ah, quindi la sua frequenza alle lezioni supera il 90%, non c'è ragione di preoccuparsi. Tyler, alcuni allievi sono… spinosi. Come il mio amico cactus, qui». Indica la pianta grassa con il righello. «Gli dia troppa acqua e moriranno; si avvicini troppo e la pungeranno».

Resto zitto, anche se una piccola parte di me vorrebbe fargli mangiare il righello. E magari anche il cactus.

«Comunque,» prosegue, sparpagliando di nuovo le carte che aveva appena sistemato senza averle nemmeno guardate, «non l'ho convocata per questo. Ho notato che non mi ha inviato alcun rapporto, finora. Si ricordi: per ogni incidente, per qualsiasi episodio strano, mi invii un rapporto per e-mail. Se non mi arriva nella casella di posta, non è accaduto. Sono stato chiaro?».

Se è così, allora nemmeno i tre eventi seguenti sono mai accaduti:

1. ho dovuto ammettere la mia ignoranza. Guardando un

documentario con Charlotte McCormack, ho scoperto che le donne hanno un buco diverso per fare la pipì;
2. c'è stata una fase, all'università, in cui chiamavo tutti "amore";
3. sedici anni fa ho deciso di spararmene una nel bagno di casa di Kev mentre lui era andato a comprare i *noodles*. Sua madre avrebbe dovuto essere al supermercato. E restarci un bel po'.

Sto tornando a casa e il telefono mi vibra furiosamente in tasca. È Kev. Gli racconto di Kenny Sonola.

«È una situazione fuori dalla tua portata. Io te l'avevo detto».

«Non sono ragazzi cattivi, sono solo esagitati. Anzi, ti dirò che mi diverto quasi».

«Mi ricordi mia nonna. Diceva sempre che le piaceva la guerra perché il padre era rimasto lontano per cinque anni, mentre prima la faceva impazzire. E io le rispondevo: "Sì, nonna, ma c'era una guerra"».

«Non so di cosa stai parlando».

«Certo che no» ribatte. «Vabbè, non hai risposto ai miei messaggi, perciò ho deciso di chiamarti, per sapere se hai già visto Holly Gordon come mamma l'ha fatta».

Sbuffo e gli spiego che è fidanzata. E che comunque adesso è diversa. Non risponde.

«Siamo amici. Stasera esco con lei e i suoi colleghi».

«Amici?» ripete Kev, come sputando fuori la parola. «Sì, in effetti era proprio quello che volevi da lei».

Gemo. Davvero crede che abbia ancora una cotta senza speranza per quella ragazza? A pensarci bene, non ha tutti i torti. Non gli darò mai la soddisfazione di ammetterlo, ma quando ho visto Holly al pub, per un millisecondo sono tornato indietro nel tempo. Da adolescente la prima cosa che guardavo erano le tette; oggi guardo se c'è una fede al dito. E quando ho visto che all'anulare di Holly non c'era nulla, ho sentito un brivido. Ma poi ho capito che era solo nostalgia. Non è più la stessa Holly. E sapete che c'è? Neanch'io sono più lo stesso Alex.

Per far tacere Kev, gli racconto del tanga di Cassie. Mi chiede subito se mi ha lanciato qualche altro segnale.

«Ho notato che mi tocca spesso il braccio» ammetto.

«Ah, contatto presessuale» dichiara lui. Percepisce la mia confusione, e aggiunge: «È la fase prima di strapparsi i vestiti di dosso a vicenda. Quando ti tocca il braccio, è praticamente come se ti facesse una sega».

«E queste stronzate dove le hai imparate?».

«In un posto chiamato Università della Vita, amico. Mi ci sono laureato con lode!».

Non so perché gli do ancora corda. A quel paese lui e le sue stupidaggini. È vero, ho ignorato tutti gli SMS che mi ha mandato. Ero certo che la nostra amicizia precaria non sarebbe sopravvissuta al trasferimento a Londra, che ci saremmo allontanati, come avremmo fatto se non fossimo stati entrambi incatenati in un buco come Mothston. Eppure, Kev sembra voler tenere vivo il rapporto anche a distanza.

«Sei sicuro che sia single?» mi chiede. Quando gli rispondo che l'ho vista diverse volte chiacchierare con Ted Rodgers, di ginnastica, risucchia aria a denti stretti.

«Che c'è?» domando subito.

«Siamo realisti» mi spiega. «Se la scelta è fra te e un insegnante di educazione fisica… Insomma, non farci troppo la bocca, amico».

Per fortuna non mi sono mai iscritto a quei siti internet per appuntamenti in cui sono gli amici a parlare di te agli altri utenti. Sono terrorizzato anche solo all'idea di cosa potrebbe dire Kev del sottoscritto.

«Alle donne non piacciono soltanto i muscoli, Kev».

«Tu leggi troppi libri, Al».

«Lo dici come se fosse un insulto. E poi scusa, mi tocca il braccio. Non dicevi che è segno di sesso sicuro?».

«Forse ti tocca solo come farebbe un'infermiera con un paziente anziano». Comincia a sghignazzare, poi aggiunge: «In ogni caso, non è importante se a questa Cassie piaci o meno, perché tanto tu sei cotto di Holly».

Lo ringrazio per le preziose osservazioni e cerco di cambiare di nuovo argomento, parlandogli della teoria di Carl.

«Crede che le donne siano come i batteri?» balbetta Kev. «Che imbecille sessista!».

Sono talmente basito che devo sforzarmi per non soffocare con la mia stessa saliva. «Incredibile, vero?».

Non sembra cogliere il sarcasmo.

«Eppure, pare che se la passi meglio di noi due».

Kev sbuffa con noncuranza. «Ehm, in realtà sono stato adocchiato da una pollastra sul treno, poco fa. Mi guardava dal riflesso sul finestrino».

Tipico di Kev. Quando una ragazza lancia uno sguardo nella sua direzione, è perché ha voglia di procreare con lui.

«Bene, tienimi aggiornato, allora».

«Sarà fatto».

Non abbiamo più nulla da dirci, e il silenzio si protrae troppo a lungo.

«Bene, allora ci sentiamo presto» concludo.

«Prestissimo, amico. Oh, e...» sento che sta aggiungendo qualcosa, ma è stata una lunga giornata e ho già il pollice sul tasto per riagganciare.

Quando arrivo, Holly mi sorride e apre le braccia come se stesse sollevando uno scatolone. In pochi secondi faccio la conoscenza dei suoi colleghi: Jemma (mi saluta con la mano), Danny (stretta di mano) e Melissa (bacetti sulle guance).

Holly insiste per offrirmi da bere e mi lascia solo con gli altri. Io sorrido e annuisco nei momenti giusti, mentre loro deridono un tizio di nome Martin. Melissa, che apparentemente è l'unica a non trovare divertente ciò che ha fatto

Martin oggi pomeriggio, mi rivolge un sorriso empatico. Ha un'espressione da addetta alle vendite, sembra desiderosa di rendersi utile. I suoi capelli biondi si agitano come un'entità distinta ogni volta che muove la testa. E i suoi vestiti sono sullo stile di quelli di Holly, ma portati all'estremo: giacca con maniche a sbuffo e gonna corta, camicetta perfettamente stirata, tacchi a spillo che solo per starci sopra servono anni di allenamento.

Mi chiede che cosa faccio per vivere e quando le dico che insegno letteratura si mette una mano sul cuore. «Ma è meraviglioso» esclama, con un'espressione nostalgica. «Adoravo studiare Shakespeare».

Sto per chiederle cosa studiasse di preciso, quando Holly ricompare con i bicchieri.

«Ecco a lei, signor Tyler» interrompe. Melissa si allontana subito. Torna un paio di minuti più tardi, avvolta in uno spolverino beige.

«Spero di rivederti» mi dice, dandomi altri due baci sulle guance. Stavolta, mi posa le mani sui gomiti.

Solo quando se n'è andata mi rendo conto che gli altri mi stanno fissando a occhi sgranati.

«Stavi flirtando con Melissa, Alex?» mi canzona Holly.

Arrossisco per l'improvvisa attenzione, anche se è immotivata. Sì, Melissa è carina, ma a me non sono mai piaciute le bionde patinate.

«Non stavo flirtando» spiego. «Non intenzionalmente, almeno. Ma sembra una tipa molto…».

«Figa?» propone Danny con decisione.

«Stavo per dire "simpatica", ma sì, è innegabilmente una bella donna».

«Sì, il classico stereotipo della bella donna» interviene Holly, e Jemma annuisce con vigore.

«Sì, infatti» dice Danny con sarcasmo. «"Bellezza stereotipata". Che schifo, è proprio la cosa peggiore che ci sia».

Pochi minuti più tardi Holly individua un tavolo che sta

per liberarsi. Ci precipitiamo a occuparlo, come se fosse un palco della Royal Albert Hall e non un tavolino coperto di bicchieri vuoti e fradicio di sidro. Mi fa piacere che mi inviti a sedermi vicino a lei con lo sguardo, mentre davanti a noi Jemma tiene il posto per il tizio con cui esce. È in ritardo, e Jemma si perde le prime domande del quiz fissando di continuo il cellulare. Il ruolo di Danny, invece, sembra essere urlare le risposte sbagliate per sviare le altre squadre.

«Qual era il nome completo del personaggio di Kylie Minogue nella soap opera australiana *Neighbours*, prima che si sposasse con Scott?».

«Charlene qualcosa» propone Jemma.

«Era Mangel» ribatte Danny. «O Robinson?».

Non sono mai riuscito a finire un episodio di *Neighbours* in vita mia, ma la so. Holly adorava Kylie, nonostante tutti i miei tentativi di farle apprezzare i Radiohead.

«È Mitchell» dico. «Charlene Mitchell».

Danny e Jemma sembrano scettici.

«Sei sicuro?» mi chiedono entrambi, ma Holly dissipa ogni dubbio scrivendo la mia risposta.

«Ha ragione lui» conferma con un sorrisetto.

Jemma mi chiede se posso tornare anche la prossima volta, e Holly mi allunga una gomitata orgogliosa nelle costole. Il vino deve avermi dato alla testa, perché per un attimo mi sembra di essere tornato adolescente e sono felice che sia fiera di me.

«Okay, ho capito». Jemma butta il cellulare nella borsetta e afferra il braccio di Danny. «Mi ha dato buca, ormai è chiaro, perciò non c'è motivo per non ubriacarsi fino al collasso».

Vanno al bancone e quando sono abbastanza lontani mi torna in mente l'SMS che mi ha mandato Holly. Quando l'ho letto, mi sono sentito lusingato. Si è sempre confidata con me, anche a proposito di ragazzi. Non le ho mai fatto capire quanto ci stessi male.

«Ho ricevuto il messaggio» dico, già subodorando una rivelazione del tipo "Richard ha moglie e figli, ma ha promesso che per me lascerà tutto. Dice che si è sposato troppo giovane".

Deve per forza esserci sotto qualcosa, altrimenti perché non dirmelo subito?

«Vogliamo entrambi mantenere un profilo basso. È meglio per tutti».

Mentre parla, tiene lo sguardo su Jemma e Danny, al bancone. Accanto a loro, un uomo in gessato che sembra palesemente ubriaco, anche per via della cravatta allentata, sta tentando un approccio maldestro con una donna. Holly lo guarda mentre si mette su un ginocchio e finge una proposta di matrimonio. L'espressione sdegnata di lei si addolcisce.

«È complicato, ma non resterà un segreto ancora per molto».

Mentre si rialza, l'uomo finisce addosso a Jemma, che lo ricompensa con una gomitata nella schiena.

«Aspettavamo il momento giusto per dirlo a tutti e…».

«Io veramente intendevo il messaggio con le indicazioni per arrivare qui» la interrompo sorridendo.

Mi guarda per la prima volta da quando Jemma e Danny si sono alzati e ricambia il sorriso. «Scusa, è che a molti potrebbe sembrare la classica storia del capo che si fa la segretaria, lo so».

E a me cosa sembrava? In effetti, l'ho pensato, ma sono affari di Holly, no? E da quello che dice, è chiaro che lei e Richard hanno un rapporto vero. È felice.

«Avete visto quel coglione al bancone?» dice Jemma, tornando al tavolo con una vaschetta di frittura mista. «Fosse stato per me, l'avrei fatto volare fuori dalla finestra».

Pochi minuti dopo annunciano i risultati del quiz e non vinciamo per un pelo. Ci piazziamo decimi su undici. Jemma si volta verso di me e si copre la bocca con la mano per non farsi sentire da Holly.

«Scommetto quello che vuoi che entro un minuto controllerà l'orologio» sussurra. «Lo fa sempre, dopo i risultati. Sempre».

Ci scambiamo occhiate complici per una trentina di secondi, finché Holly non guarda l'orologio. Jemma le scoppia a ridere in faccia.

«Ma smettila!» esclama Holly. «Volevo solo controllare l'ora. E per tua informazione, stavo per andare a ordinare un altro giro».

Jemma sbuffa con aria dubbiosa, ma Holly si alza, prende la borsetta e si avvia verso il bancone a passo deciso. Fa un cenno al barman e indica una bottiglia di Sambuca, poi mostra quattro dita.

«In realtà,» mi confida Jemma quando restiamo soli «non l'ho mai vista bere così tanto. È una persona diversa quando ci sei tu».

Butto giù un lungo sorso di vino, cercando di nascondere l'imbarazzo.

«E quello che ti ho detto prima lo penso davvero» continua. «Dovresti venire anche la prossima volta».

Capitolo 14

HOLLY

È la prima volta che vedo Max da quando ha portato via la sua roba da casa mia, ormai quasi un anno fa.

Siamo al matrimonio di Chloe, davanti alla chiesa, e Richard mi tiene il braccio intorno alla vita. Siamo tutti un sorriso, probabilmente perché finora abbiamo parlato di come avrebbe potuto essere il *nostro*, di matrimonio. Sembriamo innamorati e tanto felici, quando all'improvviso...

«Holly!».

«Max». Lo vedo che viene verso di noi, con la sua ragazza «ragionevolmente carina, ma per niente stilosa». Mi abbraccia, stringendomi per più tempo del necessario, finché si ricorda che siamo osservati.

«Stai benissimo» mi dice dopo le presentazioni di rito. È vero, sto proprio bene. La lampada che mi sono fatta ieri mi fa sembrare più alta e magra. Gli rispondo con un educato «Anche tu», sebbene abbia barba e capelli troppo lunghi per i miei gusti. Sembra che non si curi più del suo aspetto.

«Immagino che ci vedremo al ricevimento» dico. Max incontra il mio sguardo e sorride, ma non mi pare sincero. Pare quasi un sorriso pentito. Ovviamente, sono solo supposizioni, ma forse pensa a me come "Holly Gordon, la donna che mi sono lasciato scappare...".

Così è come speravo che sarebbe andata.

La realtà è molto diversa.

Richard non c'è, e già questo è un disastro di proporzioni colossali. Me ne sto fuori dalla chiesa con Susie e Jamie e cerco con tutta me stessa di non ascoltarli litigare (se ho ben capito, lui si sarebbe dimenticato di ricordarle di mettere in carica la macchina fotografica). Allo stesso tempo, tento di sembrare coinvolta nella conversazione, perché nessuno pensi che sono sola come un cane. All'improvviso…

«Holly!».

«Max!». Si avvicina tenendo sottobraccio una ragazza che vedrei benissimo nella pubblicità dei muesli, completamente ricoperta di lycra.

«Lei è Flick» ci annuncia. «Flick, questi sono Holly, Susie e…».

Tende la mano a Jamie e, mentre Susie fa le presentazioni, Flick mi squadra da capo a piedi.

Sa chi sono?

Non voglio mettermi in mezzo e comportarmi come la classica ex rancorosa. Mi serve qualcosa di carino da dire.

«Che bel vestito» esclamo. «Dove l'hai preso?».

Vorrei tanto avverglielo chiesto solo per educazione, ma quell'abito rosa corallo con cappellino abbinato è uno schianto e si intona perfettamente alla sua carnagione abbronzata.

Io ho dovuto annullare la lampada dall'estetista perché ho perso tempo a prenotare il biglietto del treno. Per questo ringrazio quel cretino inaffidabile di Richard, che mi ha dato buca dopo essersi offerto di accompagnarmi con la sua comoda auto.

Flick mi parla di una qualche boutique esclusiva di Chelsea dove, a quanto dice, compra TUTTI i vestiti. Non riesco a concentrarmi sulle sue parole, perché la brezza che soffia alle mie spalle, e che le spinge indietro i capelli biondi come in un servizio fotografico, butta i miei in avanti e me li appiccica al rossetto.

«Dove sono gli altri?» chiede Max guardandosi intorno.

Non so se si riferisca a Leah e Rob o intenda anche il mio accompagnatore.

«A prendere la macchina» risponde Susie. «Siamo venuti con Rob, adesso ci dà uno strappo in albergo».

«Richard non ce l'ha fatta» aggiungo io. «Un impegno di lavoro. Proprio non è potuto venire».

Max sembra sul punto di dire qualcosa (magari vuole chiedere chi sia Richard e perché gli abbia dato informazioni su questa persona mai vista né conosciuta), ma Flick interviene.

«Amore, non dovremmo...?».

Non conclude la domanda, ma Max ci dà appuntamento al ricevimento, sorride e se ne va.

Era un sorriso di felicità, se non mi sbaglio.

«Be', non è stato poi così imbarazzante» dico per rompere il silenzio che cala appena saliamo sull'Opel Corsa di Rob. È ovvio che sto scherzando, ma gli altri quattro si lanciano occhiate di sbieco. Mi prendono in giro? Pensano che non li veda? Sono seduta dietro, tra Susie e Jamie, e per giunta me ne sto PIEGATA IN AVANTI, tanto che ho la testa in mezzo ai due sedili anteriori. Per non farsi beccare dovrebbero tapparmi gli occhi.

Ridacchio, per ribadire che ho preso bene l'incontro.

Capisco perché sono confusi. Ho l'aria triste. Ma Max non c'entra. È colpa di Richard.

Mi si è chiuso lo stomaco quando ho visto la sua chiamata, ieri sera. Sarebbe dovuto atterrare a Gatwick tre ore più tardi, com'era possibile che stesse chiamando?

Aveva preso il volo da New York il giorno prima, per essere bello riposato per il matrimonio della mia amica?

Manco per sogno!

Ho cercato di essere comprensiva mentre al telefono si scusava con tutto il cuore, spiegandomi che doveva ancora incontrare alcuni clienti. So che la promozione è importante per lui, ma che cazzo! Mi secca che non ci sia. Mi ero immaginata questa giornata tutta diversa.

Tenerci la mano in pubblico.
Ballare canzoni romantiche.
Presentarlo alle amiche.
Le piccole cose che fanno le coppie normali.

«Sono amici tuoi» aveva detto Richard. «Non hai bisogno di me».

"Sì, invece!" avevo gridato. Dentro di me. Ma non potevo dirlo ad alta voce, perché sarei sembrata solo PATETICA e BISOGNOSA DI ATTENZIONI: due caratteristiche che, sono piuttosto sicura, Richard non cerca in una fidanzata.

E Max? Volevo solo sapesse che sono andata avanti. Non perché provi qualcosa per lui. Non sento un briciolo di rimorso per averlo lasciato. Voglio che sia felice. È solo che… be', anche se non lo ammetterò mai, mi fa sentire abbastanza di merda vederlo più felice di quando stava con me.

Ovviamente, a Richard non potevo dirlo. E nemmeno di aver assicurato a tutti i miei amici che sarebbe venuto al matrimonio.

«Non ho mai capito perché Flick dovrebbe essere il diminutivo di Felicity» osserva alla fine Susie, guardando fuori dal finestrino. Le voglio bene anche per questo.

Riesco a darmi un contegno quando arriviamo all'albergo. Sarebbe da egoista andarmene in giro con una faccia alla Lurch al matrimonio di Chloe. È il giorno più bello della sua vita, mi sentirei uno schifo se glielo rovinassi. Ormai il siparietto imbarazzante è passato, le cose non possono andare peggio di così.

E invece sì.

Al nostro tavolo sediamo io, Susie, Jamie, Leah e Rob. E Max. E Flick. E c'è un posto vuoto, per quell'egoista bastardo di Richard.

«Spero che la stronza divorzi tra un mese» dico sottovoce a Leah, che compare alle mie spalle mentre leggo la disposizione dei tavoli all'ingresso della sala ricevimenti. Certo, Chloe non poteva sapere che sarei venuta da sola, ma come le è venuto in mente di mettermi insieme al mio ex? Ma dài!

Devo farmene una ragione. Andrà tutto bene. Sarò amichevole, allegra, simpatica e molto, molto ubriaca.

Prendo due bicchieri di Champagne dal vassoio di una cameriera e ne porgo uno a Leah.

«No grazie, oggi non bevo».

«Come sarebbe a dire, "Non bevo"?».

Abbiamo fatto spesso questa conversazione, ma a parti invertite.

«Guido io, così Rob può bere. Forza, sediamoci. E non ti preoccupare, andrà bene. Divertiti e basta».

Butto giù il primo bicchiere tutto d'un fiato e la seguo al tavolo sorseggiando il secondo.

Divertiti e basta.

Ci provo. Davvero, ci provo.

Rido forte insieme agli altri quando Max finisce di raccontare dei suoi bagordi in compagnia di band che non ho mai sentito nominare…

«…e quando mi sono svegliato a casa di questo sconosciuto alle sei del mattino…».

Perché non mi sono portata un altro accompagnatore?

«…sembrava che avessero svaligiato l'appartamento…».

Con Jemma sarebbe stato uno spasso, ma le avevo già detto che portavo un'altra persona.

«…bottiglie vuote ovunque, pareti imbrattate…».

O Alex? Avevo pensato di invitare lui, prima che Richard si offrisse volontario. Non conosce ancora nessuno a Londra, magari sarebbe stato disponibile anche all'ultimo minuto. Ed è un bel tipo, avrebbe potuto competere con Flick nella gara degli accompagnatori…

«Poi ho trovato il bassista che lavava i piatti…».

O Harold? Ah ah.

«…nudo».

Spero di averle lasciato abbastanza crocchette.

«...con un copriteiera sulla testa!».

Max è sempre stato l'anima della festa. Era una delle cose che mi piacevano di lui. Il più delle volte, almeno. Ogni tanto, tendeva a sconfinare in un one-man show, e allora sapevo sempre come farlo smettere.

Ma almeno c'era quando avevo bisogno di lui, a differenza di quello stronzo malfidato di Richard. E pensare che credevo davvero gli facesse piacere venire, oggi. Non sarebbe proprio riuscito a tornare in tempo, se avesse voluto? Ho un nodo alla gola come quando mi viene da piangere, perciò bevo un sorso d'acqua e penso a qualcos'altro. Torno a concentrarmi sulla conversazione al tavolo.

Max lavora nel mondo del giornalismo musicale, adesso. Pare che Flick conosca qualcuno che conosce qualcun altro.

«Gli ho detto che era arrivato il momento di trovare un lavoro vero, con uno stipendio regolare». Gli mette una mano sulla nuca e sorride orgogliosa, come una mamma che abbia appena svezzato il suo bebè.

Mi verso altro vino.

«Mi piace Flick» dico a Leah e Susie. Siamo in bagno a rinfrescarci il trucco. «Ma è un po' dispotica, forse, no?».

Leah e Susie si bloccano con, rispettivamente, mascara e rossetto a mezz'aria.

«Fa tutto lei. Neanche fosse sua madre».

«Straccio che dice male di cencio...» commenta Susie.

«Che vorrebbe dire?».

«Che tu facevi la stessa identica cosa, mia cara».

«Ma nemmeno per idea!».

«Sì, Holly» interviene Leah. «Non è una critica. Cioè, parliamo di Max. Gli voglio bene, ma non riesce neanche a organizzarsi per andare in bagno, se non lo aiuti. Ti ricordi all'università, l'unica volta che gli abbiamo affidato la serata cinema?».

Ci eravamo ritrovati a guardare *X Factor* perché si era scordato di noleggiare il film. All'epoca, cercavo ancora di fare colpo su di lui, perciò quando avevo scoperto questo lato del suo carattere mi ero esaltata.

«Funzionava così, tra voi due» prosegue Leah. «Tu amavi organizzare, e lui aveva bisogno di organizzazione».

Sto per ribattere, ma mi blocco. È vero? Facevo così?

Forse sì.

Ma ne è passata di acqua sotto i ponti. Grazie a Dio, ora ho una relazione da adulta e, per essere onesta con Richard (anche se non so perché dovrei, coglione egoista), almeno è un uomo indipendente e non ha bisogno di una balia.

«Non ho problemi a vedere Max insieme a un'altra. Questo è chiaro, no?» dico, ributtando i trucchi nella pochette.

«Sì, è chiaro» risponde Leah, un po' troppo tardi per sembrare sincera. Non ribatto, perché ha ragione. Non è una situazione normale, questa.

«Vorrei solo che Richard fosse qui» ammetto con tono petulante. «Pensate che Max provi pietà per me perché il mio accompagnatore mi ha dato buca?».

«Nooo» risponde Susie scrollando le spalle. «Probabilmente pensa solo che Richard sia una tua invenzione».

«Oddio, non ci avevo pensato!». Mi prende un colpo. «Come in *Romy & Michelle*, quel film con Phoebe di *Friends*, in cui lei e la sua amica fanno finta di essere le inventrici del Post-it per non far capire ai vecchi compagni di classe quanto sia patetica la loro vita? Non l'avete visto? Dài, è carino, dovreste guardarlo. Ma seriamente, e se davvero tutti pensassero che mi sono inventata un fidanzato per mascherare che sono una sfigata?».

«Stavo scherzando, tesoro. Nessuno lo pensa. E nessuno prova pietà per te. Se c'è uno sfigato, quello è Richard». Susie cerca invano di non usare un tono pungente, poi mi bacia sulla fronte con il rossetto fresco ed esce dal bagno. In quell'istante, entra Chloe.

«Sto per lanciare il bouquet, forza!».

«Io sono già sposata» le ricorda Leah.

«Io…». Le litrate di Champagne che mi sono scolata mi impediscono di pensare a una scusa valida per tirarmi indietro, perciò la seguo fino alla pista da ballo. Lì finisco tra sua cugina, con un diamante da un chilo al dito, e una ragazza all'incirca della mia età, con un fidanzato che gironzola lì intorno con la faccia di un condannato a morte.

Chloe ci volta le spalle e lancia in alto il mazzolino di rose color crema.

Lo prendo io. Ovviamente. È chiaro che Dio MI ODIA, perché ho visto il bouquet CAMBIARE DIREZIONE in volo, apposta per cadermi tra le braccia!

Se avessi potuto, l'avrei respinto come un pallone da pallavolo, ma è accaduto tutto così in fretta che me lo ritrovo all'improvviso tra le mani. Fingo un sorriso finché non mi fanno male le guance, poi mi faccio largo tra la piccola folla.

«Perché l'ha preso *quella lì*?» chiede una ragazzetta all'amica, tutta risentita. «Non ha nemmeno il fidanzato».

«In realtà, *sembra* di sì» risponde l'altra con sdegno. «Solo che nessuno l'ha mai visto, ancora».

E sono di nuovo al tavolo, appena in tempo per un altro giro di valzer.

Anche se dicevamo sempre «Perché si sono sposati così presto?», i matrimoni delle nostre amiche ventenni erano più divertenti. Appena finiva il primo ballo, la festa si trasformava in un normale sabato sera al pub, con balli di gruppo e gente ubriaca che si dimenava in pista. Con l'unica differenza che tutti erano vestiti bene.

Stasera, invece, tutti danzano in coppia. Anche i single, a eccezione di un gruppo di ragazze sedute in un angolo a battere il piede a ritmo di musica. Sembrano quelle che in *Grease* si ritrovano senza un cavaliere per il ballo scolastico, e se ne stanno in fondo alla sala a fare tappezzeria.

Rob e Jamie mi invitano a ballare a turno. È un gesto

dolce, ma dopo un po' chiedo loro di smettere perché sta diventando umiliante.

«Sto bene qui, davvero. No, sul serio, tranquilli. Mi diverto, è solo che mi fanno male i piedi. Andate a ballare… Sì, sono sicura».

Dopo una quarantina di tentativi, smettono di chiedermelo. Se avessero provato anche solo un'altra volta, giuro che avrei tentato di flagellarmi a morte con il bouquet.

Comunque, non mi sento umiliata solo per questa giornata. Più ci penso, più mi pare di aver frainteso tutto con Richard. Susie aveva ragione. Per lui non è un rapporto serio, altrimenti sarebbe venuto. Oppure, avrebbe almeno capito per quale cazzo di motivo ha sbagliato a non venire.

Dio, questa serata non finisce più. Onestamente, non so per quanto ancora potrò fingere di divertirmi. Quando mi squilla il telefono, spero quasi che sia la vicina e che la mia casa stia andando a fuoco, almeno avrei un motivo per andarmene. Ma no, è Richard.

Allora è atterrato, il pezzo di merda. Dovrei ignorare la chiamata.

«Pronto?».

«Ciao, amore. Ti diverti?».

«Sì, insomma…».

«Aspetta, non ti sento… Che?».

«Ho detto sì, insomma…».

«Aspetta, che?».

«NO, NON MI DIVERTO PER NIENTE…».

«Allora è il caso di fare qualcosa».

Sono confusa. La voce non veniva dal telefono, ma da dietro di me. Mi volto.

RICHARD.

In abito elegante, tutto in tiro, bellissimo… Ed è QUI!

Salto in piedi e gli butto le braccia al collo. La combinazione di shock e troppo Champagne mi fa salire le lacrime agli occhi.

«Non ci credo, sei qui...» gli sussurro all'orecchio mentre ci abbracciamo.

«Ho preso il primo volo utile» dice, allontanandomi e guardandomi. «Sei bellissima».

«Anche tu non sei male. Ora vieni a conoscere gli altri».

Con i miei amici Richard sprizza fascino da ogni poro. Leah lo accoglie con calore e perfino Susie si scongela, dopo i primi minuti. Max è palesemente a disagio quando gli stringe la mano, e mi chiedo se sia per me o perché Flick è andata in brodo di giuggiole appena l'ha visto.

Non riesco a credere che stessi per lasciarlo. Tutta questa storia della segretezza mi ha incasinato la testa. E mentre ballo con Richard sulla pista, mi convinco sempre più di una cosa: è arrivato il momento di rivelarci al mondo.

Sono le 7 e non voglio alzarmi dal letto. Ma è evidente che morirò disidratata se non vado a bere. E con un fidanzato che ha una riunione importante da preparare e un gatto con problemi di autostima, non è il momento giusto per morire, perciò mi trascino in cucina.

«Giorno, Harold» dico dopo aver buttato giù un litro di succo d'arancia.

"Tutto qui?" sembra rispondere lei. "Non sai fare di meglio, dopo avermi lasciata sola tutto il giorno e avermi chiusa fuori stanotte perché c'era il tuo amico? Sai dirmi solo 'Giorno, Harold'"?

Poi non ricordo più nulla. So solo che alle 10 mi ritrovo acciambellata sul divano insieme al gatto. Sento Richard che mi scuote per svegliarmi. Ha in mano tè e toast.

Che Dio lo benedica.

Harold miagola arrabbiata e schizza via, mentre Richard si siede sul divano accanto a me e mi abbraccia.

Gli appoggio la testa sul petto e tento di introdurre l'argomento del nostro particolarissimo *coming out*.

«Grazie ancora per essere venuto, ieri» mormoro.

«Figurati, piccola». Mi bacia sulla fronte. «Sapevo che era importante per te. Dovrò tornare a New York la settimana prossima, perciò volevo farmi perdonare in anticipo».

Mi ci vuole un po' per capire cosa non va nella frase.

Cerco di sollevarmi a sedere, ma una fitta alla testa mi fa cambiare idea.

«La settimana prossima? Ma, e Harold?».

«Che c'entra lui?».

«Intanto è una lei. E poi... Avresti dovuto darle da mangiare, il prossimo fine settimana».

Il suo viso è privo di espressione.

«Io sono dai miei, ricordi?».

«Oh, merda, scusa, Holly». Si dà una manata sulla fronte. «Me ne sono scordato».

Okay, sii ragionevole, penso. Non posso aspettarmi che mandi all'aria la promozione per dar da mangiare al mio gatto.

Però sarebbe stato carino se almeno se ne fosse ricordato.

«Mi dispiace tanto. Dovevo appuntarmelo sull'agenda».

«Te l'ho scritto io» replico debolmente. Ormai ho perso la voglia di chiacchierare. «Va bene così, mi organizzerò in un altro modo».

Dovrò chiedere a Jemma. Se c'è una cosa che le piace meno di spingersi a sud del fiume, sono i gatti.

Potrei sempre chiedere ad Alex. O sarei troppo sfacciata?

Forse in cambio potrei preparare qualche torta per i suoi ragazzi. Ci rifletto mentre sbocconcello il toast.

Capitolo 15

HOLLY

NOVEMBRE 1998

Potrei sempre chiedere ad Alex. O sarei troppo sfacciata?

Appena ha preso la patente mi ha detto che se mai avessi voluto un passaggio non ci sarebbero stati problemi. «*A qualsiasi ora, ovunque*» sono state le sue parole esatte. Ma immagino che non si aspettasse di dovermi venire a prendere a casa di uno sconosciuto a qualche chilometro da Mothston alle 2,23 del mattino.

Sono seduta sulle scale dell'ingresso e cerco di controllarmi allo specchio appeso alla parete di fronte. Non riesco a mettere a fuoco. Mi infilo una ciocca nello chignon. Cavolo, ho passato quaranta minuti a pettinarmi!

Potrei prendere un taxi, ma la mamma ANDREBBE FUORI DI TESTA se scoprisse che le ho mentito. Le ho detto che sarei uscita con Alex, stasera: era l'unico modo per strappare il permesso di restare fuori così tanto. Se… anzi, *quando* sentirà il rumore dell'auto e guarderà fuori dalla finestra, darà di matto se non vedrà la Fiesta arrugginita di Alex.

«Per te, Hol». Ellie mi mette in mano un Bacardi Breezer all'anguria e si siede sulle scale davanti a me con un Moscow Mule.

È magra come un chiodo. Potrebbe mettersi accanto a me, ma non c'è spazio neanche per il suo microculo: sulle scale c'è una fila di ragazze appiccicate contro la parete, ciascuna con un ragazzo incollato alla faccia.

Indossa un vestito a lustrini, scollato e molto corto. Le devo sempre ricordare di scegliere che cosa mostrare tra tette e gambe: mai entrambe. Io, per esempio, ogni tanto devo controllare che le mie gioie non siano uscite dalla minuscola magliettina che porto, ma almeno sotto ho i jeans.

Bevo un sorso anche se la stanza già gira parecchio. Vorrei cambiare musica, ho voglia di ballare ancora. Poi però mi ricordo che voglio andare a casa.

«Di chi è questa casa, Ell? Voglio chiedere se posso usare il telefono».

«Sbattitene, usalo e basta». Allunga un braccio per afferrare il cordless posato sul tavolino dell'ingresso, ma perde l'equilibrio e rovina a terra, trascinandosi dietro il telefono. Ridiamo finché non ci fa male la pancia, con Ellie che resta stesa a terra nel punto in cui è caduta. Appena ci calmiamo, mi guarda e fa: «Mi sta uscendo il Moscow Mule dal naso». E giù altre risate.

«Senti...». Si aggrappa al tavolino per rimettersi in piedi, sporcandosi di mascara quando si asciuga le lacrime con il dorso della mano. «Credo che stasera mi farò Dean Jones».

Rimango a bocca aperta per la sorpresa, ma non può vedermi perché è girata di spalle. Con il dito si sta togliendo qualcosa dai sandali che si rifiuta di togliere, nonostante con quel tacco vertiginoso stiano lasciando voragini sulla moquette. Non so se aspetta che dica qualcosa o se davvero crede che non ci sia niente di male nell'andare con Dean Jones.

Anche se ci ho già pomiciato io.

Anche se le ho detto che di recente parliamo spesso, a scuola, e che mi domando se prima o poi mi inviterà a uscire. Le ho anche chiesto che cosa pensa di lui, e ha risposto: «È okay» con una scrollata di spalle.

Anche se la settimana scorsa io e Dean siamo stati compagni in laboratorio e le ho detto scherzando che fra noi c'era una certa chimica.

Rimaniamo in silenzio per un paio di minuti, poi Ellie mi dice: «Ho visto quel tipo con la polo rossa con cui parlavi. È *carino*. Dovresti fartelo».

Non è carino per niente. Anche lei se ne rende conto. Sarà alto al massimo un metro e mezzo ed è pieno di acne dello stesso colore della polo. Ellie sa benissimo che ci ho parlato solo perché sono educata. A differenza sua, io non parlo soltanto con i ragazzi fighi. Forse dovrei ricordarle di me e Dean? Magari se ne è dimenticata.

«Non mi piace, quello» rispondo, giocherellando con una ciocca dei suoi capelli biondi. Li adoro. Una volta le ho chiesto se me li prestava, e lei ha risposto che me li avrebbe dati in cambio delle mie tette.

«In realtà, ho pensato di dirgli di sì. Sai, uscire con lui. Ma non è il mio ragazzo, è stato solo un bacio, quindi non è che posso impedirti…».

«Sì, lo so, non siete mai usciti insieme. Ovviamente, non te lo ruberei mai se stesse con te. Sarebbe fuori discussione, sei la mia migliore amica». Si alza e mi bacia sulla guancia, poi barcolla verso il soggiorno. Mi alzo per raccogliere il telefono e lancio un'occhiata nell'altra stanza, appena in tempo per vederla buttarsi sul divano accanto a Dean.

Mi chiedo se lei gli piaccia. In fondo, è magra e bionda, perché non dovrebbe? Però, l'ho visto che mi guardava, prima, mentre ballavo. Certo, può anche darsi che guardasse lei, che mi ballava accanto. E se fosse così, chi se ne frega! Non litigherò con un'amica per un ragazzo. Figuriamoci!

Digito il numero di Alex, grata che solo lui, in casa, tenga il telefono sul comodino.

«Due sette zero sette?» risponde dopo due squilli.

«Salve, due sette zero sette». Lo sento sbadigliare. «Scusa, ti ho svegliato?».

«Sì! Cioè, no. Cioè, sì, mi hai svegliato, ma non è che stessi proprio dormendo. Tutto bene?».

«Sì, be'... Mi chiedevo se potessi farmi un favore ENORME». Riesco a trasformare le cinque parole che mi occorrerebbero per chiedergli uno strappo in un monologo di cinque minuti. Sono abbastanza sobria da rendermi conto che sto straparlando, ma non abbastanza da riuscire a smettere.

«Holly!» mi interrompe per la terza volta. «L'indirizzo».

Devo correre fuori a controllare il nome della via e il numero civico. Non sa dove sia, mi dice che controllerà sullo stradario e verrà a prendermi il prima possibile.

Riaggancio e rimetto a posto il telefono, poi calcolo tra quanto potrebbe arrivare. Anche da ubriaca sono sempre un asso in matematica. Ho impiegato una ventina di minuti per arrivare in taxi, ma Alex deve vestirsi e cercare l'indirizzo (altri dieci minuti), e soprattutto c'è lui al volante (riduciamo la velocità media di un terzo). Decido che ho sicuramente tempo per un altro bicchiere.

I Bacardi Breezer sono finiti, perciò prendo un Diamond White. Bobby Shepherd, seduto sul ripiano della cucina accanto al frigo, lo apre con i denti e me lo passa con aria orgogliosa.

«Però» dico sorridendo. «Non mi meraviglio che ti abbiano preso nell'esercito».

Non coglie il sarcasmo e mi chiede se mi sono mai strafatta versandomi vodka negli occhi. Rispondo di no e mi propone di provare. Rifiuto ancora. Quando fa per darmi una dimostrazione, prego ardentemente che arrivi qualcuno a salvarmi. E, come per magia, Dean compare sulla porta.

«Ehm, Holly?». Mi guarda con aria contrita. «Ellie chiede di te. Non si sente bene».

Mi accompagna in soggiorno, dove vedo la mia amica seduta con la testa tra le mani e una pozza di vomito arancione sui sandali. Rimpiango subito Bobby e la sua vodka negli occhi. Le due ragazze che le accarezzano la schiena si dileguano appena mi vedono e, quando mi avvicino, la puzza di vomito aromatizzato alla birra rossa mi colpisce come un pugno.

«Ell» dico con gentilezza, accovacciandomi accanto a lei. La abbraccio.

«Holly» singhiozza lei. «Sto morendo, vero?».

«Stai benissimo. Sta arrivando Alex, ci riporterà a casa lui. Puoi dormire in macchina per tutto il tragitto».

«Ti voglio bene, Hol» dice soffocando un altro conato.

«Anch'io ti voglio bene, Ellie».

Mi alzo e lei si accascia sul divano. Prendo i cappotti dalla stanza al piano di sopra e gliene metto uno sulle gambe, poi vado a cercare uno straccio per pulire il disastro. Quando finisco, spero di non vomitare a mia volta. Mi lavo le mani ed esco fuori ad aspettare Alex.

«Non è stato divertente, vero?». Dean mi segue fuori e si siede accanto a me sui gradini della veranda.

«Non lo sarà stato neanche per te, immagino» dico con un ghigno. «Spero che prima di sentirsi male abbia fatto in tempo a toglierti la lingua dalla bocca».

«Che? Ma non abbiamo fatto niente» risponde subito lui, posando la lattina di birra e mettendomi una mano sul ginocchio. «In realtà, le stavo chiedendo se secondo lei ho una possibilità con te».

Caspita, ecco perché ha vomitato.

Davvero il ragazzo più fico della scuola mi sta chiedendo di essere la sua ragazza? Non so dove guardare, ormai non sono più ubriaca. Niente ti schiarisce le idee come pulire il vomito altrui.

«Holly?» mi chiama, girandomi il viso verso di lui con la mano. «Posso chiederti una cosa?».

«Sì, certo» dico, anche se so cosa sta per dirmi e ancora non ho deciso come rispondere.

«Vuoi uscire con me?».

Sorrido e distolgo lo sguardo. Quale ragazza a scuola

non vorrebbe essere me, in questo momento? Con lui non provo le stesse sensazioni di quando sono vicina ad Alex, però non ci conosciamo altrettanto bene e, chissà, forse prima o poi scoccherà la scintilla. È bellissimo. Lo pensano tutte. Ellie compresa, a quanto pare. E non posso passare la vita ad aspettare che Alex si decida a fare la prima mossa.

Alla fine è Dean a trarmi d'impaccio, quando avvicina il viso al mio e mi bacia. Sa di birra e sigarette ed è un bel bacio. Mi domando cosa pensi. Crede che io baci bene? Speravo che accadesse, ho le Polo nella borsetta. Comincia a farmi male il collo, tengo la testa a un'angolazione strana, ma non oso smettere. Poi sento il clacson di un'auto.

«È un sì?» chiede Dean.

«Sì» rido, massaggiandomi il collo. «Chiamami domani, okay?».

«Fantastico. Quello è il tuo taxi?».

«No, è Alex Tyler. Mi dà un passaggio».

«Nooo, mi prendi in giro. Quello è già a nanna da un bel po'».

«Taci, Jones». Gli do uno schiaffetto scherzoso sul braccio.

«Lo sai che vuole portarti a letto, vero?».

«Ma figurati!». Davvero? No, certo che no. O sì? «Siamo solo amici».

«È un maschio. Sarà anche effeminato, ma resta sempre un maschio, e l'unico motivo per cui è venuto a prendere una ragazza in piena notte è che spera di infilarsi nelle sue mutandine».

«Ti sbagli, Dean. Lascialo perdere, va bene? E aiutami a tirare su Ellie».

«D'accordo, ma che tenga le mani a posto».

Le mani di Alex sono l'ultimo dei miei problemi. Sono più preoccupata della sua reazione quando gli dirò che dovrà caricare in macchina Ellie, vomito incluso.

«Mi dispiace tanto, Alex» ripeto ancora una volta.

Ha accettato di dare un passaggio a Ellie senza esitare. Per tenerla al caldo ha perfino tirato fuori una coperta, che sono quasi sicura butterà una volta arrivato a casa. Ma è rimasto in silenzio per tutto il tragitto, quindi immagino sia un po' incazzato.

«Nessun problema» risponde di nuovo, poi alza la musica e si mette a cantare, a dimostrare che va tutto bene.

Guardo fuori dal finestrino, cercando di trovare un argomento di conversazione per allentare la tensione. Noto una coppia di ragazzi più grandi che camminano a braccetto. Lui le tiene le scarpe con i tacchi, mentre lei stringe un mazzo di rose rosse, di quelle che vendono gli ambulanti nei locali.

«*Bleah*» dico ridacchiando.

«Che?».

«Rose rosse. Il cliché più patetico della Terra. Se qualcuno me le regalasse, lo scaricherei all'istante. Girasoli, magari. O rose di cioccolata. Ma rose rosse no, cazzo».

«Fossi in te, non mi preoccuperei» risponde dopo un po'. «Dean Jones non mi pare un tipo da rose rosse».

«Ci hai visti?».

«Sì». Fa una pausa. «È perché eri ubriaca?».

Lancio un'occhiata sul sedile dietro, dove Ellie dorme ancora. Sta sbavando ovunque.

«In realtà,» dico, voltandomi di nuovo verso Alex e osservandolo con attenzione «mi ha chiesto di uscire».

La mascella gli si irrigidisce.

«È un tipo poco raccomandabile, Holly. Lui e i suoi amici. Non fanno altro che fumare erba e marinare la scuola».

«Ma guarda com'è protettivo il mio fratellone». Mi costringo a sorridere e gli do una pacca sulla gamba, poi appoggio la testa al sedile e chiudo gli occhi.

«Secondo me sei troppo per lui. Tutto qui».

Il mio cuore accelera. Sta cercando di dirmi qualcosa?

Lo guardo intensamente, aspettando che il suo sguardo incontri il mio. Ma tiene gli occhi fissi sulla strada, e quando inizia a canticchiare con l'autoradio, capisco che non sta cercando di dirmi proprio nulla.

Capitolo 16

ALEX

Maggio 2010

Qualcuno apre la porta della sala professori e sento la musica di innumerevoli iPod giungere dal corridoio. Tengo gli occhi sulle parole crociate, tamburellando con una penna sui denti.

Sciocchezze; espressione di disaccordo. Sette lettere, la quarta è "o".

La persona che è entrata se ne sta in piedi davanti a me e mi copre la luce. Aspetto che si sposti, ma non lo fa. Con impazienza, alzo lo sguardo e la mia espressione si addolcisce all'improvviso. Cassie mi sorride. Si liscia la gonna a fiori e si accomoda sulla sedia di pelle accanto alla mia.

«Grazie a Dio è venerdì, vero?» dice. Metto via giornale e penna. «Hai già qualche programma per questo fine settimana?».

«Dare da mangiare al gatto di un'amica» rispondo. «Sai, sono un uomo di mondo».

Cassie annuisce divertita.

«E tu?» chiedo.

Scuote la testa. «No, niente. Credo che me ne starò sul divano con un libro. A meno che non mi arrivi un'offerta migliore».

Mi fissa e sostiene lo sguardo per qualche secondo di troppo, per i miei gusti.

«Quattro verticale». Non trovo niente di meglio da dire. «*Sciocchezze; espressione di disaccordo. Sette lettere, la quarta è "o"*».

Cassie smette di guardarmi e riflette un secondo. «Faccio schifo nei cruciverba».

«E insegni letteratura?» ridacchio. Mi dà un pugno sul braccio e smetto subito di pensare al cruciverba. Abbiamo appena avuto un contatto presessuale o Cassie è solo un'infermiera e io il suo anziano paziente? Poi capisco. Il modo in cui mi guardava. Si riferiva a me. *Io* avrei dovuto farle un'offerta migliore.

«Ué, testina» risponde Kev al telefono.

La giornata di lavoro è finita e vado a dare da mangiare ad Harold. L'autobus è affollato e accanto a me c'è un'anziana con un carrello della spesa di tartan che blocca il passaggio.

«Giusto perché tu lo sappia, ieri sera ho scopato».

Idiozie. Ecco la parola. Quattro verticale. Sette lettere, la quarta è la "o". Peccato aver lasciato a scuola le parole crociate.

«Raccontala a un altro, Kev».

«È vero! Ti ricordi la tipa che mi guardava sul treno?».

«Sì, vabbè».

«Te lo giuro. Ci abbiamo dato dentro come conigli. Due volte».

«Come cazzo è successo?».

«Be', Alex, mi sono tolto i pantaloni, mi sono abbassato le mutande e l'ho infilato. Si fa così, sai?».

«È un'immagine meravigliosa, Kev, ma volevo dire... be', come siete arrivati al punto che lei» abbasso la voce «te l'ha fatto infilare?».

«L'ho rivista sul treno mentre tornavo dal centro per l'impiego. Stavolta, però, non si è limitata a guardarmi. È venuta a sedersi accanto a me. E mi conosci, Alex. Le donne adorano la mia parlantina, lo sai. Perciò, siamo andati a bere una cosa e poi...». Conclude la frase con un fischio.

Mi sembrano tutte puttanate, soprattutto perché dice

che non la rivedrà. Gli chiedo come mai, tentando di trovare una falla nella storia.

«Perché quando mi sono svegliato a casa sua, stamani, indovina un po' cosa ho trovato in bagno?».

Non ce la posso fare. Ho ancora mal di testa per il chiasso che hanno fatto i ragazzi e voglio solo arrivare a casa di Holly per riposare un po'.

«Non ne ho idea».

«Prova a indovinare, dài».

«Crema contro la candida?».

«Peggio».

«Non me ne frega niente, Kev».

«Forza, pensa. Qual è la cosa più orribile che puoi trovare nel bagno della tua amante?».

Un ciclista sfreccia davanti all'autobus, poi sfodera il dito medio in risposta alla strombazzata dell'autista.

«Tena Lady?» azzardo. L'anziana mi lancia un'occhiataccia, si alza e si siede più in là, in un posto che si è appena liberato. Cerco di rassicurarla sorridendole con aria imbarazzata.

«Peggio» risponde Kev.

«Mi arrendo, amico, non…».

«Palle di vetro con la neve dentro».

«Palle di vetro con la neve dentro?».

«Ce n'erano circa centocinquanta. Venivano da ogni parte del mondo, dal Canada alla Lapponia, passando per Skegness. Quanto cazzo è assurdo?».

Mi sbagliavo. È tutto vero. Nemmeno Kev sarebbe in grado di inventarsi una cosa del genere.

«Un po'».

«Alex, non "un po'". È roba da schizzati totali, da psicopatici, da sfigati senza speranza!».

La vecchia continua a guardarmi malissimo. «Quindi, in sostanza, non vuoi più rivederla perché colleziona palle di vetro con la neve dentro».

«Esatto».

«Bene. Sono contento che tu ti sia sfogato dopo questa brutta esperienza, ma ora devo riattaccare. La nonna di Matusalemme mi sta fissando».

«Se viene a sedersi accanto a te, prima di portartela a casa chiedile se fa collezioni strane, mi raccomando».

Forse ho sbagliato appartamento.

La camera da letto della ragazza che conoscevo io era un porcile. Il pavimento era costantemente coperto da un tripudio di grucce, vestiti, CD e cancelleria varia. Mi diceva sempre che la vita era troppo breve per perdere tempo a pulire. Ecco perché guardo scioccato i cuscini di velluto allineati sul divano del soggiorno con cucina a vista. Da una mensola sopra il piano di lavoro fa capolino un servizio da tè di porcellana che ha tutta l'aria di essere stato acquistato in un mercatino delle pulci. I DVD sono divisi per genere: musical, film in bianco e nero, concerti live, in ordine alfabetico (io tengo libri e CD ordinati per anno di pubblicazione), anche se tutti i titoli che iniziano con "The" sono sotto la lettera "t". Valuto l'idea di correggere l'errore, ma probabilmente mi prenderebbe per pazzo.

L'unica zona della casa che stona con tanta perfezione è l'angolo della cucina riservato ad Harold. Pezzi di cibo si mescolano a mucchi di sabbia per lettiera. Mentre apro gli sportelli sotto il lavello alla ricerca di una scopa, la gatta disordinata mi si strofina alla gamba. Faccio per accarezzarla, ma si ritrae e trotterella verso il frigorifero, dove con una calamita a forma di gatto è attaccato un biglietto con scritto "Alex Patrick Tyler". È vero, Holly si divertiva un sacco a usare il mio secondo nome.

Leggo:

Serviti pure tutto il tè/caffè che vuoi. E non pensarci nemmeno a pulire il macello che Harold avrà fatto per vendicarsi della mia

assenza. Stavi per farlo, vero? Lo sapevo! Ci vediamo presto. E grazie ancora, sei un tesoro.
Holly x

Piego con cura il biglietto e me lo metto nella tasca interna del cappotto. Prendo Harold fra le braccia e la gratto sul collo, scatenando un attacco di fusa incontrollate.

Sto girando per l'appartamento con il gatto in braccio, quando noto una foto di Holly in compagnia di un uomo. Deve essere Richard. La cornice sembra costosa e moderna, in netto contrasto con gli altri oggetti della casa, vagamente vintage. La foto è stata scattata da Holly, si vede il braccio teso verso l'obiettivo, in quello che sembra un bar di tendenza. Sta ridendo. Richard le tiene il braccio sulle spalle e guarda l'obiettivo con un sorriso poco convinto. L'uomo perfetto per la Holly che ho conosciuto nelle ultime settimane: professionale, bello e immacolato. Dall'accenno di bicipite che noto sotto la giacca capisco che anche lui, come lei, dedica parecchio tempo alla palestra.

Avrei dovuto immaginare che mi sarei imbattuto in qualcosa del genere, e che avrei potuto provare una punta di malinconia. In ogni caso, dura poco. Faccio per salutare la gatta, ma sembra capire che sto per andarmene e si intristisce. Decido di restare altri cinque minuti.

Torno a osservare il mondo di Holly. Ancora non riesco a credere che sia tanto ordinato. Io, invece, ormai ho capito che Carl è allergico a lavare i piatti. Stamattina non sono riuscito a trovare un cucchiaio per fare colazione, perché erano tutti immersi nell'acqua sporca, tra tazze, padelle e forchette luride. Va bene lasciare i piatti sporchi nel lavandino (anche se è meglio lavarli di volta in volta), ma perché immergerli in acqua sudicia? Così diventa il paradiso dei batteri. Mi rendo conto di essere un rompicoglioni, lo so che ci sono cose più importanti al mondo. Ma lui non lava mai. Mai!

Come se non bastasse, mi sono quasi rotto una gamba. Mi stavo vestendo e sono inciampato su una pila di libri. Non ho ancora deciso di chi è la colpa: se di Carl, che non ha neanche una mensola in tutta casa, o di Ballard, Tolkien e gli altri, che si sono permessi di pubblicare tutti quei titoli. Opto per il primo e prendo una decisione: devo trovarmi un altro posto dove vivere. Fanculo la caparra.

Capitolo 17

HOLLY

Passo gran parte del tragitto da Londra a Mothston a rimpiangere di non aver parlato con Richard. Era accanto a me, accidenti. Bastava alzarmi e bussare alla porta del suo ufficio. "Tira fuori le palle, Holly" mi dicevo. "Vai, entra. Chiedigli se ha cinque minuti. Digli che devi parlargli. Non è difficile".

«Richard ha cinque minuti, per caso? Devo parlargli».

«Ehm, sì, è...» avevo balbettato a Melissa, comparsa all'improvviso alla mia scrivania.

«Ottimo». Era entrata a passo di marcia. Quando era uscita, dovevo scappare e avevo avuto a malapena il tempo di salutarlo.

Il treno si ferma nella penultima stazione e cerco di scacciare l'inquietudine raccogliendo le mie cose. La sosta non è mai troppo a lunga, a Mothston. Quelli delle ferrovie sembrano quasi sicuri che nessuno voglia scendere lì. Come sempre, anch'io sono tentata di non scendere, ma alla fine lo faccio, mi lascio il treno alle spalle e trascino il trolley fuori dalla stazione.

Papà è già qui, seduto in auto a leggere il giornale. Sarà arrivato almeno mezz'ora fa. Uno dei tratti che avevo in comune con la mamma era la visione piuttosto ottimistica del tempo e degli orari, ma alla fine l'influenza paterna deve aver preso il sopravvento, perché ora su di me si può regolare l'orologio.

«Sei emozionato per il trasloco?» gli chiedo mentre usciamo dal parcheggio. Papà non è un uomo di molte parole, e gli pongo la domanda un po' per spezzare il silenzio, un po' perché non ho idea di cosa provi. Non è mai stato tanto felice come a Mothston. Quando era entrato nella polizia di Londra per stare vicino alla mamma, che lì seguiva un corso di design, si vedeva che era scontento. Forse odiava solo la capitale. Magari a York si troverà bene.

«Mah, sarà una novità» risponde con un sorriso tirato.

È entusiasta, mi pare.

Mamma è già sulla porta di casa, avvolta nel grembiule coperto di farina.

«Eccoti qua». Spalanca le braccia e mi bacia sulla testa mentre ci abbracciamo. «Vieni, vieni, fai come se fossi a casa tua. Ma non esagerare, perché non è più casa nostra ormai, ah ah ah. Forza, fila di sopra e togliti gli abiti da lavoro, io metto l'acqua per il tè. Non avevamo biscotti, perciò ne ho fatti un po'».

Salgo al piano di sopra, apro la porta della mia camera e ripiombo di colpo degli anni Novanta. La carta da parati a strisce gialle e rosse e quella gialla del soffitto, separate da stencil floreali rossi. Avevo aiutato mio padre a stenderla. Volevo solo il rosso, ma l'aggiunta del giallo è stata il compromesso necessario per rendere la stanza, cito testualmente mia madre, «meno simile a un bordello».

Non l'ho mai risistemata, perché praticamente non la uso più. Sono tornata solo ogni tanto per le feste, quando non rimanevo con Max a Londra. E anche in quelle occasioni, mi limitavo a dormirci qualche ora a Capodanno, perché il giorno dopo mi facevo accompagnare di corsa da papà a York per prendere il treno, che il primo dell'anno non passa da Mothston. Se non altro, il trasloco gli risparmierà qualche viaggio.

Mi guardo intorno e, anche se le uniche cose fuori posto sembrano le pile di scatoloni vuoti ammucchiati in un angolo, per la prima volta noto gli oggetti sparpagliati ovunque. Erano diventati talmente familiari che avevo smesso di vederli.

La bacheca è coperta di fotografie arricciate dal tempo. Un piccolo televisore vecchio stile è poggiato in un angolo, sopra un lettore VHS. Accanto, una pila di videocassette disordinata. In cima, la confezione vuota della seconda serie di *Friends*, con il primo album dei Thake That che fa capolino da sotto. Un enorme planisfero domina la parete sopra il letto, con puntine rosse a segnare i paesi in cui sono stata e tante altre attaccate nell'angolo in basso a sinistra, in attesa di essere piazzate.

Decido di cominciare a impacchettare tutto domattina, perciò scendo in cucina e mi metto a chiacchierare con la mamma.

«Quindi, sapeva della relazione, ma aveva paura che, se l'avesse affrontato, lui l'avrebbe lasciata» dice. «Sai, nonostante tutto, lo ama ancora».

«Capisco». Annuisco, afferro l'ennesimo biscotto e lo inzuppo nel tè. Avrei dovuto portarmi la tuta, mi sa che dovrò andare a correre. «E lui la ama?».

«Chi lo sa?». La mamma scuote tristemente la testa, sbocconcellando un biscotto. «Credo di sì, ma forse non è in grado di tenersi il coso nei pantaloni».

«E quindi, che cosa farà lei?».

«Non lo so. La puntata è finita qui. La prossima è mercoledì alle nove. Ti terrò aggiornata. Ne ho fatti troppi, comunque» aggiunge, indicando i biscotti. «Portatene via un po', sennò a tuo padre cadono tutti i denti».

«Grazie, li darò anche ad Alex». Lei annuisce e mi sorride in un modo strano. Non so come prenderla, quindi chiarisco: «Per ringraziarlo di aver dato da mangiare ad Harold».

Menzionare Alex è stato un errore, perché adesso mia madre vuole parlare solo di lui. Chiede se lo rivedrò presto, se ci incontreremo spesso d'ora in avanti, se è single. È bello frequentarlo, con lui la vita a Londra è un po' più vivace, ma temo come la peste la reazione di mamma, se glielo dicessi.

Mi arriva un messaggio. Prima che riesca a prendere il Blackberry, mamma nota il nome sullo schermo.

«Richard? Il tuo capo? Che tiranno a scriverti a quest'ora. Anche tu hai una vita, al di fuori dell'ufficio, o no? Non dovresti essere sempre ai suoi ordini, non può chiamarti in qualsiasi momento del giorno e della notte».

Leggo al volo.

`Sto per imbarcarmi, tesoro. Mi manchi già xxx`

«No, mamma» la rassicuro. «Ha scritto solo per ricordarmi una cosa che devo fare lunedì, mentre lui è a New York».

«Oh, che bella New York». Si porta una mano al petto. «Ti ricordi quando ci siamo andati?».

Vagamente. Avevo nove anni, mi ci portò lei, una settimana prima di Natale. Papà lavorava.

«Mi ricordo solo lo shopping e il musical di *La bella e la bestia*».

«Infatti è quello che abbiamo fatto, amore. Non mi meraviglio che tuo padre non fosse entusiasta». Il sorriso si spegne un po'. «Comunque, spero che il tuo capo se la goda, mentre tu fai il lavoro sporco».

Per un attimo, valuto di dirle la verità. Tanto appena lo conoscerà lo capirà comunque. Almeno potrà smettere di preoccuparsi che invecchi da sola con un gatto e finalmente la farà finita con quest'idea che tra me e Alex possa nascere qualcosa, ora che ci vediamo di nuovo.

Poi, però, penso che, con la fortuna che mi ritrovo, un giorno mi chiamerà al lavoro e sarà l'unica volta nella vita in cui Richard risponderà al mio telefono. E Dio solo sa cosa potrebbe dirgli.

Perciò annuisco e le do il bacio della buonanotte, prima che dica che non ho il ragazzo perché il mio capo è uno schiavista.

Capitolo 18

ALEX

Quando torno a casa trovo Carl stravaccato sul divano, i piatti sporchi ancora in bella mostra nell'acquaio. Avevo deciso di parlargli alla prima occasione, ma in questo momento mi vengono in mente solo parole che mi farebbero sembrare un rompicoglioni. Che poi, rompicoglioni un paio di palle: in questo schifo siamo destinati a prenderci quantomeno il tifo.

Invece di andare dritto al punto, mi appiccico in faccia un'espressione risentita e restringo la conversazione a un semplice «Ciao», sperando che percepisca il mio fastidio, ne comprenda la causa e si metta a lavare senza che dica nulla. Ma mi accenna a una bionda ossigenata con cui spera di finire a letto stasera.

«Senti, mi spiace fare il pignolo, amico...» lo interrompo.

Perché ho detto così? Non sono pignolo, è un mio diritto.

«...ma volevo approntare il tè, fra un po'».

Approntare? E chi sono, la regina?

«E mi chiedevo se potessi sgombrare l'acquaio, così posso...».

Inizio a chiedermi se sto facendo la cosa giusta. Ho sottovalutato l'imbarazzo che mi provoca questa conversazione.

«Faccio anche un po' di pasta, magari ce la dividiamo, se ti va» aggiungo per fargli capire che sono un coinquilino fighissimo, ma è del tutto superfluo perché, dopo un'iniziale sorpresa, Carl esclama: «Sì, cavolo, me n'ero dimenticato, i piatti!» e va in cucina.

Mi sento orgoglioso di aver imposto la mia autorità. Chissà quanto mi ci vorrà a trovare un altro posto? Almeno, però, ho spinto Carl a riflettere sul significato di condividere una casa. Magari non sarà mai attento alle esigenze del prossimo, ma se ha intenzione di fare anche un piccolo sforzo, sono pronto a venirgli incontro.

Cerco di resistere alla tentazione di fischiettare mentre vado in camera mia, ma appena entro mi accorgo che qualcosa non va. Per la seconda volta, oggi, sento di essere nel posto sbagliato. Osservo il grosso oggetto che riposa al centro della stanza.

Una scaffalatura di legno scuro che non ho mai visto prima.

«Senti, amico, mi spiace per la scenata dei piatti. Mi sto ancora abituando all'idea di condividere la casa, ti prometto che sarò più rilassato, d'ora in poi».

Carl beve un sorso di birra e mi sorride. Ha già cancellato l'episodio dalla memoria.

«E ancora grazie per gli scaffali... Proprio un pensiero gentile».

Carl mi ha invitato a uscire con i suoi amici a Islington, dopo avermi spiegato la storia dello scaffale: ha notato i miei libri a terra e ha deciso di comprare il mobile da un robivecchi di Lewisham. Qualche ora più tardi, siamo in un'enoteca con lampadari bassi a forma di cappelli cinesi ad ascoltare musica jazz. Non è certo il tipo di locale che si trova a Mothston, e per questo mi piace. Speriamo che piaccia anche a Cassie. Spronato da Carl e dalla sua teoria dei batteri, le ho mandato un messaggio, ed è venuto fuori che avevo ragione: stava aspettando che le chiedessi di uscire, stamani in sala professori.

Arriva poco dopo le nove e mezza ed è bellissima, con un paio di jeans stretti e un top scollato che lascia poco all'immaginazione. I suoi seni mi ricordano un film in costume con Kate Winslet, tutti strizzati in un corpetto, ansiosi di essere liberati. Mi concentro per non fissarle le tette mentre ci salutiamo con due baci, poi andiamo verso il bancone a braccetto facendoci largo tra la folla. Quando mi volto verso di lei per sorriderle, mi risponde con calore. Sembra che ci stiamo dicendo qualcosa senza usare parole, ma non capisco bene cosa.

Ci accomodiamo su un divano e trascorriamo le due ore successive a bere vino rosso e a parlare di quanto sia fastidioso sentire la gente che paragona l'*Ulisse* di Joyce alla serie TV *24*, e di come Cotton abbia fatto togliere il punto dal suo indirizzo e-mail dopo che un alunno aveva preso a chiamarlo PuntoCotton.

Quando alla fine c'è un momento di stallo nella conversazione, vado in bagno, gongolando perché, da un paio di mesi a questa parte, le cose per me si sono messe proprio bene. Ci rifletto mentre dirigo il getto verso la mosca disegnata sul fondo dell'orinatoio. Pare che non le importi che ho quattro bicchieri di vino in circolo.

Quando torno al tavolo, Cassie sta controllando il cellulare e subito un pensiero paranoico mi assale: sta messaggiando con Ted Rodgers.

Mi vede, chiude il telefono e lo infila in borsa.

«Che fai lì impalato?».

Mi fa cenno di sedermi accanto a lei e ogni paranoia svanisce quando mi si butta addosso. Si volta verso di me e sappiamo entrambi che è arrivato il momento. Il mio viso si avvicina lentamente al suo e lei non si allontana.

Cerco di calmarmi e mi concentro con tutto me stesso sulle sue labbra, che sembrano fredde e appiccicose. Dimentico ogni pensiero quando lei riduce la distanza che ci separa e ci baciamo goffamente.

Nelle ultime ore ho avuto la sensazione che fosse tutto troppo bello per essere vero, ma sono stato un idiota. Ben presto, ci ritroviamo sul sedile posteriore di un taxi diretti a casa sua e comincio a pensare a tutto quello che potrebbe andare storto. E se notasse che ho i capezzoli troppo piccoli e mi ridesse in faccia? Se per sbaglio mi scappasse di dirle che la amo mentre facciamo l'amore?

Avevo diciannove anni quando ho scoperto che l'illustrazione del perineo femminile del professor Gaffney era utile come Google per un dissidente cinese. Le cose che avevo imparato a educazione sessuale non somigliavano neanche lontanamente a ciò che mi trovai davanti quando finii a letto con Sarah Cross. Riuscii ad arrivare in fondo senza subire troppe umiliazioni, ma tanto bene non deve essere andata, visto che non ha più risposto alle mie telefonate.

Dopo Sarah, sono stato con altre sette donne, ma, a essere onesti, ho sempre avuto la sensazione di imbrogliare un po'. Non mi sono mai sentito del tutto a mio agio. Prima o poi mi scopriranno. E se succedesse proprio stasera?

Fisso le luci rosse del tassametro, cercando di rilassarmi e di non fare l'idiota. È una cosa bella. È quello che volevo. E anche per Cassie è lo stesso, visto che a 7 sterline mi sta succhiando l'orecchio, e a 21 mi sbottona i jeans. Prima ancora di rendermene conto, dico al tassista di tenere il resto, gli lancio in mano una banconota da venti e una da dieci e penso tra me che sono soldi ben spesi.

Capitolo 19

HOLLY

Quando mi sveglio, la casa è ancora immersa nel silenzio. Mi faccio un caffè e inizio a sgombrare la camera. Dopo venti minuti passati a svuotare armadi, tirare fuori roba da sotto il letto e rovesciare cassetti, mi rendo conto di una cosa.

Ero un'accumulatrice. Cavolo. Ma non ho buttato via NULLA nei primi diciotto anni della mia vita? Ci sono un sacco di schifezze. Da un armadio ho tirato fuori, nell'ordine: un cappotto con cintura in similpelle di serpente che credo di non aver indossato neanche una volta; un paio di pattini da ghiaccio troppo piccoli, che di sicuro non mi stavano neanche vent'anni fa; CD di *boybands* che, a ragione, sono scomparse dalla scena musicale quasi subito; otto bambole con vestitini e capelli di colori vari, a dir poco orribili; biglietti del cinema; una bottiglia di profumo Lou Lou Blue che sa di rancido e un tappo di sughero. Ora, per quale motivo ho pensato che un giorno mi sarei commossa riprendendo in mano… un tappo di sughero?

La nuova Holly odia il disordine. Getto via subito quello che non posso riutilizzare. Eppure, devo costringermi a essere spietata per sbarazzarmi dei vecchi ricordi. Riempio più sacchetti della spazzatura che scatoloni, lavorando fino alle 10, quando mamma si affaccia sulla soglia e mi offre una colossale colazione all'inglese.

«Un panino con pancetta, allora?» rilancia quando le rispondo che non ho fame.

Alla fine, accetto un toast, che mi porta su un vassoio insieme a una tazza di tè, un bicchiere di succo d'arancia, una noce di burro, marmellata e Marmite.

Cerco di accendere la mia vecchia radio, ma dopo un minuto di frustrante silenzio e rumori vari, prendo un CD dalla pila lì accanto. I Bad Boys Inc. Non mi ricorderei che razza di musica facessero neppure sotto tortura, ma ricordo che avevo una cotta per ognuno di loro, quindi provo a riascoltarli.

Quando è il momento di staccare dal muro la bacheca, sto giusto riscoprendo gli Ace of Base. Mi siedo a gambe incrociate sul pavimento e tolgo tutte le foto, riponendole in una scatola da sistemare da qualche parte nella nuova casa dei miei. Trovo una serie di fototessere di me e Alex che mi fanno ridere. Le infilo in borsa per portarmele via.

L'ultima immagine è di me ed Ellie mentre balliamo a una festa. Ellie sta guardando l'obiettivo, con una mano sul fianco e l'altra che indica il fotografo. Io sono accanto a lei e alzo le braccia al cielo. Ho i capelli sconvolti, gli occhi chiusi ed è chiaro che non mi sono accorta di nulla. Non riconosco dove siamo, ma è normale: non era necessario conoscere il padrone di casa, a feste del genere. Purché non ci fossero i genitori, andava bene ovunque. Ma quella sera in particolare me la ricordo. È stata la prima volta che ho baciato Dean Jones. Subito la nausea mi prende alla bocca dello stomaco e strappo in due la fotografia, gettandola in un sacco nero.

Sul muro, adesso, è rimasto solo il planisfero. Mi viene da sorridere al pensiero di mia madre, che l'aveva appeso alla parete della stanza appena rinnovata e poi me l'aveva mostrato con un teatrale «Ta-dà!». Io ero pronta a ringraziarla per avermi regalato dei "bellissimi cuscini di pizzo", ma quando avevo visto che la sua sorpresa era quella, ero rimasta a bocca aperta. Avevamo subito segnato tutti i posti dove eravamo stati in vacanza. C'è una puntina sulla

Turchia, una su Maiorca e una sulle Canarie (papà non è mai voluto andare in luoghi privi di pub inglesi o irlandesi), e un'altra su New York. La aggiorno con i luoghi che ho visitato da quando ho lasciato Mothston – impiego circa cinque secondi – e il sorriso mi muore sulle labbra quando passo la mano su Australia, Africa e Sudamerica, ancora intonse. All'epoca, pensavo di farle diventare puntaspilli. Dov'era finito il mio sogno di visitare il mondo intero?

Dài, Holly, cresci un po'! Non sei neanche sposata con Gary Barlow, se è per questo. Nessuno realizza mai tutti i sogni che ha da piccolo.

Stacco le puntine, tiro giù la cartina, la arrotolo e, dopo un attimo di esitazione, la infilo nel sacco della spazzatura.

Alcune ore più tardi, mi guardo intorno. Niente vestiti buttati sulla specchiera, né bottiglie sul comodino. La stanza è tutta chiusa negli scatoloni e mi sento un po' triste. Rimane solo una piccola valigia infilata sotto il letto. Appena la svuoto sul tappeto, mi ricordo che cosa contiene. Me l'aveva lasciata Alex sulla veranda il giorno dopo il nostro ultimo, sfortunato incontro. È piena di roba mia che avevo dimenticato da lui. Le avevo dato a malapena un'occhiata prima di spostarla dove non l'avrei vista mai più. L'umiliazione e il dolore per quel rifiuto mi facevano male e avevo deciso di chiudere per sempre con lui, con Mothston e con la mia vecchia vita.

Dentro ci sono mollette per capelli, un braccialetto che un tempo era d'argento, ma che ora ha assunto una sfumatura verdastra, creme per il viso, maschere per i capelli e una cornice con una foto di noi due. In realtà, era di sua madre, ma dopo che era morta aveva deciso di regalarla a me. Era stata scattata al mio dodicesimo compleanno. Avevo fatto vestire Alex da Jason Donovan e io ero Kylie Minogue. Indossavamo entrambi jeans slavati, lui con una maglietta bianca e un giubbotto di pelle nero, io con una giacca elegante nera e i capelli cotonati, ricci e legati in una coda di lato. Come se per lui il travestimento non fosse stata già abbastanza umiliante, l'avevo costretto a copiare a mano le parole di *Especially for You* da un mio vecchio album di Jason Donovan, a impararle a memoria e a cantare con me. Nella foto ci guardavamo negli occhi mentre cantavamo nei microfoni.

Sorrido divertita e sto per mettere la foto in uno scatolone, quando mi rendo conto che c'è qualcosa attaccato sul retro. È un foglio A4 ripiegato più volte, incollato con lo scotch. Lo stacco, lo apro e mi si ferma il cuore. Scritte a penna blu, con l'inconfondibile calligrafia da adolescente di Alex, ci sono le parole di *Especially for You*, con un messaggio a margine.

Scusa se mi sono comportato da coglione, ieri. Mi volevi dire qualcosa e non ti ho ascoltata. Di che si trattava? So che parti oggi, ma sono andato a comprare un cellulare, così se vuoi parlare, a qualsiasi ora, ovunque, hai il mio numero: 07588876098.

Sempre tuo,
Alex xxxxx

Capitolo 20

ALEX

Cassie dorme dandomi le spalle, coperta dal piumone fino al collo e rannicchiata con le ginocchia al petto. Decido di non svegliarla.

E pensare che ero preoccupato per Ted Rodgers… Che poi, che razza di nome è? Ted Rodgers non sarebbe in grado di riconoscere la stampa di *The Lady of Shalott* appesa alla parete, né saprebbe che esiste un poema omonimo scritto da Tennyson. E come potrebbe? Insegna educazione fisica!

Ted Rodgers. Ma figurati!

Mi trovo nell'immacolata camera da letto di Cassie, dove i colori pastello di cuscini, tappeti e coperte sono ancora nascosti dal buio della notte. Il sole sorgerà presto e magari le chiederò se le va di fare qualcosa insieme. Una gita fuori porta, magari. O il British Museum. Un primo appuntamento come si deve.

Rimango disteso per diverse ore, contento, ad ascoltare il suo respiro lento, finché, poco prima delle 10, anche lei si sveglia.

«Buongiorno, dormigliona» dico, posandole una mano sul gomito.

Lei si gira di scatto, eliminando ogni contatto tra noi, e si strofina il viso con le mani. Tiene gli occhi chiusi.

«Hai dormito bene?» chiedo, ma non ricevo risposta.

Passano diversi minuti e nessuno apre bocca. Da una casa vicina si sente il pianto di un bambino. È Cassie a rompere il silenzio.

«Ero parecchio ubriaca ieri sera».

Non sono sicuro di dove voglia arrivare, ma le do corda.

«Sì, anch'io».

Geme e si ributta sotto il piumone, tirandoselo su fino al collo. Il silenzio diventa insopportabile, ma non riesco a pensare a nulla da dire. Mi ritrovo a tamburellare le dita sulla testiera del letto.

Per quindici minuti restiamo così, poi Cassie annuncia che va a farsi una doccia. Quando torna, mi chiede di girarmi mentre si veste. A me, che ho visto ogni centimetro del suo corpo solo poche ore fa, sotto la penombra del piumone. All'improvviso mi è proibito vedere le stesse cosce che poco fa ho accarezzato, i seni che ho toccato.

Mortificato, mi convinco che sia solo imbarazzata per la situazione: essere andata a letto con un collega, un insegnante di ruolo, una persona che è costretta a vedere tutti i giorni e che potrebbe influenzare la sua carriera. Avrei dovuto immaginare che si sarebbe sentita a disagio, dopo. Era chiaro che saremmo finiti a letto insieme, ma Cassie non è quel tipo di ragazza, e nemmeno io sono quel tipo di ragazzo. Ci siamo lasciati trasportare dalla situazione.

Decido che la cosa migliore da fare è lasciarle il suo spazio. Potremo ricominciare la prossima settimana.

Mi sorride con gratitudine quando le dico che devo andare. Mi accompagna fino in fondo alle scale, accetta un bacio sulla guancia e un abbraccio di saluto, tenendo la mano sulla maniglia della porta.

Sento che mi guarda mentre esco dal cancello finché, un po' prima di quanto mi sarei aspettato, chiude la porta.

«Ho la sensazione di essere stato usato» dico amaramente, esaminando la patatina che stringo tra pollice e indice.

«Magari è solo imbarazzata per essere andata a letto con te al primo appuntamento. E perché d'ora in avanti dovrà lavorare con uno che l'ha vista nuda».

La barista ci chiede se il cibo ci piace. Holly mi ha offerto il pranzo al pub per ringraziarmi di aver dato da mangiare ad Harold, anche se la scorsa settimana mi ha già portato i famosi biscotti della signora Gordon.

«Ah, ma tu non c'eri a lezione, lunedì scorso. In un'ora non mi ha detto una sola parola. Non capisco come fa una donna a passare dall'invitarmi nel suo letto a trattarmi come un appestato».

«È proprio come ai vecchi tempi. Io che sto ad ascoltare te mentre analizzi ogni dettaglio fino allo sfinimento».

«Che significa?».

Holly ride dolcemente, poi chiede: «Senti, hai provato a parlarle?».

In effetti, nemmeno io ho parlato con Cassie, ma ho tentato diverse volte di stabilire un contatto visivo e le ho anche rivolto due sorrisi. Uno è stato completamente ignorato, mentre all'altro si è voltata con sdegno dall'altra parte.

Come se non bastasse, il secondo lo ha notato Gareth Stones, che ci aveva visti insieme in metropolitana. L'ha interpretato come una conferma alle sue teorie e ha cominciato a dare colpi di bacino forsennati al banco.

«Sembra un tipo simpatico».

Holly appoggia il mento sulle mani. Da quando mi sono trasferito a Londra è la prima volta che la vedo senza trucco. Voglio dirle che sta meglio, ma mi trattengo, ho paura che interpreti nel modo sbagliato.

«Simpaticissimo. Pensa che la settimana scorsa, al compito in classe su *Amleto*, l'unica cosa che ha scritto è stata SIC».

«SIC?».

«Ho dovuto controllare su *gergogiovanile.com*. Sta per "Succhiami il..."».

Holly si morde un labbro per non ridere.

«Sì lo so, fa ridere, ma mi sento un pesce fuor d'acqua in quell'ambiente. Ho avuto la bella idea di decidere io dove far sedere i ragazzi, ogni mattina, ma decidono loro lo stesso. Gareth e i suoi amici restano vicini e chiacchierano senza sosta, o si mettono lontani e gridano da una parte all'altra della classe».

Holly ascolta con attenzione, dandomi qualche consiglio.

«È come se avessero già deciso che non possono farcela: si sono arresi. Come Kenny. Gli è morta la mamma quando era piccolo ed è pieno di rabbia. E non ci puoi fare niente. Non è che puoi prendere e andare a parlare con i suoi, come nei film. Mi licenzierebbero. Ogni comunicazione deve passare per il servizio di cura pastorale, e il nostro è tremendo. Sono stato un idiota a pensare di poter cambiare qualcosa in una scuola del genere».

Holly interviene: «Dovresti parlarci a quattr'occhi, con Kenny. Dopo la lezione. Digli che sei dalla sua parte. Cavolo, chi meglio di te può entrare in connessione con un ragazzino così?».

La guardo dubbioso. Certo, anche mia madre è morta quando ero piccolo, ma è l'unica cosa che ho in comune con Kenny. Non sarei molto credibile se tentassi il vecchio approccio "so come ci si sente".

«Che cos'hai da perdere?».

«Non lo so» dico con un fil di voce. «Non è solo per la scuola. E nemmeno per Cassie. Quella con lei non è paragonabile neanche lontanamente alle storie che mi hanno davvero spezzato il cuore». Appena lo dico, capisco che ho rivelato troppo, ma per fortuna Holly non risponde. «Non credevo che lo avrei detto, ma per la prima volta mi manca Mothston. Qui tutto è strano. Non ho ancora conosciuto un solo londinese che sappia qualcosa sulla geografia del resto del Regno Unito. Nei pub ti servono quattro patatine di numero e pensano di cavarsela dicendo che sono di qualità superiore e fritte tre volte». Prendo l'ultima rimasta, che è diventata una specie di simbolo della mia inquietudine. «E nessuno si mette in coda alle fermate degli autobus. E questo è uno dei motivi per cui mi sono comprato una bici, oltre al fatto che non mi va di incontrare Gareth Stones in metro».

Holly mi ruba di mano la patatina e se la infila in bocca.

«Londra ti piace proprio, eh?» dice, con un sorriso contagioso. Entrambi sorridiamo della mia ridicolaggine e lei posa una mano sulla mia. Solo per un paio di secondi, prima di sollevarla per chiedere il conto, ma in quell'istante il trasferimento a Londra non mi sembra più un'idea tanto stupida.

Guardo fuori, dove il sole ha reso il cielo arancione come le caramelle alla frutta. L'estate è vicina. Guardo Holly sistemare il cardigan blu navy sullo schienale della sedia. Ha la pelle d'oca sulle braccia sottili.

«Che cosa stai guardando?» chiede, controllandosi gli avambracci.

Mi riprendo subito. «Niente. Pensavo solo che il blu navy è sempre stato il tuo colore».

Non sembra convinta della spiegazione, ma mantengo un'espressione imperturbabile finché non lascia perdere e cambia argomento.

«Ecco un'altra cosa di cui ti accorgerai presto vivendo qui. Quando le persone vengono a trovarti, o hanno paura di tutto, della metro, degli autobus, perfino delle persone, oppure disprezzano qualunque cosa dicendo: "A Londra forse si usa così, ma..."».

«Tuo padre?».

Holly annuisce, ma sono sicuro che non vorrebbe che fosse diverso.

«Come sta il tuo?».

«Si gode la vita sull'acqua. Se non fosse per il contenzioso con la Mothston Barge Association, che non vuole accettarlo come socio, a meno che non cambi il nome della barca. Vorrebbero nomi tipo *Lady Rosebery* o *Duchessa di York*».

«Perché, come l'ha chiamata?».
«*Bagnarola di Terry*».
Holly batte le mani, estasiata.
«E hai detto che Kev ha conosciuto una?».
«E ci ha anche fatto sesso!».
«Allora forse eri *tu* che li ostacolavi?».
Mi guarda con aria provocatoria mentre svuota il suo bicchiere.
«Forza, andiamo a cercare un pub da vecchi, un posto dove tutti ti fissano quando entri. Almeno ti sentirai di nuovo a Mothston».
«Non lavori, domani?».
Holly mi ignora e mi guida in strada.
«A proposito di lavoro,» dico «la tua collega mi ha aggiunto su Facebook».
Mi aspettavo una reazione, perché è chiaro che Holly non è una grande fan di Melissa, ma lei si limita a incamerare l'informazione con un cenno del capo. È troppo impegnata a fissare con un sorrisetto furbo il segnale di stop davanti a noi.
«Che c'è?» chiedo.
«Non dirmi che te ne sei dimenticato!».
Mi guarda con aria di aspettativa finché, alla fine, mi ricordo. Avremo avuto tredici o quattordici anni. Una sera mi aveva convinto a scolarci un'intera bottiglia di White Lightning a Weelsby Park. Io bevevo un sorsetto ogni tanto, lei buttava giù una sorsata abbondante. Stavamo tornando a casa, quando aveva tirato fuori un pennarello indelebile nero dallo zaino.
«Fammi scaletta» aveva detto, indicando il segnale di stop davanti a noi.
«Che stai facendo?» avevo piagnucolato.
«Ti piace la scuola, vero? Chiamiamolo progetto d'arte».
Aveva stappato il pennarello con un'espressione ribelle sul viso.

«Ci vedranno» avevo protestato mentre intrecciavo le dita per farla salire. Me lo ricordo ancora oggi: mentre la tenevo, mi ero ritrovato con un'erezione, e non c'era verso di farmela passare, per quanto mi sforzassi di pensare alla nonna. Ero riuscito a cavarmela solo perché, quando l'avevo fatta scendere, ci eravamo messi ad ammirare la sua opera d'arte.

"STOP ALLE TELEFONATE!".

«Ora tocca a te» aveva detto passandomi il pennarello. «Che cosa farai?».

Avevamo vagato per mezz'ora prima di trovare un altro segnale stradale. Non avevo mai fatto niente di illegale in vita mia, ma non volevo deludere Holly, perciò, mentre lei faceva da palo, mi ero avvicinato al McDonald's e avevo cominciato a lavorare di pennarello sul cartello del Drivethru. Diligentemente, avevo aggiunto «ugh» e trasformato la «u» in «o», in modo che quell'orrida storpiatura diventasse finalmente una parola grammaticalmente corretta: «Benvenuti al *Drivethrough* di McDonald's».

Appena finito, il panico si era impadronito di me, ma Holly era rimasta così impressionata dal mio coraggio che non mi importava nulla se mi avessero beccato. Qualche giorno più tardi, l'opera campeggiava sulla prima pagina del *Mothston Herald*, con tanto di elogio da parte di un pensionato, un certo George Riley.

«Ne ho trovata una copia quando sono tornata a casa» dice Holly. «Avrei dovuto portartela».

Mentre camminiamo, assume un'aria malinconica. Seguo il suo sguardo, ma non vedo nulla in particolare.

«A cosa stai pensando?».

All'inizio mi domando se mi abbia sentito, perché ci mette trenta secondi a rispondermi.

«Credi nel destino, Al? Che alcune cose siano destinate a realizzarsi e altre no?».

È una domanda strana. La guardo di nuovo, ma tiene gli occhi fissi davanti a sé.

«Credo che ognuno nasca per fare qualcosa, per seguire un percorso. Se sia destino o meno, non lo so. Penso sia solo un concetto che le persone usano per dare un significato agli eventi».

Non dice nulla.

«E tu?» chiedo.

Riflette un attimo. «Prima ci credevo».

«E adesso?».

«Credo che la vita sia solo il prodotto di un milione di coincidenze e casi che ti portano dove sei adesso. Non è una visione molto romantica, ma penso sia vera».

Si ferma davanti a un pub che si chiama The Woodman. Sbircia da una vetrina sporca, ma scuote la testa, e capisco che non vuole entrare.

«Fanculo» dice. «Dovremmo comprarci qualche lattina di sidro e andarcene al parco».

«Parco?».

«Hai presente quelli con l'erba e gli alberi? A volte ci sono anche le altalene...».

La guardo tentando di capire da dove venga questo rinnovato slancio, ma non capto niente.

Per la prima volta da quando abbiamo visto quello stop, si volta verso di me. «Perché mi guardi così?» mi chiede. «Ubriachiamoci! A che servono le feste comandate, sennò?». Mi offre il braccio. «Non devo tornare a casa da Richard. Ha detto che era troppo stanco per passare. Ha aiutato sua madre a sistemare la casa. Che dolce...».

«Mi sembra giusto». La prendo a braccetto. «Facciamolo».

«Asciutto» annuncio dopo aver tastato con la mano il terreno vicino a una vecchia quercia. Per le due ore successive ce ne stiamo seduti a gambe incrociate a Greenwich Park, a bere sidro e parlare dei vecchi tempi come due pensionati. In cielo si alternano l'intero spettro del viola e del blu, ma l'aria resta immobile mentre richiamiamo alla mente conoscenze comuni e la settimana trascorsa insieme a Camber Sands. Holly mi confessa che è stato allora che ha baciato un ragazzo per la prima volta, e mi chiedo come mai questa rivelazione mi faccia ingelosire dopo tanti anni.

Ripensiamo a quando Kev è caduto in un lago mentre tentava di confutare la teoria che le oche possano romperti un braccio.

Tutto sembra tornato com'era. Io sembro tornato com'ero. Scaccio questo pensiero, lo cancello. Sono ubriaco di sidro, nostalgia e gas di scarico misto a erba tagliata di fresco. Holly e io siamo amici e saremo solo questo, per il resto della vita.

«Vorrei chiederti una cosa» dice con un tono che mi fa fermare il cuore.

Resta in silenzio e mi chiedo di cosa si tratti. Alla fine, mi prende la mano e mi fa, con aria divertita: «Ti porti ancora dietro le salviette disinfettanti per pulire le tavolette dei water?».

«Tutto qui? Vuoi sapere se mi porto dietro le salviette disinfettanti?».

Risponde con una risata.

«Se proprio ci tieni, no. Charlotte McCormack me l'ha proibito».

«Charlotte chi?».

«Una mia ex. Per la quale ho smesso anche di correggere gli altri quando fanno errori di grammatica. Diceva che facevo la figura della testa di cazzo».

Holly sorride. «Avresti dovuto tenertela stretta, Alex».

Le spiego che non ho avuto scelta, poi le parlo anche di Debbie e di com'è finita. A quel punto, tocca a lei raccontarmi le sue storie d'amore. Mi parla di tutti gli ex, tranne di Dean. So già tutto quello che c'è da sapere, immagino.

«E ora c'è Richard» conclude, afferrando la terza lattina di sidro.

Quando alla fine ci alziamo e ci spazziamo via l'erba

dalle gambe, mi sento la testa leggera. Qualcosa mi risale alla gola.

«Mi sa che ora vomito».

«Ma se non hai bevuto quasi niente!».

«Tre lattine di sidro e mezza bottiglia di vino».

«Non hai mai retto…».

Corro alla quercia e appoggio le mani al tronco, tenendo la testa bassa. Subito il mio corpo ha un sussulto. E un altro.

Vomito tre volte prima di alzare lo sguardo su Holly, che mi osserva da qualche metro di distanza con le mani sulla bocca. Quando è sicura che abbia finito, si avvicina e mi mette una mano sulla spalla.

E inizia a cantare. È una canzone che mi lascia perplesso. Non capisco bene le parole, ma sembra che parlino di un tizio che si sente male senza motivo. Non c'è nessuno nei dintorni, ma canta a voce molto, troppo alta.

Non riconosco il brano, è chiaro che l'ha inventato sul momento apposta per me. Suppongo che sia il suo modo per prendermi in giro. La guardo e vedo che tenta disperatamente di non scoppiare a ridere. Sì, mi sta prendendo in giro.

«Divertente, guarda. Sei simpatica come Gareth Stones» dico. Nonostante tutto, però, non riesco a trattenermi nemmeno io. Anche lei inizia a sghignazzare.

E quando cominciamo, smettere è impossibile.

Capitolo 21

HOLLY

Una volta ho visto un documentario su una donna che amava la Tour Eiffel.

Non l'adorazione nostalgica che si può provare per un edificio. Era proprio innamorata. L'ha sposata. È una storia vera. Si chiama oggettofilia, o qualcosa del genere.

Lì per lì ho pensato che fosse assurdo, ma adesso ho deciso che amo il mio letto. Lo AMO. Lo sposerei, se questo mi autorizzasse a restarci sempre incollata.

Lady Gaga interrompe i miei pensieri.

«Taci» gemo spegnendo la sveglia con una manata.

Nello stesso programma c'era anche una donna che affermava di aver fatto l'amore con il suo stereo. No, questo è troppo.

Cavolo, non sono postumi normali. Sto morendo! Non credevo di essermi ridotta così male, ieri sera. Mi ricordo che tornando a casa mi sono imbattuta in un cartello "TO LET" e ci ho aggiunto in mezzo una "i" con l'eyeliner. Ho scattato una foto e l'ho inviata ad Alex.

Solo adesso mi accorgo che ha risposto con la foto del cartello di Queens Road dove ha aggiunto un apostrofo prima della "s". Grammatica impeccabile. Non ci riesce proprio, è più forte di lui. Sta tornando sempre più come ai vecchi tempi. Ecco perché ho deciso di non dirgli del biglietto trovato nella valigia. Non voglio che si crei imbarazzo tra noi, come l'ultima volta che ci siamo visti a Mothston.

Non che sia stato facile ignorarlo. Cosa aveva voluto dirmi? Che sapeva di piacermi e gli dispiaceva non ricambiare? Il testo di quella canzone era il suo modo per scaricarmi con tatto, oppure voleva tirarmi su il morale? O c'era un messaggio nascosto tra le righe? Cercava di dirmi che provava gli stessi sentimenti? Che sarebbe successo se avessi trovato il biglietto all'epoca? Non lo saprò mai. Probabilmente Alex nemmeno se ne ricorda più. Ma vorrei solo…

OH, CRISTO SANTISSIMO! Vorrei solo non essermi guardata allo specchio, altroché! Controllo se ho foglie tra i capelli, perché dal mio aspetto sembra che mi abbiano trascinata per i piedi in una siepe.

Mi faccio la coda e ricorro a un'abilità che ho sviluppato di recente: vestirmi, mettermi il mascara e lavarmi i denti contemporaneamente.

«Miaoo».

«Buongiorno, Harold. Sono in ritardo. Che dici, sono presentabile?».

"Non mi interessa" risponde lei. "Cibo. Ora".

I croccantini escono troppo velocemente dalla scatola e la metà cade fuori dalla ciotola. Pulirò più tardi, ora devo scappare.

«Fai proprio schifo» osserva Jemma, sinceramente colpita.

«Grazie». Crollo sulla sedia e mi guardo intorno. L'ufficio è un macello. Ci sono tutti i computer accesi, bicchieri di caffè mezzi vuoti e giornali aperti vicino alle tastiere. Eppure, oltre a Jemma, non si vede anima viva.

«Dove sono tutti?».

«Martin Cooper era in ritardo per una colazione di lavoro perché mi sono dimenticata di prenotargli una macchina. Di nuovo. Richard Croft è nel suo ufficio, e con ogni probabilità si sta scrivendo da solo le lettere, rispondendo al telefono e bevendo un caffè allo stesso tempo, dato che la sua assistente si è degnata di arrivare solo ora. E gli altri sono in sala conferenze. Melissa li ha radunati tutti mezz'ora fa, sbraitando: "Gente, rapido *briefing*, bisogna organizzarsi"».

Tenta di imitare Melissa, esagerando l'accento londinese. «E comunque, perché sei in ritardo? Sei uscita con Alex?» chiede con tanto di prevedibile occhiolino.

Non crede che la mia relazione con Alex sia solo platonica. E perché dovrebbe, in effetti? Per quanto ne sa, siamo entrambi single. È dura continuare a tenerle nascosta la storia con Richard. Non perché non mi fidi di lei, è una che non spiffera mai i segreti intenzionalmente. È solo che la sua faccia è un libro aperto. Se qualcuno sospettasse qualcosa e glielo chiedesse, con la voce risponderebbe di no, ma con il viso direbbe: "Sì, cazzo, stanno insieme eccome. E l'hanno pure fatto su quella scrivania!".

«Sì, esatto, e ho sentito che l'hai aggiunto su Facebook. Non comincerai a molestarlo...».

«Jemma» Melissa esce dalla sala riunioni e all'improvviso è accanto a noi. «Vorrei cominciare a fare riunioni settimanali con la squadra per riorganizzare la strategia. Puoi scriverlo in agenda, per favore?».

"Sei una rompicazzo, Melissa" risponde la faccia di Jemma.

La sua voce, invece, dice: «Certo, Melissa».

«Bene, grazie. Tutti dovranno abituarsi all'organizzazione e alla pianificazione».

«Figuriamoci» borbotta Jemma.

«Come?» fa Melissa.

«Come?» ripete Jemma con aria innocente.

«Ehm, nulla». Melissa si volta verso di me e sorride. «Buon pomeriggio, Holly!».

«Scusa, ho fatto tardi» mormoro. Non so perché mi sto scusando, sono solo le dieci meno un quarto e rimango sempre in ufficio fino a tardi. E poi NON È IL MIO CAPO.

«Scherzo, dài. Mi fai un favore? Chiedi a Richard di spedirmi un'e-mail per rimandare il pranzo? Lui capirà».

«Meno male che Richard capirà. Che testa di cazzo» mi sussurra Jemma appena Melissa si allontana. «Cosa c'è di tanto criptico in un messaggio che dice "Rimandare il pranzo"?».

Rido, ma questi continui pranzi e riunioni insieme mi stanno disturbando un po'. Ultimamente accade spesso. Non sto insinuando che facciano nulla, so bene di cosa parlano. L'ho chiesto a Richard quando sono tornata da Mothston.

L'avevamo appena fatto e ce ne stavamo sotto le coperte grigio carbone in cotone egiziano del suo letto fuori misura, identico a ogni altro mobile dell'appartamento, ossia costoso, lussuoso e inutilmente grande, visto che vive da solo. Lo schermo della televisione offusca quello del cinema di quartiere e per ascoltare un CD dallo stereo serve una laurea in Fisica. Il tavolo da pranzo potrebbe ospitare almeno dodici persone e accanto c'è una rastrelliera per i vini che basterebbe a farle ubriacare per due settimane.

Mi stavo giusto chiedendo se prima o poi mi sarei trasferita lì o se avremmo comprato una casa tutta per noi. Il suo appartamento è bello, è nuovissimo e Richard ci abita solo da tre anni. Ha l'angolo bar e la palestra. Ma è un ambiente con poca personalità, anonimo. È un bell'appartamento da scapolo, non c'è dubbio, ma ho sempre immaginato per noi una casa con giardino. Specialmente quando avremo figli.

Non so bene come sono passata da questi pensieri a chiedergli di Melissa. Sarà stato per la parola "anonimo".

«Che rimanga fra me e te: ha saputo della fusione». Richard aveva intrecciato le dita dietro la nuca. «È ansiosa di far parte della mia nuova squadra».

Ah, me l'immagino, razza di vacca manipolatrice.

«Ah, me l'immagino, razza di vacca manipolatrice».

Giuro che non volevo dirlo ad alta voce, ma ero infastidita. Non solo perché sta palesemente provando a mettere le grinfie sul mio fidanzato, ma anche da un punto di vista professionale. Sono io la sua assistente. E fino a prova contraria, se vuole parlare di lavoro con Richard deve passare prima da me.

Anche se in realtà mi dava più fastidio la prima questione.

«Ma che problema hai?» aveva riso Richard. «Ah, quasi dimenticavo».

«Cosa?».

«Che provi un astio immotivato per Melissa».

«Non è vero!».

«Invece sì. Non la sopporti».

«No, intendo che non è immotivato. Guarda che non piace a nessuno».

«A me sì».

«Okay, a nessuna delle ragazze. Ai maschi in ufficio, chiaramente, non importa che sia fastidiosa».

«È una brava ragazza. Sapevi che vuole darsi al golf? Mi ha chiesto se posso insegnarle le basi».

«Ma che stronza!» avevo protestato. Quando Jemma aveva detto che Richard e Martin stavano parlando di golf in ufficio, ricordavo bene che Melissa aveva alzato gli occhi al cielo. «Che palle» aveva commentato. Tra l'altro, era stata l'unica volta in cui voce e faccia sembravano d'accordo.

«Ehi» Richard mi aveva messo un braccio intorno alle spalle e tirata a sé. «Sei gelosa di Melissa?». Gelosa di Melissa? GELOSA di Melissa? Gelosa di MELISSA?!!

«Perché dovrei essere gelosa?».

Crede che sia meglio di me? La trova più carina? Più intelligente?

«Perché magari pensi che dopo la fusione lei lavorerà con me e tu no?».

Aveva fatto bene a rispondere così. I suoi genitali erano a portata di mano.

«Ah... No, niente affatto. Sarò troppo impegnata ad assistere personalmente il tuo sostituto per badare a te».

Avevo detto "assistere personalmente" in tono provocante. Mi aspettavo una reazione indignata, per potergli dire che stavo solo scherzando e baciarlo.

«A posto allora» aveva risposto lui. «Vorrà dire che mi toccherà assumere una nuova segretaria perché si occupi di me».

Me l'ero cercata.

Vuoi per Melissa e i suoi pranzi, vuoi perché ho ancora troppi postumi e non ho la forza di far tacere Jemma, che continua a parlarmi di Alex, fatto sta che a volte ho qualche dubbio su Richard.

Perché non vuole che la gente *sappia*? Se osservassi la situazione dall'esterno, mi farei un po' pena: una donna di quasi trent'anni che cerca di convincere il suo uomo a impegnarsi, quando è chiaro che non ne ha voglia. Un uomo che non le prende la mano in pubblico, né vuole conoscere i suoi genitori. È per questo che ho smesso di parlarne con Susie e Leah: Susie non la manda a dire, non è convinta di Richard, e Leah fa capire che è d'accordo restando in silenzio. Quando la tua amica superottimista non riesce a trovare neanche una parola per incoraggiarti, è ora di iniziare a preoccuparsi.

L'unica persona con cui posso parlare è Alex, che mi ascolta senza giudicare. Il problema è che nessuno sa come si comporta Richard con me quando siamo da soli. È tanto affettuoso. Non potrebbe esserlo di più.

Ma è come il principio filosofico dell'albero. Se un albero cade nella foresta e non c'è nessuno nei paraggi, fa rumore? La relazione può essere considerata reale, se nessuno ne è al corrente?

Non avevo più pensato a fare *il discorso* da quando ci avevo provato senza successo il venerdì che ero partita per Mothston. Richard è sempre impegnatissimo con il lavoro, e ho visto molto spesso Alex, che mi ha tenuto la mente occupata.

Ma la situazione sta diventando pesante. Mi alzo e... fermi tutti! Mi risiedo subito.

Jemma mi guarda con aria interrogativa. «Giramento di testa a mille» le dico. Mi rialzo, ma lentamente.

«Tesoro?». Chiudo la porta dell'ufficio e mi siedo di fronte a Richard davanti alla scrivania, stringendo il bloc notes che mi sono portata dietro per salvare le apparenze. Devo pensare a un argomento di conversazione che ci porti dove voglio arrivare. Non posso buttargliela lì all'improvviso.

«Diciamolo a tutti. Voglio dire, di noi due».

Ops.

Cerco di sembrare disinvolta e spigliata, come se quello che dirà non mi interessasse granché. Nella testa mi si affollano tutte le possibili risposte.

«E-vento-Jazz!» esclama.

Okay, non TUTTE le possibili risposte, lo ammetto.

«C'è JazzEast nell'aria! Nell'aria c'è Jazz... East!».

«Che stai dicendo, Richard?».

Mi spiega. Uno dei nostri clienti è il JazzEast, un festival annuale di jazz che si tiene a Shoreditch, e Richard sta cercando di promuovere l'edizione di quest'anno distribuendo ai pendolari ventagli di carta con su scritto l'indirizzo del sito web. Sta cercando uno slogan da stamparci sopra.

Con gli occhi scandaglio l'ufficio in cerca di ispirazione. Passo oltre i numeri di *Men's Health* e *GQ* che vedo sulla sua scrivania e mi fermo sui poster motivazionali appesi sulla parete. In uno ci sono quattro uomini su una canoa, con i remi in mano.

"GIOCO DI SQUADRA. Insieme abbiamo successo".

Esatto. Ecco perché passo tanto tempo a inventare giochi di parole di merda. Non sono mai stata brava, ma due teste sono meglio di una, giusto? Guardo il poster accanto.

"RISULTATI. È difficile ottenerli, ma è peggio non averci nemmeno provato".

Nell'immagine c'è un uomo sorridente, da solo in cima a una montagna. Non è in contraddizione con l'altro?

«JazzEast: il festival più fresco dell'estate?» propongo.

Richard schiocca le dita: «Ecco perché ti amo».

Il mio cuore si ferma all'istante. Non mi ha mai detto che mi ama. È un momento importantissimo. Sto per rispondere che lo amo anch'io, quando vedo che inizia a battere come una furia sulla tastiera del computer. Non aspetta una mia risposta. Non mi ama nel senso che dico io.

«Credo che sia il momento di dire a tutti di noi».

«*Perché*?» chiede continuando a scrivere. «Mi passi il foglio che è uscito dalla stampante, per favore?».

«Perché?» ripeto sbalordita.

«Perché devo mandare…».

«Non intendevo quello». Prendo il foglio e glielo metto sulla scrivania. «Cosa vuol dire "Perché?"».

Si appoggia allo schienale della sedia con le mani dietro la testa. «Tra un paio di settimane mi trasferiscono ai piani alti e tu non sarai più la mia assistente. Perché fare danni all'ultimo minuto?».

Tiro un sospiro di sollievo. Ecco il motivo: si rende conto che dovremo restare in incognito ancora per poco. Quando i ruoli cambieranno, non ci sarà ragione di mantenere il segreto. L'abbiamo tenuto nascosto per nove mesi, qualche settimana in più non farà differenza.

«Quindi ti senti abbastanza sicuro di ottenere il posto».

Sfodera un ghigno che rende inutile ogni risposta e io faccio lo stesso. Ce ne restiamo lì per un po' a sogghignare, finché non entra Martin Cooper, che sorride a sua volta.

«Vi lascio soli» dico saltando su e afferrando il bloc notes. «Qui abbiamo finito».

Cerco di uscire puntuale alle 17,30 perché ho invitato a casa Alex per ingerire un po' di carboidrati, per confortarci, insomma. Perché anche lui sta soffrendo.

«Holly, puoi venire nel mio ufficio prima di andare, per favore?». La testa di Richard spunta da dietro la porta. «Dovresti scrivermi una lettera».

Scrivere una lettera = togliergli i pantaloni.

Non faccio in tempo a chiudermi la porta alle spalle che mi sta già baciando.

«Martin ha annullato la videoconferenza di stasera» mormora accarezzandomi il collo. «Perciò sono tutto tuo».

«È una prospettiva allettante,» rispondo piano «ma sono impegnata. Viene Alex a cena».

«Ah sì?». Si blocca e sgrana gli occhi. «E non puoi annullare? Vi siete visti ieri sera, no?».

«No che non posso. Non sarebbe carino». E non voglio farlo, mi piace stare con lui. «Credevo fossi impegnato. Dài, non è niente di che, viene solo a cena. Preparo le lasagne, e ne faccio sempre troppe». Non so perché mi sto giustificando. «Puoi unirti a noi».

Aspetto che declini l'invito.

«Va bene» acconsente.

«Ottimo» rispondo, cercando di nascondere la sorpresa.

Vado a casa a cucinare mentre Richard finisce in ufficio. Non potevo dirgli di non venire, dopo aver cercato per mesi di convincerlo a conoscere i miei amici. Perché speravo che mi dicesse di no? È bello che si conoscano. Soffoco un inesplicabile disagio e sto per chiamare Alex e dargli un orario, quando mi suona il campanello. È Richard, che brandisce un mazzo di rose rosse.

«Per l'ospite» dice, consegnandomele con un bacio prima di andare in camera ad appendere la giacca.

«Grazie mille» rispondo felice (non mi aveva mai comprato fiori, prima) e metto le rose in un vaso.

Mi aggiorna sulle ultime novità della fusione mentre preparo le lasagne. Tralascio solo lo strato di funghi, perché Richard è sicuro che non ci siano nella ricetta originale. Infilo tutto in forno e proprio il quel momento suona il campanello.

A guardarlo, fresco e rosso per la pedalata da Greenwich a qui, non si direbbe che Alex stia ancora soffrendo.

«Indovina chi c'è?» sussurro.

«La polizia?» sussurra lui di rimando, sbirciando alle mie spalle. «Hanno finalmente rintracciato il graffitaro fantasma? Se è così me ne vado, non mi trascinerai a fondo con te!».

«No» ridacchio, tirandolo dentro e chiudendo la porta. «È…».

«Tu devi essere Alex». Richard compare nell'ingresso e allunga la mano. «È bello conoscerti, finalmente. Ho sentito tanto parlare di te».

In realtà non è vero, non mi ha mai chiesto nulla di lui.

«Alex, lui è Richard» spiego, nel caso non sia ovvio.

«Certo. Richard, ciao». Alex si sbarazza subito dell'espressione sorpresa e gli stringe la mano.

Li guido nervosa in soggiorno (perché sono nervosa?) e chiedo cosa vogliono bere battendo le mani (perché batto le mani?).

«Ho portato questo» dice Alex allungandomi una bottiglia di vino rosso.

«Lascia, faccio io» interviene Richard. Prende il cavatappi. «Ottima scelta» approva quando legge l'etichetta.

«Bene» dico andando in cucina. «Devo grattugiare il formaggio da mettere sulle lasagne, perciò voi restate qui e, ehm, parlate di cose da maschietti».

Torno in cucina, aggiungo il formaggio e preparo l'insalata. Per qualche motivo, mi sento confusa. Il mormorio delle loro voci arriva fin qui. Richard parla di una conferenza a cui ha partecipato. Mi sorprendo a desiderare che smetta. Queste cose interessano solo a chi lavora nel campo. E anche in quel caso, "interessano" è una parola grossa. Ti crea sempre un po' di apprensione far conoscere due persone che per te sono molto importanti, ma che non hanno nulla in comune tra loro. Comunque, sento gli educati mormorii di assenso e le domande pertinenti di Alex, e mi rilasso.

Per fortuna, la cena va bene. Richard si comporta come di solito, da venditore. Credevo lo facesse solo al lavoro. Ma tant'è, fila tutto liscio e, mentre puliamo il piatto con il pane all'aglio, Alex ci fa ridere raccontandoci alcuni aneddoti dei tempi della scuola.

«Non immaginavo che fossi una ribelle» ride Richard, sentendo di quando ho saltato le lezioni per andare a Londra con Ellie a farmi autografare il CD dai Take That.

«Sì, ribelle in confronto a voi due, coppia di leccaculo».

Ridacchiano entrambi, poi restiamo in silenzio per un po'. Richard appoggia il gomito sul tavolo e il mento sulla mano. Con l'altra fa roteare il vino nel bicchiere.

«Quindi» esordisce. Grazie al cielo, temevo che il silenzio si facesse imbarazzante.

«Visto che vi conoscete da parecchio, avete mai... insomma, ci avete dato dentro?».

E questa da dove arriva? Il suo sorriso mi fa capire che non vuole saperlo davvero, ma devo aver fatto una faccia inorridita, perché subito aggiunge: «A quei tempi, voglio dire. Non dicevo adesso. Mi chiedevo solo se tra voi...».

«No». Alex risponde sorridendo e guardandolo negli occhi. «Holly e io non ci abbiamo mai dato dentro».

«No?» ride Richard. «È incredibile. Neanche un bacetto innocente?».

«No». Alex scuote la testa mentre io spero che questa conversazione finisca. «Neanche quello».

«Non ci siete mai neanche andati vicini?».

Ora mi manca quel dolce silenzio.

Sono consapevole di non aver ancora aperto bocca e probabilmente di essere rossa come un peperone. Devo fare qualcosa per mostrare che sono a mio agio quanto loro, per non far capire ad Alex cosa provavo all'epoca. Quindi rido.

Rido, ma un po' più forte di quanto volessi. Sembro isterica. Mi guardano tutti e due con aria strana.

«Io e Alex...» sospiro, asciugandomi una lacrima immaginaria. Porgo la pirofila delle lasagne. «Ne volete ancora?».

Tutti e due declinano dicendosi sazi, poi mi fanno i complimenti per quanto erano buone. Richard mi prende la mano, la bacia e va a procurarsi un'altra bottiglia di vino in cucina. Lancio un'occhiata ad Alex, che sembra pensieroso, poi vede che lo guardo e sorride. Io ricambio, e Richard torna.

«Mettetevi comodi mentre sparecchio» dico.

«Ti aiuto» si offre Alex, e comincia a impilare i piatti.

«No, no» insiste Richard togliendoglieli. «Sei nostro ospite».

«Tutti e due. Sparite». Prendo i piatti dalle mani di Richard. «Metto via questi e arrivo».

«Come vuoi». Richard alza le mani e ride. Si vanno a sedere sui due lati opposti del divano e Harold si acciambella in grembo a Richard.

«Ciao, tu» dice lui, grattandola sotto il mento e facendomi l'occhiolino. Gli sorrido e scompaio in cucina.

Capitolo 22

ALEX

Richard fa scendere Harold e recupera il bicchiere di vino dal pavimento. Sta per bere un sorso, ma si blocca.

«Il Chianti è proprio l'accompagnamento perfetto per le lasagne» dice con il bicchiere a mezz'aria. «In Italia ti servirebbero questo vino. Per la carne di manzo ci vuole un rosso molto ricco, e la pasta è superba per gustarlo. La salsa di pomodoro e le spezie sono ideali per esaltare la sua nota acidula e leggermente affumicata». Finalmente beve. «Hai fatto un'ottima scelta!».

Holly è in cucina a lavare i piatti e non sente.

«So solo che è il preferito di Hannibal Lecter. Ho immaginato che stesse bene con la carne rossa».

Richard ride divertito e vedo che Holly lancia un'occhiata verso di noi, rapida, prima di tornare a concentrarsi sui piatti.

Per tutta la sera, ognuno ha interpretato un ruolo: io sono l'ospite accondiscendente, Holly è la casalinga e Richard l'ospite veterano, con le maniche della camicia rimboccate e due bottoni aperti sul petto che gli conferiscono un'aria sicura, da latin lover. Io non me ne sono mai sbottonato più di uno. Hai poche opzioni, quando sei un inglese pallido. Di solito, la camicia la porto abbottonata fino al colletto.

Quando Richard è venuto a stringermi la mano, quando ho capito che avrebbe cenato con noi, temevo che la situazione potesse diventare scomoda. Una cena con la ragazza che amavo e il suo fidanzato segreto. Ma lui mi ha messo a mio agio. Mi ha fatto i complimenti. E non c'è mai stato un momento di tensione, a parte quando ha chiesto di me e Holly. Sa qualcosa? L'atteggiamento scherzoso è stato il suo modo per avvisarmi? Ho fatto del mio meglio per non sembrare sulla difensiva e Holly ci ha semplicemente riso su. Ma perché ha riso tanto forte? Capisco che non abbia mai ricambiato i miei sentimenti, ma non credevo che considerasse l'idea così ridicola.

«L'altro giorno leggevo un articolo» dice Richard mentre Holly pulisce il tavolo e Harold, lì sotto, si lecca le zampe posteriori. «Da quello che ho capito, il problema dei ragazzi di oggi è che conoscono i loro diritti come esseri umani. Non mi ricordo dove l'ho letto, era…».

Mentre parla, mi torna il mal di testa che mi ha afflitto per tutta la giornata. I postumi mi impediscono di concentrarmi. Il mio sguardo si posa su un vaso di rose rosse sul davanzale dietro Richard e, per un paio di secondi, mi perdo in un ricordo lontano.

«…se non altro, credo che voi insegnanti meritiate più ferie».

Finalmente, l'aspiratore che è rimasto in funzione per tutta la cena tace, e trovo sollievo. L'improvviso silenzio arresta di colpo la conversazione. Osserviamo Harold che si lava sotto il tavolo.

«E come ti sembrano le ragazze di Londra?». Richard mette un braccio attorno alle spalle di Holly, che viene a sedersi sul divano in mezzo a noi.

Strana domanda, specialmente dopo quella su Holly e me. Non so bene come rispondere, perciò esclamo: «Ha!» sperando che sia sufficiente. Il pesante silenzio che segue mi dice che non lo è.

«Dovrei sistemarti con una delle mie amiche!» esclama Holly, poi allunga un braccio per chiamare il gatto, che trotterella verso di lei.

«In realtà,» intervengo, seccato che mi considerino un disperato «vorrei chiedere un appuntamento a una che conoscete entrambi».

Holly guarda Richard, come se pensasse che mi sono già confidato con lui mentre eravamo soli. Scuote la testa. Come potrebbe sapere di cosa sto parlando, quando neanch'io ne sono sicuro?

«Chi sarebbe?» chiede.

Ancora incerto sulla piega che sta prendendo la conversazione, sorrido debolmente a Holly, poi a Richard, poi di nuovo a Holly. «Melissa».

Holly sembra confusa. «Melissa chi?».

Richard si massaggia il mento con l'aria di chi la sa lunga, ma lascia che Holly ci arrivi da sola.

«Ci siamo conosciuti al pub il giorno del quiz, ti ricordi? Ti ho detto che mi ha aggiunto su Facebook».

Holly si sistema sul divano, si liscia la gonna, poi incrocia le braccia sul petto.

«Ah».

Ripiombiamo nel silenzio e mi viene in mente il motivo per cui sono entrambi preoccupati.

«Non preoccupatevi» li rassicuro. «Con me, il vostro segreto è al sicuro».

Quando vedo le loro espressioni incredule, mi sento un completo idiota. Non è che ci abbia pensato più di tanto, a Melissa. Sono rimasto sorpreso quando mi ha inviato la richiesta d'amicizia, e quando ha cominciato a cliccare "Mi piace" su ogni mio status. Kev dice che sta segnando il territorio come un felino, ma finora non avevo mai pensato seriamente che ci fosse sotto qualcosa.

L'offerta di Holly di "sistemarmi" con una sua amica mi ha confermato un'impressione che ho avuto per tutta la serata. Vedere lei e Richard insieme per la prima volta ha reso reali molte cose, nella mia testa. Quando mi sono trasferito a Londra e ci siamo incontrati, non riuscivo a credere che fosse cambiata tanto, ma poi… non lo so, ci sono stati momenti, negli ultimi due mesi, in cui sono tornato a provare le sensazioni di un tempo. Ma stasera tutto è diventato chiaro: non succederà. Questa è la vita di Holly, ed è felice così.

Tra noi si percepisce l'imbarazzo, e forse per questo Holly prende la borsa.

«Non te l'ho fatta vedere ancora, vero?». Tira fuori una macchina fotografica digitale e mi si avvicina. A quel punto, Richard si alza per andare in bagno e Harold mi salta in grembo. «Ho scattato un po' di foto della mia vecchia casa dopo che i miei hanno messo tutto negli scatoloni. Non pensavo di poterci stare male, ma…».

Scorro le foto, indugiando il più possibile su quelle della sua stanza senza sembrare uno schizzato. Da adolescente, quel posto per me era come Graceland per Elvis e, anche se la riconosco a malapena senza tutta quella roba sul pavimento, la sola vista mi fa sciogliere.

Dopo gli scatti della casa, arrivano alcune foto di una festa.

«Ooh, queste sono di un matrimonio di qualche settimana fa» spiega Holly, e mi sento obbligato a guardarle.

Nelle prime venti non conosco nessuno, poi appare un'immagine di Holly con il bouquet in mano in compagnia di Richard. Sembra sopraffatta dalla gioia per aver preso i fiori, mentre Richard esibisce qualcosa che somiglia a un broncio. La posa è familiare, mi sa che l'ho vista nella cornice sulla finestra, quando sono andato a dare da mangiare ad Harold.

«Tu e Richard sarete i prossimi, suppongo» azzardo. Harold lo prende come il segnale per scendermi di dosso e trotterellare via sul tappeto, lasciandomi un ciuffo di peli sulle gambe.

«Oddio, scusa» dice Holly, ignorando la mia domanda e pulendomi i pantaloni. Non riesco a non arrossire, perché le mani di Holly Gordon mi stanno accarezzando le cosce e sono sicuro che Kev lo definirebbe senz'altro un contatto presessuale.

Mi impongo di smetterla di fare l'idiota. Holly spazzerebbe via peli di gatto dai pantaloni di qualsiasi amico, non c'è dubbio.

«Fatto» annuncia.

La porta del bagno si apre dall'altra parte della casa. Holly mi prende di mano la macchina fotografica e la cosa finisce lì.

Sarebbe finita lì, ma per un attimo fugace e insignificante io e Richard ci scambiamo uno sguardo strano e io mi sento come uno scolaretto disobbediente, come se avessi – avessimo – fatto qualcosa di male.

Una busta di plastica lotta per liberarsi dal ramo di un albero mentre pedalo verso Greenwich. È in difficoltà, e la capisco: una serata di lasagne, vino e momenti imbarazzanti mi ha provocato un'indigestione, e le follie di ieri sera con Holly si fanno ancora sentire. Perciò ho deciso di tornare a casa.

Sono quasi arrivato quando mi vibra il telefono. Per rispondere devo fermarmi. È Kev.

Portando la bici con una mano e tenendo il telefono con l'altra, ascolto mentre mi racconta dell'appuntamento di ieri sera. Con Diane, la ragazza del treno. Gli scoppio a ridere in faccia e mi dice di andare a fanculo. Due volte.

È bello che per una volta non sia stato superficiale, ma non era lui a pensare che le palle con la neve dentro fossero da psicopatici? E che «nessuno ormai va più agli appuntamenti al buio»?

«Mi ha praticamente implorato, Alex. E comunque sono in un periodo di magra. L'altro giorno ho guardato sotto la camicetta di un manichino di Marks and Spencer».

Mi racconta della serata e di come ha evitato silenzi imbarazzanti salvandosi sul telefono una lista di argomenti di conversazione, che ha consultato in bagno.

E poi dicono che il romanticismo è morto.

Ovviamente, c'è un "ma". Ce n'è sempre uno, quando c'è di mezzo Kev. Stavolta pare che, quando ha cercato di baciarla a fine serata, Diane gli abbia concesso solo la guancia. È passata dall'andare a letto con lui a non volergli dare nemmeno un bacio.

«Credi che esca con te solo per la tua dialettica ammaliante?» domando, ma il sarcasmo non fa presa. Non è che questa ragazza gli piace davvero?

Spero di sì. Spero che si trovi una fidanzata fissa. Spero che lo faccia crescere un po'.

«E comunque, cazzone, sputa il rospo. Com'è questo Richard?».

Kev pronuncia il nome con quel tono che di solito è accompagnato dalle virgolette mimate con le dita.

«È...» cerco di farmi un'opinione definitiva. «È uno a posto. Credo sia il tipo di uomo che piace alle ragazze. È una specie di Principe Azzurro».

«Che diavolo dovrebbe significare?».

«Non so. Nulla. Era simpatico, pieno di attenzioni».

«Mi sembra un coglione».

Non abbiamo granché in comune, ma non è certo un coglione, nonostante le pose che assume nelle fotografie e la parlata da venditore. Ripenso a come ha riso Holly quando Richard ha chiesto di noi, poi mi ricordo del vaso di rose sul davanzale. Mi chiedo se Holly desiderava davvero fare tutte le cose di cui mi parlava sempre. Forse era questo il mio problema: ascoltavo quello che diceva e presumevo che corrispondesse a ciò che pensava. A giudicare da stasera, è ovvio che mi sbagliavo.

«Puoi restare un attimo, Kenny? Ti devo parlare».

Gli altri escono dalla classe. Stacey Bamber gli consiglia di avvalersi della facoltà di non rispondere, prima di andarsene.

Mi appollaio sulla scrivania accanto a lui.

«Non ti tratterrò molto» inizio. «Volevo solo dirti che se hai bisogno di parlare con qualcuno, di un consiglio, o anche solo di sfogarti, io sono qui».

Kenny grugnisce, poi senza guardarmi risponde: «Se volessi parlare, perché cazzo dovrei venire da lei?».

«Modera il linguaggio» gli dico. Lui alza gli occhi al cielo. «Senti, non voglio fare finta di conoscerti né di sapere quanto sia dura la tua vita, perché non lo so. Ma so come ci si sente a perdere la madre».

È la prima volta che dico a un alunno della mamma e mi sembra di avere un sasso incastrato in gola.

«La mia è morta quando avevo quindici anni. Non è una cosa che si supera, vero? Ci sarà sempre un vuoto».

Kenny toglie le mani dalle tasche e le incrocia sul petto. Inizio a chiedermi se ho fatto bene a seguire il consiglio di Holly.

«Ripeto, non intendo fingere di sapere com'è la tua vita».

«Posso andare adesso?» chiede bruscamente allungando il braccio verso lo zaino.

«Okay» gli dico, cercando di mascherare la delusione nella voce. «Alla prossima».

È successo che non ho dovuto chiedere a Melissa di uscire. Ci ha pensato lei qualche giorno dopo la serata con Richard e Holly. Mi ha scritto chiedendomi se mi andava di prendere un caffè dalle sue parti, verso Chiswick. Non è una che si perde in chiacchiere.

Ci sono lavori lungo la District Line e devo farmi un pezzo a piedi. Arrivo accaldato e in ritardo. Il sole di mezzogiorno proietta un'ombra nana sul marciapiede sotto di me.

Mi sta aspettando davanti alla caffetteria accanto alla

stazione di Chiswick Park. La vedo per primo, ha un vestito marrone scuro che la avvolge come la salsa gravy il purè. Mi sa che mi sono vestito un po' troppo sportivo, con jeans e mocassini.

Eppure, mi sento a mio agio. Dai messaggi che ci siamo scambiati ho capito che è una forte. Le piacciono i Radiohead. Sì, usa troppi punti esclamativi, ma dimostra che è una donna appassionata. So che le interessa ciò che ho da dire.

Immagino già cosa direbbe Kev se la vedesse. Che è fuori dalla mia portata. Farebbe un'analogia calcistica, dicendo che io sono l'Huddersfield e lei una squadra di Premier League. Ma Kev dice anche (ed è il pensiero più profondo che abbia mai sentito uscire dalla sua bocca) che ognuno è il Manchester United per qualcun altro.

Melissa scherza fingendo di controllare un orologio immaginario quando mi vede, poi passa ai saluti: doppio bacio sulle guance come al pub, la prima volta che ci siamo visti. Stavolta, tiene le mani sui miei gomiti più a lungo.

«Che dici, andiamo?» chiede, e mi posa di nuovo la mano sul gomito per guidarmi allegra verso la caffetteria.

Capitolo 23

HOLLY

«Mi dispiace da morire, piccola» ripete Richard. «Sono io il più incazzato, credimi».

«Ah, immagino» sospiro al telefono, ributtandomi sul letto per impedire che il sangue del mio cuore straziato goccioli sulle scarpe nuove. «Guarderai il concerto dei Kasabian da un palco vip della O2 Arena, mentre bevi Champagne e mangi canapè gratis. Che schifo essere te».

«Non fare così, Hol» ribatte. «Sai bene che avrei preferito portarti a cena. Il grande capo non mi ha lasciato scelta. Quando un cliente con un budget così grande ti invita all'ultimo minuto, non puoi rifiutare».

È normale che Martin abbia coinvolto anche Richard nella serata. Diciamoci la verità, alla Hexagon i guadagni non arrivano certo dal fascino di Martin. Ma non è colpa di Richard se è lui il più bravo ad accalappiare la gente, bastardo.

«Lo so,» piagnucolo «ma se ogni tanto ti sforzassi di non essere così affascinante, cazzo, smetterebbe di chiedertelo».

«Ci proverò» dice con finta sincerità. «Te lo prometto. E prometto di farmi perdonare».

"Come?!" vorrei gridare quando non aggiunge altro, invece gli auguro di divertirsi e riaggancio, poi mi tolgo il vestito e lo appendo nell'armadio. Scalcio via i tacchi a spillo comprati apposta per l'occasione (per farvi capire quanto sia rara una vera uscita con il mio fidanzato).

E ora?

Il primo istinto è chiamare Alex e vedere se gli va di mangiare un boccone, poi però mi ricordo che deve uscire con Melissa. È la seconda volta. Maledetta, vuole rovinarmi la vita su ogni piano.

Sto per mettermi il pigiama, quando passo davanti allo specchio. Sono in biancheria e, senza neanche salire sulla bilancia, so che peso cinquantasette chili. Negli ultimi dieci anni ho oscillato tra i cinquanta e i sessantatré chili, e ormai riesco a capire quanto peso solo guardandomi. Certo, non mi sorprende che sia ingrassata. Bevo molto di più da quando Alex si è trasferito a Londra. In ogni caso, non voglio superare la soglia dei sessanta, perciò mi metto la tuta, prendo l'iPod ed esco di casa, felice di avere qualcosa da fare.

Non sono mai andata a correre prima di trasferirmi a Londra, se non contiamo l'ora di educazione fisica al liceo (che temevo come la peste, perché quando correvo mi facevano male le tette). Ma una volta lasciata Mothston sono diventata più attenta alla forma. Non perché pensassi di essere grassa, ma perché mantenere il peso che volevo mi dava una piacevole sensazione di controllo.

La playlist che ascolto per correre è composta interamente da brani di musical cantati da donne. Mi aiutano a distrarmi, perché immagino di essere io a esibirmi sul palco.

Mentre attraverso Blackheath sono Evita Perón e dico all'Argentina di non piangere per me, e quando entro a Greenwich Park sono Fantine di *Les Misérables* e sogno di un tempo passato. Davanti al Royal Observatory sono intenta a rassicurare Joseph.

È un bell'ottovolante di emozioni, ma il tempo vola. È ormai buio quando raggiungo i cancelli dal lato opposto del parco e sbuco al centro di Greenwich. La strada che porta a Blackheath passa proprio davanti a casa di Alex. Rallento leggermente di fronte all'appartamento e do un'occhiata alla finestra della camera da letto. La luce è spenta. È ancora fuori con Melissa? O peggio, sono tornati insieme ed è per questo che la luce è spenta? Spero di no.

È difficile dire a una persona che potrebbe avere di meglio senza rischiare di offendere sia i suoi gusti, sia la sua abilità di conquistatore. Ma Alex potrebbe avere *decisamente* di meglio. È la spiegazione meno egoistica che mi do quando spero sotto sotto che tra loro non funzioni.

L'altra è che Alex è un mio amico e non voglio che lei me lo porti via.

Percorro le vie laterali e sono quasi arrivata in Blackheath Road quando inciampo nel laccio sciolto della mia scarpa. Mi fermo, metto in pausa la musica per non perdermi neanche un secondo e mi chino.

Cos'era questo rumore?

Mi tolgo una cuffietta e resto in ascolto. Eccolo di nuovo, una specie di scricchiolio, come se qualcuno camminasse piano sulla ghiaia. Mi volto.

«Ehi?» chiamo. Il rumore si ferma. «C'è qualcuno?».

Sarà una volpe. *Ricomponiti*. Mi alzo e sto per far ripartire la musica, quando da dietro un cespuglio spunta una figura che comincia a camminare verso di me. Vedo solo che è un uomo in abiti scuri, il cappuccio in testa. Perché non mi ha risposto, prima? Mi volto e mi allontano con una corsetta leggera.

Anche i suoi passi accelerano, perciò corro più veloce. Lui fa altrettanto.

Attraverso la strada, come ci dicevano sempre di fare alle medie se sospettavamo di essere seguite.

Anche lo sconosciuto attraversa. Oddio, sono in pericolo. Mi batte forte il cuore e, nonostante sia esausta, parto in sprint. Voglio vedere quanto si è avvicinato, ma non intendo regalargli un vantaggio, perciò resisto alla tentazione. Mi fa male il petto e respiro a fatica, ma mi costringo a mantenere la velocità. Cosa mi farà, se mi raggiunge? Meglio non pensarci. Svuoto la mente e mi concentro sul ritmo dei miei passi finché non arrivo alla fine dell'area verde. Potrei tagliare in diagonale sull'erba: è la via più breve, ma anche la più isolata. Oppure, potrei seguire la strada, che è più lunga, ma almeno ci sono lampioni, auto e case, e più possibilità che qualcuno mi senta, se grido.

Sento i passi avvicinarsi, perciò scelgo la strada.

L'ho percorsa quasi tutta quando sono costretta a fermarmi e a riprendere fiato. Mi volto. Oh, grazie a Dio, l'ho seminato. Deve aver…

AAAAAAA! Spunta come un fulmine dall'oscurità del parco, spaventandomi a morte… poi mi passa accanto correndo.

Mentre mi supera, riesco a vedere sotto il cappuccio. Cuffiette. Per forza non mi ha sentita. Stava correndo anche lui. Dev'essere comparso da una via laterale.

Sono un'idiota. Non so se ridere o piangere, ma so per certo che ho bisogno di sentire una voce familiare. Torno a casa.

Capitolo 24

ALEX

«Che significa "Mi hanno seguita"?».

Holly è senza fiato, ansima e dice cose senza senso.

«Pensavo che mi…». Fa una pausa per respirare. Mi raddrizzo sul divano e tolgo l'audio alla TV, stropicciandomi gli occhi. Stavo per andare a letto quando mi ha chiamato. «Ora sto bene».

«Dove sei? Vuoi che venga a prenderti?».

Mi alzo e guardo dalla finestra. Ormai l'ora di punta è passata da un pezzo, ma le auto e i passanti affollano ancora le vie. Londra non ha pace e ti trascina con sé, senza darti il tempo di fermarti a riflettere.

«Sono quasi a casa, ormai. Sto bene. Pensavo che mi seguissero e mi sono spaventata».

«Dove sei stata?».

«A correre». Fa un paio di respiri profondi. «Ho sentito un rumore e ho visto un uomo comparire da un vialetto. Ha iniziato a seguirmi. Poi mi sono voltata di nuovo e stava correndo dietro di me, così ho accelerato ancora e poi…».

«Dimmi dove sei, che vengo a prenderti».

«Sto bene, davvero». La luce di un lampione dall'altro lato della strada va e viene, rendendo l'atmosfera ancora più frenetica. «Sono nel parco. Non c'e nessuno in giro».

Mi rilasso e mi siedo. «Non dovresti andare a correre da sola col buio».

Holly non dice nulla per qualche secondo e mi sto

chiedendo se sia caduta la linea, poi però risponde: «Sei dolce, Al, lo sai?».

«Richard ti direbbe la stessa cosa. Londra è una città pericolosa».

Altra pausa nella conversazione. Chiedo se c'è ancora, ma resta in silenzio.

«Mi piace correre da sola» dice invece.

«Non è un po' noioso?».

«Nooo» risponde ridendo con il respiro finalmente normale. «Ascolto i musical e faccio finta di essere la cantante».

Me la immagino correre a Blackheath Hill cantando e scoppio a ridere.

«Non so perché te l'ho detto. Mi sono resa conto che non l'ho mai raccontato a nessuno».

«In futuro limitati a dirmi cose del genere, senza farmi prendere un colpo».

Holly finge di essersi offesa e vorrei chiederle perché ha chiamato me e non Richard. Ha provato prima a telefonare a lui? Era occupato, oppure semplicemente non ha risposto? O non le è venuto proprio in mente? Ha pensato a me per primo? Non che mi importi, ma se fosse così, cosa dovrei pensare dell'uomo di cui si dice innamorata?

Cristo, Holly ha ragione: analizzo troppo le cose!

«Ci sei ancora, Al?».

«Sì, scusa, io…». Mi alzo e vado di nuovo alla finestra. Vedo una coppia uscire dal pub di fronte. La donna indossa un abito bianco aderente con tacchi alti viola e lui deve sostenerla per non farla cadere. «Dov'è Richard, stasera?».

«Aveva una cosa di lavoro».

«Così tardi? Poveraccio».

«Sì, un martire».

Non capisco se lo dice con sarcasmo, perciò aspetto che continui. Non lo fa e non mi sento a mio agio a insistere sull'argomento. Passavamo ore a parlare di tutto e non si è mai tirata indietro quando c'era da parlare di ragazzi. Non so cosa sia cambiato adesso, perché a volte mi sembra sulla difensiva quando parliamo di Richard.

«Comunque» dice Holly. «Com'è andata stasera?».

Mi ci vuole un secondo per capire che si riferisce al secondo appuntamento con Melissa. Un'altra cosa su cui non ho avuto il tempo di riflettere abbastanza. O forse non devo farlo. Melissa mi ha fatto provare il cappuccino alla cannella durante il primo appuntamento e dopo un paio d'ore mi ha chiesto di andare a cena con lei. Siamo usciti stasera. Nessuna paranoia su quanto tempo aspettare prima di chiamarla, niente ansia in attesa che risponda ai messaggi.

«Abbiamo preso tutti e due la bistecca. Melissa l'ha chiesta praticamente cruda».

«Chi l'avrebbe mai detto?» commenta sarcastica Holly. Non capisco cosa intenda. «Quindi, la rivedrai ancora?».

Domani sera. Ha due biglietti omaggio per l'ultimo film con Leonardo DiCaprio.

«Penso di sì».

All'improvviso sono io sulla difensiva, e non so neanche perché. Il fatto che Holly conosca Melissa ha trasformato la situazione in uno strano triangolo amoroso, anche se io non amo Holly e lei di certo non ama Melissa, né me. Poi sta con Richard, quindi tecnicamente sarebbe un quadrato amoroso, se solo ci fosse qualcosa di amoroso in tutto questo. E non c'è. Pazzesco.

«Quindi sta andando bene?».

Mi pare di sì. È ancora presto, ma Melissa mi piace. È indipendente e sa quello che vuole dalla vita. E, come qualcuno ha detto durante la serata del quiz, è molto bella, anche se di una bellezza scontata.

«Sì, molto».

«Bene» risponde Holly, e so che lo pensa davvero, nonostante non le piaccia Melissa e sia preoccupata che mi lasci sfuggire qualcosa su...

«Non direi mai nulla, lo sai».

«Lo so» dice lei. «Ti meriti di essere felice, Al».

Le sue parole restano sospese per un secondo, finché non vedo qualcosa nel cielo.

«Sei ancora fuori?».

«Sì, perché?».

«La vedi quella stella cadente?».

Silenzio. Poi: «Non la vedo. Dov'è?».

Cerco un punto di riferimento. La luna è dietro un velo di nubi ed è ancora troppo presto per vedere Orione.

«Ti ricordi che a Camber Sands ti ho insegnato a individuare la Stella Polare?».

Holly sembra perplessa e ricordo quello che mi ha detto al parco l'altro giorno, sul suo primo bacio. Quando eravamo insieme, gran parte del tempo lo passavamo così: io che blateravo di stelle, di musica e di libri, mentre lei pensava a tutt'altro. La nostra amicizia era stata un fraintendimento totale? Forse non ci siamo mai capiti davvero.

«Non la vedo, Al. Ma se tu la vedi esprimi un desiderio».

Penso alla cosa che voglio di più in assoluto. Che i Radiohead registrino un nuovo disco? Che Kenny Sonola dichiari di essere stato ispirato dal professor Tyler ad amare il Bardo dell'Avon?

«Fatto?».

«Sì».

«Mi raccomando, non dirlo a nessuno, mai. Altrimenti non si avvera».

Prometto di mantenere il segreto per l'eternità.

«Aspetta un attimo» dice. «La Stella Polare è quella luminosa vicino alla luna?».

«Allora ti ricordi!».

«Quello è un aereo, Al».

Scruto il cielo. Sì, è un aereo. Gatwick, Heathrow, Luton, ce n'è per tutti i gusti. Eppure, mi sembrava proprio una stella cadente.

«No, ho fiducia» le dico ostentando sicurezza. «Era una stella».

Devo soffocare uno sbadiglio mentre i ragazzi entrano in aula. Holly e io siamo rimasti al telefono finché non è rientrato Richard, a mezzanotte passata.

«Potresti mettere via il cellulare, Gareth? Grazie».

Oggi si presenta con la sciarpa avvolta intorno alla testa come un passamontagna.

«Un attimo» mi risponde. «Finisco di mandare un messaggio».

Con la mente torno a quando eravamo adolescenti, quando i telefoni avevano tutti il filo e non sapevi mai chi avrebbe risposto all'altro capo. Non esistevano i minuti gratis e se facevo una chiamata più lunga del consentito i miei mi sgridavano. Ma se parlavo con Holly non mi importava.

«Il resto della classe sta aspettando che mandi il messaggio. Ti pare giusto?».

Gareth non fa una piega. Se ne sta seduto al banco, le gambe allungate davanti a sé, e digita. Quando ha finito, si infila in tasca l'iPhone e fa: «La prossima volta non sentitevi in dovere di aspettarmi. Tranquilli».

Gli dico che ora è facile comportarsi così, ma che in un futuro prossimo dovrà trovarsi un lavoro e non potrà cazzeggiare con il cellulare ogni volta che vuole.

«Sì, però mi pagheranno, giusto? Perciò che me ne importa?».

Un tempo, uno scambio di battute del genere mi avrebbe lasciato brutte sensazioni, ma adesso vedo la situazione a scuola in un'ottica più positiva. Con questi ragazzi le cose stanno prendendo una buona piega e in parte lo devo a Holly. È stata lei a spedirmi per e-mail una nuova versione di *Amleto*, dove si racconta la storia usando solo status di Facebook.

Orazio pensa di aver visto un fantasma.
Ad Amleto dà fastidio che suo zio sposi sua madre subito dopo la morte del padre.
Il re pensa che Amleto sia una palla.
Laerte crede che Ofelia possa fare meglio di così.
Il padre di Amleto ora è uno zombi.

All'improvviso i ragazzi si sono dati allo studio con entusiasmo. Stacey Bamber non passa più le lezioni a disegnare il sottoscritto impiccato a un albero e perfino Kenny Sonola partecipa alle discussioni, dopo la nostra chiacchierata di qualche settimana fa. Non ha raccolto la mia offerta, ma almeno adesso si impegna. Avrei voluto abbracciarlo quando sono riuscito a mettergli 5 all'ultimo compito, ma non volevo che minacciasse di nuovo di "farmi il culo", quindi ho optato per un semplice «Buono». Forse non sembra un granché come voto, ma è il migliore che abbia mai preso in tutta la carriera scolastica. Ho controllato.

È per questo che sono venuto a Londra, e non voglio che il mio mandato finisca adesso, anche se a settembre i ragazzi dovranno affrontare l'esame. So che Kenny ha le potenzialità per arrivare al 6. Ne sono certo.

«Domande?» chiedo alla fine di un'altra, produttiva lezione.

Nessuno alza la mano, ma si sente la solita voce chiedere: «Se il mio computer ha un virus e io lo tocco, posso ammalarmi?».

È il nuovo hobby di Gareth. Verso la fine della lezione, mi fa sempre qualche domanda idiota per scatenare l'ilarità dei compagni. La scorsa settimana mi ha chiesto se quando ti masturbi poi si vede dalle analisi del sangue. Alla lezione precedente, invece, mi aveva domandato se gli prestavo 10 sterline. Però, ho notato che le risate sono sempre meno. Stavolta la sua domanda provoca a malapena qualche ghigno.

«Grazie per il tuo apporto, Gareth» dico. «Voialtri, invece, ottimo lavoro. Mancano poche lezioni alle vacanze estive, ci vediamo la prossima settimana».

SMS da Holly ad Alex

```
Era un aereo xx
```

Capitolo 25

HOLLY

Già settembre? L'estate è passata come una di quelle scene dei film accelerate per rappresentare il passare del tempo, dove sul marciapiede prima cadono le foglie e poi compare la neve, i personaggi iniziano la scena in pantaloncini e un minuto più tardi sono avvolti in cappotti di lana, e nel mentre ne sono successe di tutti i colori.

I miei si sono trasferiti a York. La Hexagon Marketing è diventata una multinazionale. Alex e Melissa hanno quella che si definisce una storia seria.

Be', non è cambiato proprio tutto. La dieta di Jemma inizia sempre domani e nessuno sa ancora di me e Richard.

Pensavo che dopo la fusione finalmente avremmo potuto dirlo a tutti. Però non è andata così. A quanto pare, sono stata troppo ottimista. Richard non è stato promosso, è ancora il mio capo e io sono ancora la sua assistente. E oggi i suoi bisogni principali sono una decina di penne nuove e qualche blocco di fogli protocollo.

«Hai finito con la brochure della cancelleria, Jem?».

«Aspetta, mi sto concentrando».

Cristo, perfino lei è cambiata. È come assistere a un'inversione di ruoli. Ora lei ha una cotta per la cancelleria e io ho cominciato… a FREGARMENE! Non so perché. Adoravo il mio lavoro, ma l'entusiasmo si è affievolito perché mi sono resa conto che in pratica *non faccio nulla*. Sarà che quando vedo Alex racconta sempre del suo impegno a scuola, tutte cose importanti, che contano davvero. Che differenza faccio, io? Quante volte sono venuta a lavorare in condizioni pietose perché non me la sentivo di prendere un giorno di malattia, convinta che se fossi mancata avrei potuto mettere nei pasticci qualcuno? Richard sarebbe stato costretto a rispondere al telefono di persona e gli altri avrebbero dovuto organizzarsi le riunioni da soli… sai che tragedia!

Leah mi chiama per pranzo, e per ben trenta secondi mi rallegro. Poi mi chiede quando sono libera perché ha delle "novità".

«Non sarai mica incinta, vero?».

Silenzio. Oh signore, no…

«Leah?».

Aspetto di sentirla ridere, ma sento solo il ticchettio delle dita sulle tastiere intorno a me.

«Oddio. Sei incinta!».

«Volevo dirtelo di persona ma… Esatto, incinta incinta. Che storia, eh?».

«Che storia» a dir poco. Come hanno fatto le nostre vite a prendere strade così diverse? Per anni siamo state quasi identiche. E ora lei sta per mettere su famiglia. E io? Un gatto depresso e una relazione segreta non sono una famiglia. Perché la vita di tutti va avanti, tranne la mia? E comunque avrei dovuto capirlo al matrimonio di Chloe, quando mi aveva detto che non avrebbe bevuto.

«Hol?» Leah ridacchia nervosamente. «Tutto bene? Non dici nulla da tipo un minuto e mezzo».

«Sì, scusa, sono solo scioccata». Datti un contegno, Holly, sono grandi notizie. «Congratulazioni! Sono FELICISSIMA per te».

E lo sono. Completamente, profondamente, sinceramente, al 100… D'accordo, al 99%.

È il restante 1% che mi fa sentire una persona orribile. Quando riaggancio, appoggio la fronte sulla scrivania finché un rumore di tacchi non mi avverte che qualcuno si è avvicinato. Riconosco le scarpe.

«Tutto bene, Holly?».

«Sì, Melissa, grazie, solo un po' di mal di testa». Mi rialzo e inizio a digitare al computer, sperando che capisca l'antifona. Ovviamente no.

«Oh, povera. Spero che ti passi, così potrai venire con noi, stasera».

Ehm, tecnicamente è lei che viene con noi stasera. Kev è venuto a trovare Alex, e usciamo tutti insieme. Ma vabbè.

«Sì, ce la faccio».

«Benissimo. Prendiamo la metro insieme?».

«Buona idea» mento. Non so perché Alex abbia dovuto per forza invitarla. Non vedo Kev da anni, quindi probabilmente finiremo a parlare tutta la sera dei vecchi tempi della scuola e Melissa si sentirà tagliata fuori. E diciamo pure che lei e Alex trascorrono già parecchio tempo insieme.

Io e lui ci vediamo molto meno da quando sta con Melissa. Organizziamo ancora qualche uscita, ogni tanto, ma ormai sono passati i bei tempi dei pranzi improvvisati in qualche pub o delle serate da me a guardare un film perché Carl ha un'ospite e Alex vuole togliersi dai piedi.

Non so perché sono sorpresa, non è la prima volta che succede. È stato un così buon amico, da quando si è trasferito a Londra, che ho cominciato a pensare fosse stata tutta colpa mia se avevamo perso i contatti, tanti anni fa, anche per via del biglietto che avevo ritrovato sotto il letto, nella vecchia casa di Mothston. Forse avevo frainteso, il giorno in cui ci eravamo visti per l'ultima volta. Avrei dovuto farglielo sapere quando tornavo dai miei, o magari invitarlo da me ai tempi dell'università. Ero rimasta sveglia per notti intere a chiedermi cosa sarebbe successo se all'epoca avessi trovato il biglietto. Ma la verità è che probabilmente non sarebbe cambiato nulla, perché Alex fa così: dà la priorità all'amicizia quando è single, ma cambia completamente quando nell'equazione entra una ragazza che gli piace. Non lo biasimo. I ragazzi lo fanno spesso. È solo che mi manca.

«Danny, vieni qui» esclama Jemma, posando finalmente la brochure della cancelleria. «Ehi, voi due. Preferireste essere presi a pugni da Edward Mani di Forbice o farvi fare sesso orale da un uomo con una cucitrice al posto della bocca?».

«Mani di Forbice» risponde Kev dopo averci pensato per cinque minuti. «Anzi, no. Cucitrice. Oddio, non lo so... Non mi interessa se è contro le regole, dico nessuno dei due. Sono entrambi uomini!».

«Sono entrambi uomini? È questo il problema, per te?» Alex sorride mentre sorseggia il vino.

«Be', ovviamente a te non frega nulla, è chiaro, brutta checca. Cristo, Holly, questa Jemma sembra una bella psicopatica».

«Lo è. Dovreste conoscervi, sai?».

Kev non è cambiato di una virgola. Non sapevo che effetto mi avrebbe fatto rivederlo. Non siamo mai stati amici, io e lui. A parte una sola occasione, di cui preferirei non parlare, non abbiamo mai avuto conversazioni serie e non ci siamo mai visti da soli senza Alex. Ma ci facevamo grandi risate quando uscivamo tutti insieme. Lui mi sfidava con commenti sessisti e poi mi diceva di smetterla di fare la lesbica figlia dei fiori quando veniva fuori il mio lato femminista. Io, dal canto mio, ogni tanto puntualizzavo di essere la migliore amica di Alex, e lui si incazzava di brutto. Discutevamo di continuo sul perché ognuno di noi si considerasse il migliore amico di Alex e alla fine Kev piagnucolava «Alex, diglielo» come un bambino di cinque anni. Stasera sono tentata di rifarlo, in nome dei vecchi tempi, ma è in vantaggio su di me di undici anni e non sono sicura che sia una buona idea. Inoltre, abbiamo stabilito una tregua non scritta durante la nostra ultima conversazione a Mothston. È quasi un peccato che Alex non saprà mai cosa ci siamo detti.

«E perché dovrei conoscerla? Ora ho una ragazza. Cucina, pulisce e ci diamo dentro. A proposito, ieri si è arrabbiata perché non l'ho scopata».

«Non l'hai scopata?» esclamo io sarcastica. «Accidenti, Kev, così sì che spezzi il cuore alle donne. Avrei voluto saperlo, così stasera sarei venuta preparata».

«Parlami della tua fidanzata» interviene Melissa, che si allunga sul tavolo per toccargli la mano, come a voler prevenire qualsiasi altro mio commento. «Alex non mi dice mai nulla, e io invece voglio sapere tutto».

Kev ci racconta di Diane e Melissa si porta di continuo una mano al petto, nel punto dove le persone normali hanno il cuore, e mormora «È così carino» quando dice qualcosa di sdolcinato.

Alex ascolta educatamente, annoiato e in silenzio, come chi ha già sentito quella storia mille volte. Io invece ascolto educatamente, annoiata e in silenzio, come qualcuno cui non importa sapere proprio TUTTO di una persona che non ha mai visto in vita sua.

«Be', sembra adorabile» conclude Melissa quando Kev ha finito.

«Tutto qui?» intervengo io. «Ma ci sono tante altre cose che non sappiamo. Tipo, non so...». Bevo un sorso di vino. «Le piace collezionare qualcosa di particolare?».

Quando Alex scoppia a ridere, Kev si tossisce sulla mano e la avvicina al viso dell'amico. Il gesto ha l'effetto di cancellargli all'istante il sorriso dalla faccia.

«Le hai parlato delle palle con la neve, vero, pezzo di merda?».

«Palle con la neve?». Melissa stringe gli occhi e sposta lo sguardo da Alex a me. Alex allora le spiega ridendo, mentre Kev arrossisce leggermente. Io rido come una matta, finché Melissa non mi rivolge un sorriso di superiorità, come a dire "Dài, falla finita". Mi sta davvero dicendo come comportarmi con una persona che conosco da diciotto anni? Una persona che mi conosce abbastanza bene da capire che è solo uno scherzo e che sono sicura sappia stare al gioco?

«Dài, Holly, basta». Alex smette di ridere e finge di essere infastidito. «Gettiamo neve sul fuoco».

«Questa faceva schifo» gli dico, e Melissa, nello stesso momento, fa: «Questa sì che è bella», con un'espressione che normalmente sembrerebbe divertita, ma sul suo viso non lo è.

Siamo in un piccolo pub ed è giovedì, quindi l'atmosfera è rilassata. Kev però è in modalità vacanza e Alex non ha lezioni fino a lunedì, quindi beviamo come se non ci fosse un domani.

«Questo giro tocca a me» annuncia Melissa. Tira fuori dalla borsa un lungo portafoglio color crema e si alza accarezzando il bicipite di Alex in un modo del tutto fuori luogo.

Lui le sorride mentre si allontana, poi si gira di nuovo verso il tavolo e nota che lo guardo. I nostri sguardi si incrociano. Ho le labbra secche ma, quando me le lecco, mi sento imbarazzata per il significato implicito del gesto. Sono quasi sollevata quando Melissa lo chiama: «Tesoro, mi dai una mano per favore?».

Alex sbatte le palpebre e va verso il bancone. Kev appoggia i piedi sulla sedia e si rilassa.

«La settimana prossima vado a un concerto di tributo a Elvis» annuncia.

Il barista sta aspettando di prendere l'ordine di Melissa, ma lei non l'ha neanche visto arrivare: è troppo impegnata a leccare la faccia di Alex. È incredibile quanto sia maleducata, a volte. Come se quel poveraccio non avesse altro da fare nella vita che aspettare i suoi comodi.

«Quando ho chiamato per i biglietti, mi hanno chiesto di premere 1 per i soldi, 2 per lo show».

«Ah, sì?». E perché cavolo le serve una mano? Quanto sarà difficile portare quattro bicchieri? A parte il fatto che lì accanto ci sono un sacco di vassoi.

«No, Holly, era una battuta. Sai, "*One for the money, two for the show*"... Elvis, *Blue Suede Sh...*».

«Melissa!» grido. Lei si stacca da Alex e si volta. Io faccio un cenno verso il barista.

«Oddio, mi scusi, non l'avevo vista» la sento dire.

«Dicevo,» continua Kev «se potessi evitare di dire a tutti che sono io il vendicatore mascherato te ne sarei molto grato».

«Sì, figurati, io... Aspetta, che cos'hai...».

«Non hai sentito una parola di quello che ho detto, vero?».

Mi giro verso di lui troppo tardi: ormai ha capito dove guardavo.

«Ah». Ridacchia, poi cerca il mio sguardo con aria indagatrice. «Sai, Holly, erano anni che non vedevo Alex così felice».

«È felice?». Controllati, Holly. «Cioè, voglio dire, sì, è felice. Lo so. Bene, no?».

«Sicura?». Il suo viso si contorce, come se volesse alzare un sopracciglio e non ci riuscisse. «Perché non scherzo quando dico che più gelosa di così non potresti sembrare».

«Gelosa? *Io*?».

«Dài, è palese da quando siamo arrivati. Per fortuna Alex non è per niente sveglio, perciò te la cavi. Ma a me non mi freghi».

«È così ovvio? Cazzo, stanno tornando. Non dire nulla, okay?».

«Certo» risponde soddisfatto di sé.

Oddio, sono gelosa. Com'è successo? Di certo non aiuta il pensiero che Melissa abbia fatto più progressi in due mesi di relazione di quanti ne abbia fatti io in un anno. Con Alex, poi! Prima che rientrasse nella mia vita non mi importava di non avere nessuno con cui bighellonare per Borough Market il sabato mattina, o da trascinare al cinema il mercoledì per vedere una schifezza di film e mangiare una pizza. Poi, però, è arrivato lui e abbiamo fatto tutte queste cose insieme. Ora che abbiamo smesso, mi disturba il pensiero di non poterle fare con Richard.

«Ho preso una bottiglia, visto che beviamo entrambe bianco» dice Melissa. «Sauvignon Blanc, giusto?».

Sono tentata di dire che era Chardonnay, anche se non è vero. Che ci guadagnerei a fare la vendicativa?

«Grazie. Aspetta, quanto ti devo?». Prendo la borsa, ma lei scuote la testa.

«Non essere sciocca. Un bicchiere di vino è il minimo che ti devo per aver tenuto così bene le redini dell'ufficio. Davvero, ragazzi, credetemi, non so cosa faremmo senza di lei».

Dal sorriso che Alex le rivolge, capisco che l'idea che la sua ragazza sia una stronza paternalista non lo sfiora minimamente.

Nonostante la presenza di Melissa, la serata è piacevole e ci ritroviamo anche a ridere di alcuni episodi dei tempi di Mothston, prima che lei trovi il modo di spostare la conversazione su un argomento che la includa.

Come la prima volta in cui sono uscita con Alex qui a Londra, anche adesso chiacchierare con Kev mi fa ricordare quanti momenti belli abbiamo vissuto insieme. Chissà, se per me Mothston non fosse stata così deprimente, negli anni dell'università forse sarei rimasta in contatto con qualcuno e avrei trascorso più spesso serate come questa. Ma ogni volta che ripensavo a quel posto, mi veniva in mente l'episodio con cui me n'ero andata. Per questo non ho mai parlato molto del periodo delle superiori. Con nessuno. Neppure con Max, Leah e Susie che, nonostante mi conoscano molto bene, probabilmente riassumerebbero la mia adolescenza come una parentesi passata in un paesello noioso da cui non vedevo l'ora di fuggire. Inizio a sentirmi sleale nei confronti della Holly adolescente: non voglio dare un'impressione tanto terribile della mia vita a Mothston.

«Dove andiamo adesso?» chiede Kev.

«Io a casa» balbetto. «C'è chi lavora, domattina».

«Sei cambiata, Holly Gordon».

Alex lancia a Kev un'occhiata che non so interpretare. Kev prosegue: «La Holly che conoscevo sarebbe andata a bussare alla serranda di quel bar, esigendo che le aprissero».

«È davanti alla stazione di polizia. Il proprietario non è mica stupido».

«Be', allora la Holly che conoscevo avrebbe stilato una lista di locali in cui saremmo potuti andare adesso».

«Ma è giovedì sera. E siamo a Greenwich. Le opzioni tra cui possiamo scegliere sono da nessuna parte, da nessuna parte o da nessuna parte».

«Allora la Holly che conoscevo avrebbe deciso in quale casa andare a proseguire la serata. Vivi da sola, giusto?».

«Oh, ma hai anche il gatto, vero?» interviene Melissa. «Io ho una terribile allergia e non ho portato gli antistaminici. Scusa, Holly».

«Allora rimane solo casa di Alex». Kev si alza e scola in fretta la sua pinta, facendo un macello tutto intorno. «Forza, ciurma».

Sto per protestare ancora, ma mi rendo conto d'un tratto che lo faccio più per abitudine che per senso del dovere. In realtà, non sono particolarmente preoccupata delle conseguenze di una sbronza sulla giornata di domani. «D'accordo, allora». Brindo a Kev. «Io ci sto».

Capitolo 26

ALEX

«Dovrò conoscere quell'imbecille sessista del tuo coinquilino?» ringhia Kev, barcollando fuori dal pub con le mani in tasca e la maglietta fradicia di birra.

«Chissà. Probabilmente starà facendo un'orgia da qualche parte» rispondo.

Kev tira su col naso e si stringe nelle spalle. Sta per fare una battutaccia – di sicuro dirà che se a un'orgia non c'è lui le ragazze si rifiutano di partecipare – ma qualcosa lo trattiene. Forse avere una fidanzata esercita qualche influsso benefico su di lui. Sono piuttosto sicuro che con la relazione attuale, ormai al terzo mese, abbia infranto il suo record personale. Di un paio di mesi circa.

«No, in realtà è a Barcellona con una delle sue amichette» dico, ma mi sente solo Kev. Melissa si è fermata ad aspettare Holly all'uscita del pub e sono rimaste un po' indietro.

«Sai una cosa?». L'ultima pinta sembra aver messo Kev al tappeto, perché sta cominciando a strascicare le parole. «Forse non aveva tutti i torti». Si volta a guardare le ragazze. «Forse le donne sono davvero come batteri».

Mi guarda e annuisco per dargli corda, e per un attimo è come se fossimo tornati a Mothston: io che ascolto i suoi sproloqui mentre ci trasciniamo a casa dopo una serata al Lion.

Com'è possibile che siano cambiate così tante cose, eppure tutto sembri come una volta?

«È sempre strano socializzare con Holly fuori dall'ufficio». Melissa indossa solo un costoso completino intimo di pizzo. «Poteva sforzarsi un po' di più con me, stasera». *Avrebbe potuto*, penso. Ma non lo dico. «È stata abbastanza... distante».

Holly se n'è appena andata. Kev è fuori combattimento e dorme spaparanzato sul divano. Sono quasi le due.

«A lavoro ho sempre la sensazione di non piacerle».

«Ma che dici» mento. «Ci tiene a te, lo so».

Questo sembra placarla, perché scivola a letto accanto a me, mi posa una mano fredda sulla pancia e si accoccola con la guancia sulla mia spalla.

So bene cosa pensi Holly di Melissa. Crede che sia falsa e che tratti la gente con superiorità, ma forse è solo frustrata perché fa l'assistente personale. E magari, se avesse avuto anche solo un po' della passione di Melissa, adesso non farebbe questo lavoro, ma qualcuna delle cose di cui parlava sempre.

«È come se mi considerasse una rivale». Le parole di Melissa nuotano nell'alcol. «Ma non è colpa mia se sono brava nel mio lavoro, no?».

E comunque, Holly dovrebbe solo esserle grata. La mia relazione con Melissa ha fatto bene alla nostra amicizia. Stavo diventando soffocante, la chiamavo e le scrivevo di continuo, ma lei ha una vita, qui, con Richard e Harold. Sono venuto a Londra aspettandomi che tutto fosse esattamente come prima e alla fine non capivo più cosa aspettarmi dal futuro. Avevo bisogno di staccare, di mettere un po' di distanza fra noi. Ora è più facile per tutti.

«Richard dice che l'azienda cadrebbe a pezzi se non fosse per me. Sai che parla di me con tutti gli alti papaveri della direzione?».

Finalmente, le dedico la mia completa attenzione. «Come hai detto?».

«Parla di me ai piani alti. Dice che l'azienda cadrebbe a pezzi se non ci fossi io».

Quelle parole mi suonano familiari e mi ricordo anche perché. Secondo Holly, Richard dice praticamente la stessa cosa anche a lei. Usa le stesse battute con ogni ragazza del suo cazzo di ufficio?

«Non ti preoccupare» mi rassicura, fraintendendo il mio sguardo incredulo. «Non c'è nulla tra me e Richard».

Mi guarda dritta negli occhi ma, frustrato per non poter condividere quello che penso con la mia ragazza, mi metto a osservare la piccola falce di luna che si intravede tra le tende. In questi mesi è stato abbastanza semplice tenere Melissa all'oscuro di quello che so su Holly e Richard. Adesso, però, sento il bisogno di dirle tutto.

«So che non c'è nulla tra voi» dico e mi mordo la lingua. «È l'ultima cosa che mi preoccupa».

Melissa si allontana un po', offesa. «Potevo averlo senza problemi, se solo avessi voluto» controbatte.

«E questo che vorrebbe dire?».

«Nulla. Solo che non mi è piaciuto il modo in cui hai detto quello che hai detto, come se Richard non potesse essere interessato a me».

«Ma non volevo dire questo».

«Ci siamo baciati, per tua informazione. Un paio di volte, poco più di un anno fa».

La fisso, incapace di spiccicare parola.

«La prima volta era fidanzato, l'altra si era lasciato da due giorni. Il giorno successivo ha fatto come se non fosse successo nulla, perciò sono andata a parlarci e mi ha detto che non cercava una storia seria. Benissimo, ho pensato. Non ho certo perso tempo ad aspettare lui».

Faccio due conti. Holly mi ha detto che Richard e lei si sono messi insieme una settimana dopo che lui ha rotto con la sua ex. Quindi non c'è stato alcun incrocio pericoloso, ma posso immaginare come reagirebbe Holly se glielo dicessi.

«Scusa» dice Melissa. «Sei arrabbiato con me, vero?».

Devo pensarci per un minuto, ma Melissa non aspetta. La sua mano, ormai calda, torna sulla mia pancia, ma stavolta non rimane ferma.

Ricado su Melissa, i nostri corpi sudati e incollati. Tutte le parole che avrebbero potuto rovinarci la serata si sono perdute nell'estasi del momento.

Ogni cosa sembra essere andata a posto, a partire dal giorno in cui, al Lion, papà aveva annunciato che avrebbe comprato una barca. La scuola, la mia amicizia con Holly, Melissa. Dopo il terzo appuntamento è venuta a casa con me. Abbiamo scopato, più volte, e in un momento imprecisato mi sono accorto che si era appropriata di un cassetto della mia camera. Forse, dopotutto, Kev aveva ragione.

Melissa sa quello che vuole e se lo prende. Ha un piano quinquennale che la porterà dall'appartamentino a Chiswick in cui vive ora a una casa in città, a Kensington. È uno dei tratti del suo carattere che mi piacciono di più. È… tonificante.

Cambio posizione ed entrambi ora siamo distesi sulla schiena.

«Sei felice, Alex?».

Mi giro per guardarla. Lei fa lo stesso. Ormai i nostri occhi si sono abituati al buio. Vede il mio sorriso e me lo restituisce. «Che razza di domanda è?».

«Una domanda di cui voglio sapere la risposta».

L'ho portata al British Museum alla quarta uscita ed era interessata alle stesse esposizioni che piacevano a me, anche se ha tentato di farmi cadere in un agguato e di saltarmi sulla schiena davanti a una tomba della città licia di Xanthos.

«Lo sai che ore sono, Mel? Domattina devi andare a lavorare».

«Lo so che devo andare a lavorare, ma prima voglio che mi risponda. Sei felice?».

«Sì, certo che sì».

È buffo. Se a quindici anni mi avessero chiesto di immaginare il mio trentesimo compleanno, mi sarei visto rientrare a finc giornata in un appartamento buio nel Derbyshire, da qualche parte vicino allo Snake Pass. Non appena avessi aperto la porta, mia moglie, la famiglia e gli amici sarebbero saltati in piedi da dietro il divano, gridando: «Sorpresa!». E a dirla tutta, il più delle volte mia moglie era Holly. Sorrido all'idea.

«Felice quanto?» insiste Melissa.

«Molto felice» dico, scacciando quei pensieri.

Guardo in basso. I nostri piedi sono sull'attenti sotto il piumone. Chiudo gli occhi e inizio a scivolare nel sonno. Ma Melissa non ha ancora finito.

«Alex?» mi chiama, con tono diverso, più serio. Un tono da persona sobria.

Tra un paio d'ore il sole sorgerà, ma siamo bloccati in quel purgatorio che separa la notte dall'alba.

«Che c'è?» le mormoro assonnato.

Melissa si volta verso di me e dalla sua espressione capisco cosa sta per dirmi qualche secondo prima che parli.

Capitolo 27

HOLLY

Lunedì inizio a sentirmi di nuovo un essere umano. Venerdì era stato devastante: quando ero tornata da casa di Alex mi ero addormentata sul divano e mi ero svegliata alle cinque e mezza con la sensazione di avere la lingua di cartone, poi ero andata a letto. La sveglia aveva suonato praticamente subito. Per un attimo avevo accarezzato l'idea di darmi malata, ma mi ero ricordata di essere uscita con Melissa la sera prima. Avrebbe capito subito che non ero malata, ma sbronza.

A rendere le cose un milione di volte peggiori, quando mi ero presentata in ufficio con mezz'ora di ritardo e l'aria di una morta vivente, la prima persona che avevo visto era stata un'immacolata ed efficientissima Melissa. Com'era possibile che avessimo bevuto la stessa quantità d'alcol?

«Gentile da parte tua unirti a noi, Holly» aveva esclamato con sarcasmo senza guardarmi, prima di entrare a passo di marcia in sala riunioni e sbattersi la porta alle spalle.

Le ore piccole avevano qualche effetto anche su di lei, allora.

«Scusa, sono in ritardo» avevo detto entrando nell'ufficio di Richard. «Ieri sera le cose ci sono un po' sfuggite di mano».

«Sta diventando un'abitudine, ultimamente, o sbaglio?» aveva borbottato lui, senza alzare lo sguardo dal rapporto che stava leggendo.

Veramente sono più abituata ad arrivare prima dell'apertura e a fare straordinari non pagati, ma non avevo l'energia per ribattere, perciò mi ero limitata ad alzare gli occhi al cielo e a lasciar perdere.

E la giornata era passata da brutta a pessima. Richard aveva tentato invano di fare pressioni su Martin perché confermasse la sua promozione. Di conseguenza, era impaziente, suscettibile e anche un po' incazzato con me. Mi aveva lanciato un paio di frecciatine sul fatto che rimanevo a bere fino a tardi mentre lui lavorava a una presentazione. Non capivo se quei rimproveri arrivassero dal mio fidanzato o dal mio capo.

Comunque, oggi inizia una nuova settimana e sto dedicando tutte le energie, recuperate grazie a un weekend di ozio completo, a renderla positiva.

«Niente di interessante da riferire?» chiedo a Jemma, di ritorno da un meeting mattutino con Martin.

«Parli di lavoro o di vita reale?».

«Entrambi».

«Be', per il lavoro, Martin ha indetto una riunione generale dopo pranzo per un annuncio "*rig*" il nuovo Direttore delle Operazioni Internazionali».

Alleluia, cazzo! La promozione di Richard. Sapevo che oggi sarebbe stata una buona giornata.

«"*Rig*" è un'abbreviazione di Martin, comunque, non mia. È troppo occupato e importante per perdere tempo a dire tutte e quattro le sillabe della parola "riguardante". E quanto è da sfigati il titolo "Direttore delle Operazioni Internazionali"?».

Ci siamo. La ruota ricomincia a girare. Richard e io finalmente andremo avanti. Mi sento quasi galleggiare su una nuvola; tutti i pensieri negativi di colpo sembrano lontani e melodrammatici.

«È arrivato stamattina per accettare il posto» prosegue Jemma. «Purtroppo, non è un granché. L'ho accolto io alla reception e l'ho accompagnato in sala riunioni per il colloquio».

Aspetta un attimo… Di chi parliamo?

«Non ci andrei a letto e, come sai, non sono schizzinosa. Povero Richard, però, eh? Mi sa che sperava di averlo lui, il posto. Martin oggi lo porta fuori a pranzo per comunicargli la notizia. Questo sul fronte lavoro. Per il resto, non credo che Robbie voglia rivedermi. Gli ho mandato due messaggi e non mi ha risposto».

Rimango di sasso mentre le implicazioni delle sue parole prendono forma nella mia mente. Richard non ha ottenuto il posto. Non pensavo neanche che ci fosse questa possibilità. E nemmeno lui, credo. Sarà distrutto.

«Oddio, non ci posso credere. È terribile». Mi copro il viso con le mani.

«Lo so, vero? Pensavo di essere melodrammatica io, ma vedo che anche tu la pensi così. Forse ho qualcosa che non va. Dovrei andare in terapia?».

«No, mi riferivo a Richard che non ha avuto il posto. Meglio che vada da lui».

«Oh». Jemma assume un'espressione ferita, poi però le viene in mente qualcos'altro e sembra terrorizzata. «Non puoi dirglielo. Sono notizie che devono restare riservatissime finché Martin non farà l'annuncio, oggi pomeriggio».

«Ma devo prepararlo» penso ad alta voce. «Sarà umiliante sentirselo dire da Martin».

«No, seriamente, Hol. È la volta buona che Martin mi licenzia. Ha sottolineato più volte che non mi è permesso dirlo a nessuno. Le sue ultime parole prima che lasciassi il suo ufficio sono state: "Voglio sperare che non torni alla scrivania e spifferi tutto a Holly"».

«Be', ma non posso non fare nulla!».

«Perché no?».

Ovviamente, non posso spiegarle perché. E non posso dirlo a Richard. Jemma ha ragione, anch'io ho l'impressione che Martin sia al limite della sopportazione. Se trapelasse un'informazione tanto riservata potrebbe cacciarla davvero, una volta per tutte. Vorrei illudermi che, se avvertissi Richard, a pranzo farebbe finta di non sapere nulla quando Martin gli darà la notizia. Ma sono certa che si precipiterebbe nel suo ufficio a dirgliene quattro.

Devo fare qualcosa, però. Forse posso provare a riportarlo con i piedi per terra, senza fargli capire che so qualcosa.

Jemma mi fa giurare sulla vita di Harold che non gli dirò nulla, prima di lasciarmi entrare nel suo ufficio. Appena mi chiudo la porta alle spalle, Richard mi accoglie placcandomi (ma in maniera sexy) e sollevandomi sulla scrivania mi dà un bacio appassionato.

Per un attimo, dimentico perché sono qui e mi perdo nel bacio, godendomi la rinnovata intimità. Sono passati secoli dall'ultima volta che ha fatto una cosa del genere. Un tempo mi accoglieva sempre così, ma ultimamente si limita a qualche parola informale o a chiedermi un caffè.

«Uuuh, e questo per cos'era?» domando, cercando di riprendere fiato mentre me ne sto semidistesa sul bordo della scrivania.

«Per scusarmi di essere stato un cazzone, negli ultimi tempi. Non volevo essere scortese con te, è che lavoro come un matto e non dormo bene. E mi manchi». Mi bacia sulla guancia all'ultima frase. «Ma non avrei dovuto prendermela con te. Scusa, piccola».

Lo guardo negli occhi e ci vedo sincerità. Sulle labbra ha una leggera smorfia che tradisce senso di colpa.

«Tranquillo, non fa niente». Lo penso davvero. So che andrà TUTTO BENE. Avevo cominciato a preoccuparmi che questa promozione fosse l'unico scopo della sua vita, ma è chiaro che anche io sono importante per lui. Non ha ottenuto il posto? Peccato. Dovremo abituarci all'opinione che la gente si farà di noi. Ma sono abbastanza sicura che scoparsi il proprio capo non sia illegale. È solo che di solito non è una cosa benvista. Ma cambieranno tutti idea quando capiranno che facciamo sul serio.

«E comunque, cambierà tutto» continua Richard. «Oggi Martin mi porta fuori a pranzo per parlare. Confermerà la mia promozione, sono sicuro».

Argghhhhhh.

«Be', qualunque cosa succeda,» dico, prendendogli la mano «buone o cattive notizie che siano, io ci sarò sempre».

«Grazie, piccola, anche se non credo saranno cattive notizie. Cioè, magari mi manderanno negli Stati Uniti una volta al mese, ma va benissimo. Potrai venirmi a trovare a New York per il fine settimana. Lì avrò un ufficio bello grande, hanno destinato tutto il terzo piano al Dipartimento Operazioni Internazionali».

«A me quest'ufficio piace. Cioè, se dovessi rimanere qui, non sarebbe poi la fine del mondo. Mi piace averti a dodici secondi di distanza dalla mia scrivania».

Risponde al mio bacio, poi mi dice di smetterla di essere pessimista e mi chiede un caffè.

Be', dài, è andata bene.

Jemma ha prenotato un tavolo in una nuova *steakhouse* alla moda del West End, di proprietà di qualche celebrità. Evidentemente, Martin è convinto che dare la notizia a Richard davanti a una bistecca di manzo cucinata in modo impeccabile farà la differenza. Invece, la scelta del locale non ha fatto altro che confermare a Richard ciò che pensava: c'è qualcosa da festeggiare.

Mi sembra che siano usciti da una vita. Passo la pausa pranzo a trascinarmi per negozi. In ufficio non riesco a distrarmi, a scacciare una sensazione di destino incombente. Cinque minuti prima che finisca la pausa, mi rendo conto che non ho comprato nulla, perciò afferro un paio di stivali di pelle nera alti fino al ginocchio, tanto per fare un acquisto, e torno al lavoro.

«Sono bellissimi» esclama Jemma, accarezzando la pelle come se fosse il petto di un uomo.

«Fa-vo-lo-si» dice Melissa senza espressione mentre passa accanto alla mia scrivania. «Ne ho un paio identici. Stanno bene con tutto».

Jemma aspetta che si allontani. «Hai tenuto lo scontrino, vero?» mi chiede, rimettendo gli stivali nella scatola.

«Sì».

«Ottimo».

A questo punto, i nostri capi rientrano solennemente, marciano senza dire una parola verso i rispettivi uffici e si chiudono la porta alle spalle.

Richard è seduto in poltrona, gomiti sulla scrivania e testa tra le mani. Il ticchettio dell'orologio appeso alla parete sembra più lento e rumoroso del solito.

«Com'è andata?» gli chiedo piano, fingendo di non sapere nulla.

«Hanno chiamato uno nuovo» dice, lo sguardo fisso sulla tazza di caffè di fronte a sé. «Uno più esperto in marketing internazionale, stronzate così. Zero esperienza alla Hexagon, ovviamente. Quando arriverà, non conoscerà un cazzo di nulla e di nessuno, ma chi se ne frega!».

«Mi dispiace».

Scrolla le spalle e strappa via la prima pagina del suo bloc notes, piena di appunti che aveva scritto ieri sera, restando in ufficio fino a tardi. Appallottola il foglio e lo lancia dall'altra parte della stanza, mancando il cestino di circa un chilometro.

«Avrai altre opportunità, Rich».

«Ah sì, davvero?». La sua voce gronda sarcasmo. «Allora dimmi quali, perché questa è stata l'unica opportunità di promozione che ho avuto da quando ho iniziato qui dentro, quattro anni fa. A quanto ne so, non vogliono creare altre filiali e Martin non ha certo l'aria di uno che presto si farà da parte. Né che potrebbe provare pietà per me. Perciò, ti prego, illustrami queste altre fantomatiche opportunità».

Cerco di non offendermi per il tono, non ce l'ha con me. Quando sei arrabbiato, è normale sfogarti con la persona che ti è vicina in quel momento.

«Be', se non ce ne sono qui, perché non altrove? Non avrai problemi a trovare un altro posto, con la tua esperienza».

«Sai, per quanto possa sembrare buffo, là fuori non pullula di opportunità lavorative. Nel caso ti fossi persa le ultime notizie, l'economia è piuttosto a terra, al momento. Ecco perché era così importante portare a termine questa fusione: perché una compagnia come la nostra avrebbe potuto non sopravvivere, da sola. Ed è per questo che il tizio nuovo si è messo in contatto con Martin: lavorava per un concorrente che sta tagliando metà del personale. In sostanza, ero io il favorito fino a oggi, ma pare che questo cane sciolto della finanza sia troppo bravo per non approfittarne».

Praticamente sputa fuori le ultime parole e io mi avvicino. Lo abbraccio.

«Che facciamo tu e io?» gli chiedo piano dopo un paio di minuti.

«Tu e io, Holly?». Si volta di scatto, con aggressività. «Ti prego, non penserai davvero che la cosa riguardi te».

«Non me, Richard. Noi». Faccio un passo indietro. «La cosa ci riguarda entrambi. Doveva essere la nostra svolta, dovevamo diventare una vera coppia, finalmente».

«E chi lo dice?».

«Be', perché no? Non possiamo dire a nessuno di noi perché potrebbero considerarlo inappropriato, visto che sei il mio capo. O almeno, così hai sempre detto. Se non fossi più il mio capo, cosa ci impedirebbe di fare ciò che fanno tutte le coppie normali? Tipo andare a cena fuori, o in vacanza. O andare a vivere insieme».

«Che cazzo, Holly. Dài, progetta pure il nostro futuro, accomodati. Io, però, non ricordo di averti promesso niente di tutto questo».

Mi sento come se avessi appena ricevuto un ceffone in faccia. Anzi, uno vero non mi farebbe mai male come queste parole.

«E allora cosa stiamo facendo, Richard? Cosa abbiamo fatto nell'ultimo anno? Che senso ha tutto questo se non porta da nessuna parte?».

«Se devo essere sincero, cara, questo è proprio l'ultimo dei miei pensieri, al momento».

Esco senza dire altro e trovo Melissa che si aggira nei dintorni della mia scrivania.

«Ehi, Holly, non c'è più carta nella stampante».

«È nella scatola lì accanto» borbotto.

«Bene. Devo stampare un rapporto al volo, perciò devo farla funz…».

«Oh, ma che cazzo, mettitela da sola la cazzo di carta nella stampante, Melissa. Non ci vuole una laurea!». Non aspetto di vedere la sua reazione e mi dirigo a grandi passi verso il bagno.

«Tutto bene, Holly?» chiede Jemma. «Non te lo chiedo perché sei impazzita con Melissa, no, quello è stato bellissimo. È perché sei tutta gonfia in faccia e hai gli occhi rossi. Dimmi che hai pianto, altrimenti non mi spiego perché sei così brutta».

«Sto bene» le dico tentando di sorridere.

«Sì? Hai un aspetto ancora peggiore di quando sei venuta a lavorare venerdì, dopo la sbronza. E credimi, eri messa male».

Ho pianto in silenzio fiumi di lacrime chiusa in un gabinetto. Sembra difficile, ma fidatevi, è sorprendentemente facile. Se qualcuno si fosse messo in ascolto dietro la porta, avrebbe pensato solo che avevo il respiro pesante. Mi sono calmata soltanto quando mi sono resa conto che in quello stesso bagno, qualche mese prima, avevo fatto il test di gravidanza. E io che credevo che Richard sarebbe stato felice.

Cos'avevo in testa? Vorrei chiamare Alex, ma è a un corso di aggiornamento fino a stasera. Mi sentirò meglio dopo avergli parlato. Mi aiuterà a vedere le cose da un'altra prospettiva e a capire come affrontare la situazione. Cosa farei senza di lui? Mi fa male pensare che, se tutto questo fosse accaduto qualche mese fa, non avrei avuto nessuno con cui sfogarmi. Mi chiedo se si renda conto di quanto sia importante per me.

Cerco di mettermi nei panni di Richard. Tra la promozione mancata e la lite con me, avrà avuto giorni migliori, e quasi mi aspetto che resti rintanato in ufficio quando, alle 15, Martin raduna tutti per comunicare la grande notizia. Invece, esce e si mette accanto al suo capo, sorridendo affabile alla notizia che Shawn Walker si unirà alla squadra con l'incarico di Direttore delle Operazioni Internazionali e che presto ci saranno altri cambiamenti nello staff. Tutti lo guardano per vedere come reagisce (non è un segreto che fosse il candidato più ovvio per quel ruolo), ma la sua espressione non cambia. Sembra che la novità non gli faccia né caldo né freddo, ma io so che è devastato. Per un attimo, voglio solo abbracciarlo, ma il ricordo della nostra lite mi trattiene.

Alla fine della riunione, tutti tornano al proprio posto, mormorando illazioni su chi, tra i colleghi, potrebbe entrare nella nuova squadra, a chi toccherà andare a New York e se gli iPod là siano più economici o sia sempre meglio comprarli su Amazon.

Melissa dà a Richard una pacca sul braccio in segno di supporto e lui risponde con un cenno del capo. Ah, quindi lei può confortarlo senza ricevere in cambio staffilate rabbiose al retrogusto di sarcasmo? Le lacrime tornano ad affacciarsi, ma le ricaccio indietro, non senza sforzo.

Richard incrocia il mio sguardo mentre mi passa davanti. «Holly, puoi venire un attimo nel mio ufficio, per favore?».

«Certo». Mi trema la voce. Ci siamo. Vuole farla finita

con me. È arrivato alla conclusione che, qualsiasi cosa ci sia tra noi, non vale la pena. Forse mi dà la colpa di tutto. Forse pensa che se avessi trascorso qualche serata in più ad aiutarlo con il lavoro, invece di uscire con Alex, Shawn Walker non lo avrebbe superato proprio sul traguardo.

«Oggi me ne vado alle cinque e mezzo in punto, piccola». Appoggia la nuca alla porta che si è chiuso alle spalle. Ha l'aria distrutta. «Non vedo l'ora di levarmi di qui. Ti va di restare da me, stasera?».

Vede la confusione sul mio viso e aggiunge: «Mi farebbe proprio bene un bell'abbraccio».

«Ma prima...».

«Prima ero arrabbiato. È stato lo shock. Ero sicurissimo che Martin mi volesse portare a pranzo per dirmi che il lavoro era mio. Scusa se ti ho aggredita».

Mi butto tra le sue braccia e lascio che il sollievo mi invada. Respiro il familiare profumo del suo dopobarba Jean Paul Gaultier e aspetto che mi dia alla testa come sempre, che mi faccia dimenticare ogni cosa. Ma stavolta non funziona. Non riesco a cancellare quello che ci siamo detti poco fa. Anche se lo vorrei con tutta me stessa.

Capitolo 28

ALEX

«Solo un'altra cosa, poi abbiamo finito» dice il nuovo preside della Whitford High, osservando il pubblico per assicurarsi di avere l'attenzione di tutti.

Secondo la versione ufficiale, Stretford, il vecchio preside, all'inizio dell'estate ha avuto un arresto cardiaco mentre cambiava il filtro dell'olio della sua utilitaria. Tra i professori, tuttavia, gira voce che sia stato rapito da Cotton, che l'ha sepolto vivo sotto il dischetto del rigore del campo da calcio della scuola, prima di assumere il controllo dell'istituto. L'ha fatta franca perché nessuno ha scritto un'e-mail sull'incidente. Di conseguenza, non è mai accaduto.

«So che non vedete l'ora di andare a rilassarvi prima che inizino lezioni, domattina, perciò sarò breve».

È lunedì pomeriggio e io, insieme a tutto il personale della Whitford High, sono impegnato in un corso di aggiornamento in cui abbiamo cambiato i quadri alle pareti, ci siamo scambiati qualche pettegolezzo e abbiamo ascoltato i professori più esperti mentre ci "ricordavano", anche se non ce l'avevano mai detto, che cosa fare nel caso di una visita dell'ispettorato scolastico.

«Alcuni di voi saranno già a conoscenza...».

Ripenso a giovedì sera, a letto con Melissa.

«Ti amo, Alex Tyler». Quelle parole erano rimaste sospese nell'aria come bolle di sapone, in attesa che qualcuno le facesse scoppiare. Ma ero rimasto in silenzio troppo a lungo, e la finestra temporale che avevo a disposizione per risponderle si era chiusa.

Melissa si era svegliata la mattina dopo e aveva fatto come se non fosse successo nulla. Mi aveva baciato sulla guancia ed era andata al lavoro, e da allora ogni volta che provavo a tornare sull'argomento mi interrompeva parlando di inezie, tipo cosa aveva mangiato a pranzo o quale regalo mi sarebbe piaciuto ricevere per il compleanno.

Sono sicuro che potrei innamorarmi di lei, ma ci conosciamo solo da nove settimane. È come quando ascolti un disco bellissimo: non lo apprezzi mai fino in fondo, la prima volta che lo senti. Va assorbito, riascoltato ancora e ancora, e solo allora il genio che c'è sotto ti appare chiaro. Serve pazienza.

È che proprio non me l'aspettavo. In questo periodo, ho altro per la testa: il mio primo anno completo alla Whitford High, gli orari, le strategie per sfruttare le basi che avevo gettato con gli studenti del primo anno in attesa dell'esame di fine corso.

«...ma Kenny Sonola non rientrerà a scuola nel prossimo futuro».

Alzo gli occhi dal pavimento e li poso su Cotton, che ha un'espressione compiaciuta e indifferente, come se l'avesse previsto da tempo.

«Al momento è ancora poco chiaro quale sia stato il ruolo di Kenny nell'accoltellamento, ma il suo caso finirà in tribunale e, nel frattempo, sarà trattenuto dalle autorità locali».

«È stato coinvolto in una rissa finita a coltellate» riferisco, mentre ancora tento di assimilare la notizia.

«Accidenti!». La voce di Melissa risuona come se stesse gridando in un megafono.

Sposto il cellulare sull'altro orecchio. «Il ragazzino ferito è in terapia intensiva. Non credo sia stato Kenny a tirare fuori il coltello, ma era presente».

Sento sportelli che si aprono e si chiudono. «Kenny è in terapia intensiva?».

«No, il ragazzo accoltellato. Kenny è in custodia cautelare. Ma mi ascolti?».

Kenny stava facendo progressi prima dell'estate, ma adesso... Ripenso alle ore trascorse con lui, cercando di ricordare episodi che potevo aver tralasciato. Avrei dovuto preoccuparmi di più quando l'avevo visto con quei ragazzi più grandi, la volta che era scappato da scuola. Avrei dovuto cercare di dargli consigli, di allontanarlo dalle cattive compagnie, sviarlo dalla brutta strada che stava prendendo. Ma non l'ho fatto, ed ecco il risultato: lui in galera e un coetaneo ferito gravemente. Mi sento in parte responsabile.

Sento un *clic* e la comunicazione si fa più chiara. «Scusa, ho tolto il vivavoce. Sto facendo il ragù».

«Sento di aver fallito con lui».

«Oh, tesoro».

«Pensavo davvero che fosse cambiato».

«Un insegnante può influire solo fino a un certo punto. Quando ripenso ai miei vecchi professori di letteratura... Gli davo il tormento, odiavo letteratura».

Mi torna in mente la sera del quiz, quando ci eravamo conosciuti. «Ma non avevi detto che a scuola adoravi Shakespeare?».

«Oddio!». Melissa sparisce dietro un rumore di padelle. «Sta bruciando tutto, devo lasciarti».

«Mentivi anche sui Radiohead? Detesti anche loro?».

«Che? Senti, Alex, devo riattaccare. Cerca di non essere triste. Ti tirerò su io domani sera».

«Domani sera?».

«Dài, è il compleanno della mia amica Rhian, ricordi? Andiamo a cena fuori».

Merda.

«Me n'ero dimenticato» dico, più a me stesso che a

Melissa. «Ho organizzato per vedermi con Holly. Viene da me».

«Non voglio neanche sentir parlare di Holly Gordon. Oggi è stata veramente maleducata con me. Volevo dirle "Abbassa la cresta, carina, guarda che fai la segretaria". Ma è una tua amica e mi sono trattenuta». Non riesco a evitare un sospiro, ma non sembra aver sentito. «Comunque, dovrai rimandare».

La linea è ancora disturbata. Forse ha rimesso il vivavoce.

«Senti, ho i fornelli che assomigliano sempre di più a un pianeta alieno. Devo riattaccare. Ci vediamo domani sera, va bene?».

Sto per rispondere, ma sparisce.

Holly suona poco prima delle 20. La faccio entrare in soggiorno e accomodare sul divano. Carl è andato a disegnare caricature a una festa a Chelsea, quindi siamo soli.

Inizio a versare il vino. «Allora, come te la passi?».

Uno dei motivi per cui non ho voluto rimandare, stasera, è il tono dei messaggi che mi ha inviato ieri pomeriggio. Sembrava che avesse qualcosa di importante da dire. Adesso, invece, ignora la mia domanda. «Te l'ha mai detto nessuno che hai delle dita sottilissime?».

Mi esamino la mano e fingo di piangere per la tristezza. Holly allunga la sua per confrontarmi.

«Forza» mi esorta. Cerco di non dare peso al contatto, ma evito comunque di guardarla negli occhi.

«Ma scusa, le dita di chiunque sembrerebbero lunghe, se paragonate alle tue» protesto. Mi guarda con le palpebre socchiuse per porre fine alla questione, poi si toglie le scarpe e si rilassa appoggiandosi al bracciolo del divano, le ginocchia al petto.

«Come te la passi, Alex Patrick Tyler?».

Io sono già senza scarpe, mi metto nella stessa posizione dal lato opposto e la aggiorno su Kenny.

«È stato il mio primo, vero test come insegnante, e ho fallito» dico, cercando di non notare che il piede di Holly sta iniziando a scivolare sul divano, verso di me. «E se fallisco quando è importante riuscire, forse non sono tagliato per questo mestiere».

«Con quanti alunni lavora un insegnante nel corso della sua carriera?». Non aspetta la risposta. «Migliaia. Non puoi salvarli tutti, Alex. Saresti uno sciocco a importi questa missione. Hai concesso a Kenny parte del tuo tempo. Come hai detto, stavate facendo progressi. Ma l'hai conosciuto a quanto, tredici, quattordici anni? I ragazzini sono a scuola per, diciamo, sei ore al giorno per quanti giorni l'anno?».

«Centonovantacinque».

Ride per la precisione della mia risposta. «Quindi, sei ore al giorno per centonovantacinque giorni l'anno. Non è poi così tanto, se ci pensi».

Finalmente, il suo piede tocca il mio, ma si ritrae subito.

«E la metà di loro assiste alle lezioni con aria annoiata».

Holly riempie i bicchieri senza chiedermi se voglio bere. «Ti concentri sulla metà sbagliata della classe. Non puoi risolvere tutti i problemi del mondo. So cosa stai per dire, che sei venuto a Londra per fare la differenza. Ma se vuoi il mio parere, riuscire anche solo a metterne tre o quattro sulla retta via è fare la differenza. Non ci riescono in molti».

Fa una pausa, appoggia il bicchiere e si china verso di me. Mi mette una mano sulla spalla e mi guarda negli occhi. «E comunque, tu fai la differenza. E non solo a scuola. Solo averti qui, a Londra...» esita. Le guardo le labbra per un secondo e mi immagino mentre la bacio. «Voglio dire che mi hai aiutata a ricordare com'ero un tempo...».

La frase resta lì, sospesa, e mi chiedo cosa intenda con «un tempo». Mi guarda ancora, e i suoi occhi sono un enigma, ma prima che riesca a risolverlo e mi chieda quando e perché si è dimenticata chi era, all'improvviso lei sembra rendersi conto di chi è, di chi sono io, e mi toglie la mano dalla spalla.

«Sai cos'ho fatto io, oggi?» dice, tornando ad appoggiarsi sullo schienale del divano come se niente fosse. «Ho compilato una richiesta di risarcimento danni di un tipo che si è schiacciato il dito in un cassetto. Sotto la dicitura "Natura della lesione" ho dovuto scrivere "Nessuna lesione"».

Vengo travolto dal senso di colpa per essermi lamentato del mio lavoro, che in fondo è quello che ho sempre voluto. Holly non mi ha mai detto di essere infelice, ma non credo sia cresciuta con il sogno di fare l'assistente personale, no?

«Sono stanco di parlare di me» dico. «Che ti succede? Come sta Richard?».

Sposta lo sguardo sulla TV al plasma. Non è accesa, perciò l'unica cosa che si vede è il nostro riflesso. Dall'aria distante che ha, sembra in un'altra dimensione.

«È successo qualcosa?» chiedo, e le mie parole hanno l'effetto di risvegliarla dal torpore.

Si raccoglie i capelli dietro la nuca, poi li lascia andare. «No, no, è solo che…».

Tengo a freno la lingua e aspetto che continui.

«L'altro giorno ero sull'autobus e ho sentito una ragazza parlare al telefono con il fidanzato. Lo stava insultando perché giocava sempre alla PlayStation. Si capiva che era una discussione che avevano fatto migliaia di volte, eppure ho provato una punta di gelosia. Ero gelosa perché almeno la loro relazione era reale, i loro litigi erano veri litigi».

Fa per riempirsi di nuovo il bicchiere, ma nella bottiglia non c'è abbastanza vino per entrambi, perciò va in cucina e ne apre un'altra. È un giorno lavorativo e sono a pochi sorsi dall'ubriachezza, ma ho passato metà della vita a sognare di trascorrere serate sul divano con lei, perciò allungo il bicchiere e la ringrazio con un sorrisetto.

«All'inizio era eccitante, la segretezza» dice rimettendosi nella posizione di prima. «Ma ora non più. Voglio una relazione normale. Ho l'impressione che tutti vadano avanti con la loro vita, tranne me». Si ispeziona una ciocca di capelli alla ricerca di doppie punte. «Sono le lumache o le chiocciole che possono dormire anche per tre anni?».

Rido. «Non lo so proprio».

«Sto cominciando a sentirmi così, come una lumaca, o una chiocciola. Mi sento egoista e quando gli parlo glielo leggo in faccia: pensa che sia assillante. Ma sono davvero così irragionevole?».

I suoi piedi si stanno avvicinando di nuovo ai miei.

«Non sei irragionevole per niente. È chiaramente un…».

I nostri sguardi si incontrano per un attimo. Trattengo la parola "viscido" perché se la dicessi mi complicherei la vita e non potrei più evitare di parlare di Richard e Melissa. *Sì, il tuo ragazzo è un viscido e non cerca una storia seria. Chiedi a Melissa.*

Decido di tenermi per me le mie opinioni. È la prima volta che Holly mi confida di avere dubbi su Richard e so che probabilmente è solo frustrazione. Se le dicessi quello che penso, di sicuro non si aprirebbe più così tanto con me.

«È un maschio, Hol».

Holly beve un altro sorso abbondante di vino. Ha le guance rosse e capisco che anche lei è alticcia. I suoi piedi toccano i miei, e stavolta non li ritrae. Sento un pizzicore sotto i boxer e cambio posizione per mascherare eventuali reazioni, stando bene attento a non disturbare i suoi piedi.

«Avrei dovuto vedermi con Melissa, stasera».

Holly mi guarda in silenzio. Si è toccata i capelli tutta la sera e ora la sua chioma sembra quella di un tempo: selvaggia. Non è la prima volta, da quando ci siamo rivisti a primavera, che mi viene voglia di abbracciarla, di tenere tra le braccia la mia migliore amica, di stringerla al petto e sentire il suo respiro che mi scalda il collo.

«Le cose vanno piuttosto bene tra noi» dico.

Accenna un sorriso, con scarso successo.

«Continua a dirmi che vuole conoscere mio padre. Sapevi che il suo l'ha abbandonata quando era piccola?».

«Questo spiega diverse cose» risponde rivolta al suo bicchiere.

«È che non so se vogliamo le stesse cose. Pensavo di sì, ma ultimamente…».

Mi fermo. Non voglio parlare di Melissa, non prima di aver capito cosa devo fare. I nostri sguardi si incrociano ancora, ma nessuno dei due stavolta vuole distoglierlo per primo. Fisso gli occhi castani di Holly e mi torna in mente (come ho fatto a dimenticarlo?) l'anello più chiaro che separa la pupilla dall'iride. Non l'ho mai visto in nessun altro.

Vorrei chiederle perché non ha mai risposto al biglietto che le scrissi prima che partisse da Mothston, perché non si è fatta viva per tutto questo tempo, e voglio dirle cosa ho desiderato la sera in cui ho visto la stella cadente/Boeing 737. Ma così non si avvererebbe.

«Non capisco come si faccia a volerti tenere segreta» dico, e mi accorgo che l'atmosfera è cambiata. È più carica, elettrica. «La maggior parte degli uomini lo urlerebbe dai tetti, se avesse la fortuna di avere te che li aspetti a casa la sera».

Non dice nulla. Sostiene ancora il mio sguardo, con il bicchiere poggiato contro il mento, ma non capisco cosa pensi. Poi la facciata va in mille pezzi. Una lacrima le spunta dall'angolo di un occhio e inizia la sua solenne discesa lungo la guancia. Mi avvicino per abbracciarla, per confortarla e chiederle cosa c'è che non va, ma all'ultimo istante lei gira la testa. Il bicchiere di vino, ancora contro il suo mento, è l'unica cosa che divide le nostre labbra.

E poi sta succedendo. Tengo il suo viso tra le mani, come se fosse la cosa più preziosa al mondo. Stringe ancora il bicchiere e cerca di posarlo sul tavolino senza staccare le labbra dalle mie. Non si distrae neanche quando il vetro si frantuma sul pavimento.

Respiriamo l'uno nell'altra, ci esploriamo con le mani, e penso che nessuna ragazza è mai stata in grado di competere con Holly. Nessuna, in undici anni. Penso a tutte le volte in cui ho sognato *questo* e a quel giorno di tanti anni fa in cui ho cercato di farlo accadere.

Il giorno che avrebbe potuto cambiare tutto.

Capitolo 29

ALEX

Marzo 1999

Suono il campanello e faccio un passo indietro, per non spaventare la persona che mi aprirà la porta. Mi metto le mani in tasca, ma subito le tiro fuori. Incrocio le braccia sul petto, alla fine opto per tenerle lungo i fianchi. Nello stomaco inizio a sentire un crampo appena mi chiedo perché nessuno venga ad aprire, anche se sento che la televisione è accesa e in casa c'è chiaramente qualcuno. Incrocio di nuovo le braccia e capisco che non ho idea di cosa dirò, se sarà Holly ad aprirmi, e non i genitori.

Dovrei dirglielo e basta? O c'è bisogno di un prologo, di qualche capitolo, di costruire piano piano il climax, prima che il ritmo narrativo acceleri e le riveli quello che tento di dirle dall'inizio?

Dopo quelli che mi sembrano diversi minuti, ho rimesso le braccia lungo i fianchi e finalmente arriva il signor Gordon.

«Oh, ciao, Alexander. È tanto che non ti vedo. Pensavo fosse Dean».

A Dean Jones ci sono voluti solo cinque mesi per spodestarmi nei pensieri dei Gordon. "E Camber Sands?" vorrei replicare, ma Holly e Dean si sono appena lasciati, perciò che importa?

«Be', qui sei sempre il benvenuto, a prescindere da chi frequenta Holly».

So che l'ha detto in buona fede, ma capisco che è rimasto indietro e non è al corrente delle ultime notizie. Gli sono grato quando mi indica le scale per farmi capire che posso salire. Voglio risolvere questa faccenda una volta per tutte.

Holly è seduta sul letto a leggere una rivista. Indossa gli anfibi e una magliettina bianca, e con la mano sinistra pesca da un pacchetto di patatine. Ciocche di capelli sfuggono alla crocchia disordinata che ha sulla testa e le ricadono morbidamente sul collo e sulle spalle. È bellissima.

«Ehi, Al» dice, allungandomi le patatine.

Scuoto la testa. Non sono certo che il mio stomaco possa reggere qualcosa di solido, ora come ora.

«Volevi parlarmi di te e Dean» le dico, evitando in punta di piedi il casino che c'è sul pavimento per andare a sedermi accanto a lei sul letto. Già so cosa deve dirmi.

Respiro gli odori della camera – lacca, profumo, lenzuola pulite – e penso a domani. A come mi sentirò quando mi sveglierò al mattino. Come sarà diversa la mia vita. Prima di Holly. Dopo Holly. Capisco che non ho bisogno di dire nulla. Sono sul suo letto, lei è qui con me, abbastanza vicina da poterla prendere tra le braccia e baciare, sotto la luce della sua lampada lava. Alcuni credono che ci sia veramente la lava, dentro, ma in realtà è un misto di cera e tetracloruro di carbonio liquido.

«Be'...». Si ferma subito, scende dal letto e va a chiudere la porta della stanza. Sono quasi certo che veda il mio cuore battere attraverso la maglietta. Mi concentro sulle sue labbra, non ascolto quello che dice, mi preparo solo a quello che sto per fare.

«Pensavo, che, sai...». Indica con un cenno le coperte del letto, ma non afferro subito che cosa intende dire. Esamino i due corpi di cera e tetracloruro di carbonio a forma di 8 che danzano nella lampada. A volte somigliano a due esseri umani che cercano di abbracciarsi, ma non si toccano mai. Le leggi del calore e della densità non glielo permettono.

«Sento che per noi è arrivato il momento di passare al livello successivo. Mi sembra giusto, no?».

Ancora non sono sicuro di aver compreso, ma poi noto che è arrossita e che si è voltata un po', leggermente imbarazzata. In quel momento, capisco. Capisco che mi sta confessando che andrà a letto con Dean Jones, capisco che sono *io* quella bolla di lava finta. Ogni volta che mi avvicino per dire a Holly cosa provo, qualcosa mi trattiene.

Devo concentrarmi con tutte le mie forze per non deglutire, perché altrimenti il mio pomo d'Adamo spiattellerebbe tutto. Perché sei venuto qui, stupido? Tengo lo sguardo fisso sulla lampada e almeno sono contento di non averle confessato nulla, di non aver provato a baciarla.

«Stai bene, Alex?».

Una parte di me vorrebbe andarsene di qui, lontano dalle parole che ho appena sentito, ma se me ne vado adesso, potrei creare un imbarazzo tra noi. E, se non altro, non può andare a letto con Dean Jones finché io sono qui.

Parlo senza riflettere. «Ma Kev ha detto che tu e Dean avete…».

«Uno dei suoi amici, davanti a tutti, ha cominciato a dire cazzate sulle mie tette. Secondo te Dean l'ha zittito, dicendo a tutti di smetterla di ridere e di considerare le donne come oggetti, soprattutto la sua ragazza? Ovviamente no. Ha riso anche lui. Mi sono sentita proprio…».

Cerco di pensare ad altro, consapevole della mia stupidità. «È venuto da me a scusarsi. È un tenerone, in fin dei conti. Credo che…».

Mi distraggo alzandomi dal letto e ispezionando la cartina appesa al muro, con le puntine piazzate su varie parti del mondo.

«Non ce lo vedo proprio Dean con uno zaino sulle spalle a fare il Cammino Inca» la interrompo, cercando di non far trasparire dal tono di voce quello che provo. Mi sa che non ci sono riuscito.

Quando mi volto verso di lei, Holly si stringe le ginocchia al petto.

«Che c'è?» dico, notando che mi sta guardando strano. È uno sguardo che non ho mai visto prima, come se non mi considerasse una persona, ma solo un oggetto, una foto appesa alla parete. Sta per dire qualcosa, ma cambia idea.

Poi, alla fine, mi spiega: «Non so se Dean e io staremo insieme per sempre. Non voglio perdermi la vita universitaria per un ragazzo». I suoi occhi cercano per un secondo i miei, sperando di trovare sostegno al suo principio. Glielo offro con un mezzo sorriso. «Vorrei farlo la prima volta con una persona speciale e... Oh, non lo so».

Sono sollevato quando si alza e propone di andare a fare una passeggiata. Prende le chiavi e il cappotto e mi fa strada per le scale. Non ho idea di dove stiamo andando e non voglio saperlo. Se glielo chiedessi, stabilirebbe un percorso, e i percorsi hanno sempre una fine. Così, invece, magari perdiamo la cognizione del tempo e siamo costretti a passare la notte insieme.

Mentre superiamo una fila di terrazzi ricoperti di edera, il vento si alza e le solleva ciocche di capelli. Si chiude la cerniera del cappotto e ridacchia.

«Cosa?» chiedo, ancora a disagio.

«Sai di chi è quella casa, vero?».

Holly indica con il mento un cottage dall'altra parte della strada. È la casa più grande della via ma, a differenza delle altre, non ha il giardino. Appartiene al preside, Henderson.

«E allora?».

«Ti ricordi di quando bussavamo e scappavamo?».

Sta già attraversando.

«C'è ancora luce, ci vedranno».

«Alex, non potremo fare casino a Mothston ancora per molto, quindi sfruttiamo ogni occasione».

Non capisco bene cos'abbia in mente, ma non ho tempo

di rifletterci, perché Holly è già a meno di due metri dalla porta. Si ferma e mi guarda un attimo.

Faccio un passo verso di lei. Immagino che mi stia aspettando per bussare, ma all'improvviso la vedo colpire diverse volte con il pugno la porta verniciata di nero e, prima che possa reagire, sta già scappando con un braccio teso all'indietro, come se dovesse ricevere il testimone in una staffetta. Io non ho testimoni da darle, perciò l'unica spiegazione per quel gesto è che mi stia invitando a tenerle la mano mentre corriamo via, via da Dean Jones e da tutte le parole che ci siamo detti nell'ultima ora. Inizio a correre, inseguendo la sua lunga ombra e afferrandole la mano morbida. Mi tengo un passo dietro di lei perché non mi lasci andare. Alla fine, all'altezza dei cancelli di Weelsby Park, rallenta, mi lascia la mano, si butta sull'erba umida e viene sopraffatta dalle risate. Quando si ricompone, il mio sguardo è già lì, pronto a incontrare il suo, e passano almeno tre o quattro secondi prima che il contatto si interrompa e Holly ricominci a camminare. Sa che la seguirò senza bisogno di chiedermelo.

«Ma non avevi detto che avevano litigato a morte?».

Kev sta sbirciando fuori dalla finestra della mia camera, dandomi le spalle. Sono seduto sul letto. Poi risponde: «Stai parafrasando».

«Hai detto che li hanno visti tutti». Abbasso la voce quando sento papà passare davanti alla porta per andare in bagno.

«Okay, ho esagerato un po'. Ammazzami! Chi se ne frega, scusa?».

«A me frega, perché...».

Non posso dirgli che per poco non faccio una figuraccia con Holly.

«Sta succedendo qualcosa» dice, e si volta verso di me grattandosi il mento come Sherlock Holmes. «Oggi non eri a lezione e...».

«Chi cazzo sei, mio padre?».

«E ti comporti in modo strano. Più del solito. C'è chiaramente di mezzo Holly».

Trattengo il respiro, poi espiro rumorosamente. Non so cosa rispondergli. Non è colpa sua, davvero. So bene che il 90% delle cose che dice sono stronzate. È solo che quando Holly mi ha chiesto di andare da lei per parlare di Dean, ho fatto due più due e…

«Il tuo errore, con Holly, è che fai di tutto per non piacerle. Sei come un cagnolino da passeggio, lei fa un fischio e tu accorri, sempre pronto a compiacerla, sempre obbediente. Voglio darti due consigli, giovane Tyler».

Vorrei dirgli di stare zitto, ma dove mi hanno portato tutti questi anni in cui ho fatto di testa mia?

«Intanto, finiscila di chiamarla "Hol". Prova con "piccola" o con "cara"».

Kev sogghigna, in attesa che riconosca il suo genio.

Lo guardo con aria stanca. «Credevo che volessi darmi due consigli…».

«Ehi, che modi sono? Sto cercando di aiutarti».

«Continua, allora, ti prego».

«Okay, apri bene le orecchie». Mi offre una gomma da masticare. Declino scuotendo la testa. «Il secondo è di voltare pagina. Trovati qualcun'altra. L'assenza accentua il desiderio, no? Perciò, assentati!».

Lo fisso senza espressione.

Riassume: «Ecco il piano: perché non chiedi a Jane Ferrington di uscire? Sai che le piaci, e potrebbe portare Holly a riflettere un po'».

Jane Ferrington è la vicina di casa di Kev e frequenta anche lei la Mothston Grammar. È un anno più piccola di noi.

«Non so se le piaccio» dico ridendo.

«Alex, ogni volta che vieni a casa mia finge di lavare i piatti solo per guardarti dalla finestra della cucina».

«Oppure sporca un sacco di posate».

«Fallo e basta, Alex. La prossima volta che Holly ti telefona alle due del mattino, non rispondere. E quando ti chiederà perché, dille che stavi manovrando il tuo pungolo magico nella caverna del piacere di Jane Ferrington. Così si accorgerà dell'errore che ha fatto».

«"Caverna del piacere"? È la cosa più ridicola che abbia sentito».

«Allora fai di testa tua. Resta seduto a casa con un calzino sull'uccello, ma poi non dire che non ti avevo avvertito».

A queste parole, Kev si alza e tossisce un po' di catarro, che inghiotte immediatamente.

«E un'altra cosa. Smettila di vestirti come John Lennon, maledizione».

«Scusa?».

«Il velluto a coste, Alex. I pantaloni di velluto a coste sono fuori moda dal 1960!».

Kev fa per andarsene, poi però torna indietro camminando a ritroso per condividere con me un ultimo pensiero.

«E probabilmente, l'hanno assassinato anche per questo».

Capitolo 30

HOLLY

Settembre 2010

Alex mi fa scivolare la mano lungo la schiena e ho un brivido. Siamo distesi uno accanto all'altra, sul divano, la nostra isola in un mare di vestiti, bicchieri rotti e vino rosso.

Mi toglie i capelli da una spalla e strofina il naso contro il mio collo, e io gemo quando…

«Ehi, chiappona, mi ascolti?» esclama Jemma, risvegliandomi dal mio sogno a occhi aperti.

Che sto facendo?

Ogni volta che ripenso a quello che è successo ieri sera a casa di Alex, con la fantasia mi spingo sempre un po' più in là. E invece, ho fatto uno sforzo di volontà e mi sono liberata dal suo abbraccio dopo circa sei secondi e mezzo, ho borbottato qualche parola di scusa e sono corsa via. Ma nella mia mente quella scena è diventata una via di mezzo tra le limonate adolescenziali di *Dawson's Creek* e le scene più spinte di *Sex and the City*. Se non sto attenta, presto immaginerò di imitare con Alex *Basic Instinct*, e sarebbe alquanto imbarazzante. Per tutti.

«Scusa, Jem, che hai detto?».

«Secondo te se due amici di vecchia data si ubriacano e si baciano significa che segretamente si piacciono?».

Cosa?!

«Perché me lo chiedi?» balbetto. Deve sapere qualcosa. Ma com'è possibile? Solo Alex e io sappiamo, e lui non va certo a confidarsi con Jemma. Ma perché mi ha fatto questa domanda?

«Cavolo, rilassati. Sto solo facendo conversazione».

Smetti di essere paranoica, Holly. Jemma adora fare ipotesi assurde, è solo una coincidenza. Anche se incredibile.

La mia amica torna a dedicarsi a quello che stava facendo – twittare, mi sembra – e io cerco di pensare con lucidità alla storia di Alex.

Forse, nella mia testa, l'ho ingigantita. Cioè, è facile ammantare tutto di romanticismo e confondere il desiderio che ho per lui con qualcosa di più. Ma se analizzo la situazione da un punto di vista esterno, imparziale, c'è senz'altro una spiegazione. Richard e io abbiamo qualche problema. Lui lavora come un mulo ed è deluso per la mancata promozione, perciò è stressato e io mi sento trascurata.

Di conseguenza, non facciamo sesso da un po'. Prima era un continuo. Non è grave, ogni relazione ha qualche parentesi di astinenza, ma se non lo facciamo e neanche usciamo insieme, che cavolo ci resta, esattamente?

È per questo che sono confusa. È per questo che devo parlare con Richard e fargli capire che la situazione è andata troppo oltre. È arrivato il momento di comportarsi da coppia normale, per risolvere i nostri problemi come... Be', come una coppia normale.

E comunque, Melissa fa ancora parte dell'equazione, quindi anche se volessi scaricare Richard e buttarmi tra le braccia di Alex – e non voglio – non potrei.

Per me sarebbe più facile incolpare Alex. Ieri notte, a letto, tentavo di prendermela con lui. Avevo bevuto! Sa che ho un fidanzato e mi ha baciata lo stesso! Ma poi mi sono ricordata che anche lui aveva bevuto esattamente come me, e anch'io so che ha una fidanzata, e l'ho baciato lo stesso. A quel punto, ho iniziato a vagare con la mente ed è stato difficile rimanere arrabbiata con lui per ciò che (in teoria) mi aveva fatto, quando mi ha slacciato un reggiseno immaginario. Le sue dita affusolate sulla mia pelle, che mi accarezzano le braccia e… RICHARD. Devo parlare con Richard.

La porta del suo ufficio è spalancata e lo vedo che legge qualcosa al computer. Mi appoggio allo stipite e mi prendo un attimo per osservarlo (accidenti quanto è bello) prima di bussare. Lui alza lo sguardo e mi sorride.

«Ciao, tu» mi saluta. Ha l'aria stanca.

«Ehi». Mi chiudo la porta alle spalle e mi siedo davanti a lui.

«Dunque, pensavo…». E gli dico cosa penso. Non TUTTO TUTTO, ovviamente, solo le parti che riguardano noi. Gli dico che voglio tenergli la mano in pubblico, andare a cena al ristorante senza che si preoccupi di incontrare conoscenti e che voglio chiamarlo "il mio fidanzato". Mentre parlo rimane inespressivo, perciò continuo. Quando ho finito, annuisce lentamente.

«Okay» dice facendo spallucce.

«Okay?» ripeto incredula. Ha detto sì?

«Lo voglio anch'io». E sorride.

Oh. Mio. Dio. È un evento epico! Sta davvero dicendo che lo diremo a tutti!

«Non sto dicendo che lo diremo a tutti». Ah. «Ma forse potremmo andarcene via insieme». Eh? «Dovremmo prenderci una vacanza. Dimenticarci di questo posto per un paio di settimane».

La delusione mi uccide, poi però valuto le sue parole. Possiamo andarcene via insieme. Non è esattamente quello che volevo, ma è un inizio. Ci alleneremo a tenerci la mano e a baciarci in pubblico e, quando ci saremo abituati, farlo anche a casa ci verrà naturale. E non vado in vacanza da secoli… sarà FANTASTICO.

«Facciamolo» dico ridendo e tamburellando le mani sul bordo della scrivania. «Dove possiamo andare? Che ne dici del Sudamerica? Potremmo vedere tre paesi in due settimane, anche senza correre troppo. Brasile, Argentina e Perú possono andare?».

Assume un'espressione strana e piega la testa, rivolgendomi uno sguardo che interpreto come un "no".

«Che ne dici dell'India, allora? Dovremmo scegliere se visitare il Nord o il Sud, perché in due settimane vederla tutta è dura».

Sembra che non gli interessi minimamente.

«Thailandia?» azzardo. Dài, Richard, dammi un segnale.

«Buona idea». Annuisce entusiasta.

«Sì? Benissimo. Possiamo vedercela tutta, c'è un treno che va da Bangkok a Chiang Mai, ma forse è meglio prendere qualche volo interno per non sprecare una giornata in viaggio. Dovremmo visitare anche un paio di isole. Ooh, aspetta, la seconda settimana potremmo dedicarla a Vietnam e Cambogia, e magari anche al Laos se ci riusciamo...».

«Non possiamo restare in un posto solo? Sono distrutto, piccola. Voglio solo passare un paio di settimane a rilassarmi in piscina senza pensare a niente. Prenotiamo un albergo, dài».

«Oh, okay». Due settimane distesi sul bordo di una piscina? Quando là fuori c'è così tanto da vedere? Che palle.

«Troveremo un posto carino, vedrai» dice, come se fosse questa la mia preoccupazione. «Cinque stelle. Tu scegli e io pago».

Cerco di scacciare le vibrazioni negative e decido di non essere ingrata. Ho di fronte un uomo meraviglioso che mi chiede di trovare il migliore albergo a cinque stelle della Thailandia, che pagherà lui, e io me ne sto qui con il broncio perché non mangerò alle bancarelle del mercatino locale.

«Va bene!» esclamo con entusiasmo forzato mentre mi avvio verso la porta. «Inizio a cercare».

«Holly?» mi richiama.

«Sì?» gli dico sorridendo, anche se sta già sfogliando una rivista senza guardarmi.

«Trova un bell'*all-inclusive*, okay? Così non dovremo neanche mettere il naso fuori».

«Che c'è, caro?». Senza farmi notare, riduco la finestra *sixthsenseresort.com/phuket* e riapro il file *Fatture/settembre* appena mi accorgo che Danny si sta avvicinando alle mie spalle.

«Niente di che» risponde sospirando e sedendosi sul bordo della scrivania.

Inizia a sfogliare il catalogo della cancelleria, cercando di sembrare disinvolto.

«Ragazzo mio,» gli dico, strappandogli di mano il catalogo «si vede lontano un miglio che sei alla ricerca di consigli d'amore, perciò sputa il rospo».

«No, affatto» ride. «Be', a dire il vero mi servirebbe più un'opinione. E non per me, per un mio amico!».

«Okaaay» rispondo lentamente, mentre lui fa un profondo respiro e trova il coraggio di parlare.

«Credi che le relazioni tra colleghi siano una buona idea o pensi che siano destinate al fallimento?».

Oh, ma porca miseria!

«Dove vuoi arrivare, Danny?» gli chiedo, più brusca di quanto vorrei.

«Da nessuna parte, tranquilla». Scrolla le spalle, immusonito, e mentre Jemma torna con due bicchieri di tè, lui praticamente fugge via, a testa bassa.

Perché oggi mi fanno tutti domande strane? Poi, però, ho l'illuminazione…

«Oddio, è successo qualcosa tra te e Danny!» grido. Jem per poco non mi rovescia tutto il tè addosso.

«Shhhh, che cazzo, Holly. Forse Helen su al quinto piano non ti ha sentita».

«Non c'è problema, la aggiornerò dopo con una circolare. Ora dimmi cos'è successo».

Jemma mi spiega, in modo stranamente pudico, che lei e Danny sono rimasti da soli al quiz, mercoledì, e che, dopo diverse pinte di sidro, si sono imboscati nell'androne di un palazzo vicino alla fermata della metro di Bank.

«Oh, siete innamorati...» dico sorridendo e mettendomi una mano sul cuore.

«Proprio per niente. Figurati».

«Okay». Scrollo le spalle e torno al computer.

«Dài, un sacco di colleghi ci danno dentro quando sono ubriachi. Questo non significa che si sposeranno».

«È vero» borbotto senza guardarla.

«Ed è successo con me per pura coincidenza. Avrebbe potuto esserci chiunque al mio posto».

«Va bene, ti ho sentita».

«Perché ne stiamo ancora parlando? Perché sei ossessionata dalla mia vita amorosa? Mi sa che hai bisogno di farti una bella scopata».

Quanto è vero...

«Non parliamone più, okay?».

«Certo» rispondo con nonchalance, sorseggiando il tè e guardandola con la coda dell'occhio. È la prima volta da quando la conosco che la vedo arrossire.

Continuo la ricerca per la Thailandia, provando a non ridere ogni volta che vedo Jemma e Danny scambiarsi occhiate furtive e distogliere in fretta lo sguardo, temendo di essere beccati. Dopo aver inviato a Richard i link di alcuni alberghi, mi informo su cosa c'è da fare in Thailandia. Se non vuole uscire dall'albergo, non vorrà neanche farsi un'escursione a dorso di elefante. Peccato. Posso farla da sola? Magari si incazzerà un po', se lo lascio a bordo piscina da solo. E poi vanificherebbe lo scopo della vacanza, ossia abituarci a fare la coppia vera.

Mi squilla il telefono.

«Ufficio di Richard Croft?» rispondo distrattamente.

«Diecimila sterline».

«Come? Mamma, sei tu?».

«No, sono il banco».

«Eh?».

«*Affari tuoi*, dài».

«Non so di cosa stia parlando, mamma. Non guardo la televisione».

«Neanch'io».

«Sì, come no».

«La guardo pochissimo in questi giorni, signorina bella. Ho troppo da fare, e lo sapresti se venissi a trovarci a York».

Ci siamo.

«Lo farò, mamma» prometto. «Al momento sto prenotando una vacanza insieme a, ehm, un amico di lavoro, e appena avrò le date definitive mi prenderò un fine settimana per venirvi a trovare».

«Dovresti proprio, York è un bel posto. Siamo stati in alcuni ristorantini molto carini dove ci piacerebbe portarti, e ci siamo uniti a una squadra di bowling. Io faccio schifo, ma tuo padre non è male. Ah, quando vieni possiamo anche andare a prendere il tè da Betty, solo tu e io. Sarà divertente. Non ti biasimo per non essere mai venuta a Mothston, davvero. Quel posto era una palla. Ma qui ti piacerà».

«Mamma!» rido quasi scioccata.

«Be', è vero. Non so perché siamo rimasti così a lungo. A parte il fatto che tuo padre lo adorava».

«Le relazioni sono fatte di compromessi, immagino» dico sospirando. Lo sguardo mi cade sullo schermo, dove COSA FARE IN THAILANDIA campeggia ancora sulla barra di ricerca di Google.

«Esatto. Ma sai una cosa, Holly?». Il tono di mia madre si è fatto stranamente serio. «I compromessi vanno fatti da entrambe le parti. Avrei dovuto impuntarmi molto tempo fa e convincerlo a lasciare Mothston».

«Ma sei stata felice, no?».

Rimane in silenzio troppo a lungo per i miei gusti.

«Mamma?».

«Sì, certo che sono stata felice con tuo padre. Non avrei

voluto essere da nessun'altra parte senza di lui. Ma non posso fare finta di non rimpiangere tutti gli anni sprecati in un buco che non ho mai considerato davvero casa mia. Specialmente dopo la morte di Julie. È un uomo cocciuto, tuo padre. Non mette mai gli altri prima di se stesso». Parla di nuovo con il suo tipico tono scanzonato, ma so che non sta scherzando quando aggiunge: «Ho praticamente dovuto minacciarlo di andare a York da sola, per convincerlo a trasferirci».

Restiamo in silenzio per un attimo. Non so cosa dire.

«Un buon tè mi sembra perfetto, mamma» concordo alla fine. Inspiegabilmente, mi viene un nodo in gola.

«Bene. Ora ti lascio. Stasera ho una riunione con il Women's Institute».

«Ti sei unita al Women's Institute? Ma dài, mamma! Non è che alla fine ti vedrò su uno di quei calendari senza veli, vero?».

«Impossibile» ridacchia. «Nessuno vuole vedere questa creatura senza vestiti. Tranne tuo padre, forse».

«Bene. Grazie, mamma. Devo andare a vomitare, scusa».

«Okay cara, a presto».

Riaggancio lentamente, mentre mi assale una sensazione di pesantezza. Ora capisco: mamma ha ragione, papà tende a pensare a se stesso prima che agli altri. Perché non l'ho mai notato prima? Ma la cosa più preoccupante è che Richard è uguale, solo dieci volte peggio.

Mai una volta che abbia pensato prima a me. Tutto gira intorno alla sua carriera, alla sua vacanza, al suo bisogno di avere una relazione segreta... Mai una volta che abbia fatto qualcosa che non volesse fare. A parte presentarsi al matrimonio di Chloe due ore prima che finisse. Sai che sforzo. Se fosse stato il matrimonio di un suo amico, io sarei stata presente dall'inizio alla fine. Per quale motivo mi sono illusa che fosse un gesto cavalleresco?

Ecco perché amo Alex. È l'unico che mi ha sempre messa prima di tutto il resto.

Oddio, amo Alex. Senza neanche accorgermene, me ne sono innamorata di nuovo.

Ha organizzato tutta la sua settimana apposta per dare da mangiare ad Harold; ogni volta che vado da lui armeggia alla radio e mette le stazioni di musica anni Ottanta apposta per me; SI È VESTITO COME QUEL CAZZONE DI JASON DONOVAN E HA CANTATO DAVANTI A TUTTI I COMPAGNI DI CLASSE, porca troia. Nessun uomo mi ha mai messa su un piedistallo come lui. Né Richard, né Max, né tantomeno Dean. Neppure mio padre.

Se Alex fosse stato al posto di Richard e avesse capito che per me era importante, avrebbe detto di noi a tutti, subito. E se gli altri avessero pensato male? "Affari loro" avrebbe detto.

Richard farà mai una cosa simile?

Stavolta non mi fermo sulla soglia, ma entro nel suo ufficio e mi siedo.

«Diremo mai a tutti di noi due?» chiedo.

«Certo». Richard alza gli occhi dalla rivista, sbattendo le palpebre per la sorpresa.

«Quando?».

«Quando sarà il momento giusto».

«E quando sarebbe?».

«Non lo so, Holly». Poi sospira, chiudendo la rivista e gettandola sulla scrivania. Sembra esasperato. Non mi interessa.

«Quindi mai, giusto?».

Si appoggia allo schienale della sedia e si passa una mano tra i capelli.

«Piccola, si creerebbero troppi problemi se la gente sapesse cosa c'è tra noi mentre sono ancora il tuo capo. Non ne varrebbe la pena».

Ahia!

«Licenziati, allora».

«Non posso licenziarmi» risponde ridendo. Il suo sguardo si addolcisce. «Ma tu sì, giusto? Sei solo una segretaria, in fondo. Non sarà così difficile trovare un altro lavoro. Io un'altra assistente la troverei in un baleno».

Queste parole mi feriscono. È così che mi considera, allora. Non il suo braccio destro, né il vento che gonfia le sue vele, o altre immagini poetiche del cazzo che finora, stupida io, ho pensato descrivessero bene la nostra collaborazione. Per lui sono soltanto una scribacchina.

«Bene, me ne vado io» sussurro dopo un po'.

«Non devi farlo per forza». Richard alza gli occhi al cielo e sorride con aria esasperata.

«Sì, invece. Me ne vado» ripeto, stavolta a voce più alta. «Mollo tutto».

«Che vuoi dire?». Ha l'aria confusa e mi segue mentre salto su dalla sedia e marcio fuori dal suo ufficio.

«Non voglio più lavorare per te» chiarisco, raggiungendo la scrivania e afferrando la mia borsa Mulberry. «O *sotto* di te...». Questa non so da dove mi è uscita. «Né *sopra* di te». Che diavolo sto dicendo?

A quanto pare, le mie parole hanno più senso di quanto credessi, perché l'ultima cosa che sento prima di chiudermi alle spalle la pesante porta di quercia è Danny che esclama: «Holly e Richard l'hanno fatto?!» e Melissa che rincara, con tono inespressivo: «Oh. Mio. Dio».

Bene. E ora che cazzo faccio?

Capitolo 31

ALEX

«Lo sapevi?».

Non è la prima volta che Melissa mi pungola con queste due paroline.

«Sapevo cosa?».

«Di Holly e Richard».

Chi gliel'ha detto? Mi sento come il presentatore di un quiz televisivo che tempesta di domande un concorrente immaginario. Richard ha finalmente accettato di rendere pubblica la relazione? Holly ha confessato? Ha sfruttato il nostro bacio per costringerlo a sottomettersi? Forza, il tempo sta per scadere, dia la risposta.

Mi riempio i polmoni d'aria ed esalo un lungo respiro, gettando la borsa sul divano e tenendo il telefono tra spalla e orecchio, mentre mi sfilo la giacca da un braccio. Poi cambio spalla e libero l'altro braccio.

«È la mia migliore amica. Le ho fatto una promessa».

«Sì, Alex, e io sono la tua fidanzata. Dovremmo dirci tutto».

Butto il telecomando sul divano e mi sistemo nel punto in cui Holly e io ci siamo baciati per la prima volta.

«Come l'hai scoperto?».

«Mi sono sentita un'idiota. Ho dovuto far finta di non essere scioccata, visto che ovviamente dovevo sapere di Richard e Holly, il mio fidanzato doveva avermelo detto».

«Di che accidenti stai parlando? Che è successo?».

«Oh, non lo sai?» Melissa tace, lasciando che la sua finta

sorpresa si depositi tra noi. «Pensavo che fosse la tua migliore amica».

Cerco di nascondere l'impazienza. «Mi dici che cosa è successo?».

«Holly ha fatto una scenata a Richard in ufficio, proprio ora, gli ha urlato che è finita. Davanti a tutti».

Descrive la scena, con un'orchestra di emozioni diverse nella voce. Agli archi abbiamo lo shock. Alle percussioni, la soddisfazione. La delusione ai fiati, senza dimenticare il direttore d'orchestra: l'indignazione.

Rifletto, cercando di fare mente locale.

È successo per me. Ha scaricato Richard per stare con me. Finalmente ha capito che siamo fatti l'uno per l'altra. Il tocco della sua mano sulla mia, la sera al parco, il bacio: tutto un preludio a questo. Mi sento come una lattina di limonata caduta dal ripiano del frigo: pronto a esplodere.

«Come hai potuto mentirmi per tutto questo tempo?».

«Non ti ho mentito, solo...».

«Non mi hai detto la verità. È la stessa cosa, Alex. Tu dovresti essere leale con me, non con lei. Se non avessi appena scoperto che sta con Richard, penserei quasi che ci sia qualcosa tra voi due».

Sbuffo, ironico, per convincere lei e me stesso. «Non essere ridicola».

«Sì, sarebbe ridicolo, infatti. Si è proprio lasciata andare, ultimamente».

Allontano il telefono dall'orecchio, me lo appoggio sulla coscia e chiudo gli occhi. Dopo qualche secondo, torno ad ascoltare. Melissa sta ancora parlando.

«...volte penso che la tua amicizia con lei sia più importante di quello che abbiamo, e non posso continuare così, Alex. Nessuna ragazza dovrebbe arrivare a pensare una cosa simile».

«Mi dispiace» dico debolmente. «Mi dispiace che ti senta così».

«Dimmi solo che mi sbaglio. Dimmi che per te conto più io di Holly».

Ora è Melissa la conduttrice del quiz, e io lo studentello asino di fronte a un professore di Oxford. Avrei dovuto prevedere che me lo avrebbe chiesto, e adesso tra noi è calato un silenzio tombale, che mai avrei creduto di poter udire qui a Londra.

«Chiunque penserebbe che sei innamorato di lei».

Non mi viene in mente la cosa giusta da dire e all'altro capo del telefono tutto tace.

«Cazzo, Alex, non puoi essere onesto con me? Solo per un attimo. Voglio sapere se all'uomo con cui dovrei condividere la vita piace una sciacquetta che lavora con me. Perciò, se non è troppo disturbo, gradirei che tu mi rispondessi: quello che c'è tra te e Holly, qualsiasi cosa sia, per te è più importante di quello che c'è tra noi?».

Mi sento sul ciglio di un precipizio e sto decidendo se saltare o tornare indietro. Non faccio nulla. Me ne sto fermo, percosso dalle raffiche di vento, e alla fine cado senza neanche saltare.

«Sei un vigliacco di merda, Alex. Un vigliacco di merda. Io non sono una seconda scelta per nessuno, capito? E di certo non vengo dopo una zoccola di segretaria che cerca di fare carriera a suon di pompini!».

Mi riattacca in faccia. Mi alzo dal divano, lascio cadere il telefono sul cuscino dove ero seduto fino a un attimo fa e il senso di colpa per aver ferito Melissa è mitigato dal sollievo. Il sollievo di sapere che la nostra relazione è finita.

Capitolo 32

HOLLY

Posso girare il mondo. Mi trastullo con quest'idea mentre mi metto il cardigan. Realizzo che ho le spalle leggermente scottate. La giornata è soleggiata ma ventosa al Blackheath Common, e attorno a me ci sono decine di persone con gli aquiloni. Mi torna in mente il finale di *Mary Poppins*, quando il signor Banks lascia il lavoro e trascorre un po' di tempo con la famiglia, cantando *Let's Go Fly a Kite*. Il parallelismo mi fa ridere forte, poi però mi ricordo che non ho nessuno con cui far volare il mio aquilone e che forse sono stata precipitosa a licenziarmi. Sento che le lacrime mi bagnano il viso anche se sto ancora ridendo e sono felice che nessuno mi veda, perché potrei spaventarlo a morte.

Se qui per me non c'è più nulla, viaggiare assume tutta un'altra prospettiva. Ho abbastanza denaro da parte. Un buono stipendio, combinato a una relazione per nulla avventurosa con un uomo frivolo, se non altro ha giovato al portafoglio. Erano tutti risparmi che avevo destinato alla casa dei sogni da condividere con Richard, ma penserò a un piano B mentre sarò impegnata a cercare me stessa nel cuore dell'Australia. Una vecchia compagna di università, Jess, è partita da poco. A giudicare dalle e-mail che mi manda, sembra che stia cercando se stessa nel letto di un sacco di australiani. Potremmo darci appuntamento da qualche parte.

C'è solo un piccolo dettaglio a complicare la situazione.

Non voglio lasciare Alex.

Solo perché lo amo, non significa che possa averlo. È fidanzato e non posso andarmene in giro a fare il terzo incomodo tra lui e Melissa. Ma se tiene davvero a lei, allora perché mi ha baciata?

Per un attimo, mi perdo nel ricordo delle sue labbra sulle mie, poi però mi costringo a tornare al presente e mi alzo, spazzando via l'erba dal vestito. Ho un piano. Intanto devo andare a casa e dare da mangiare ad Harold. Poi devo mettermi il doposole sulle spalle. Dopodiché, scoprirò come stanno le cose tra me e Alex.

«Viaggiare?» dice alzando lo sguardo. La sua espressione è insondabile. Siamo seduti ai due lati opposti del divano e beviamo tè. Non ha detto nulla quando gli ho raccontato di Richard e del lavoro, ma dai cenni del capo e dagli occhi che sgranava ogni tanto ho capito che ha ascoltato ogni sillaba.

Ho buttato lì l'idea dei viaggi.

«Sì» rispondo scrollando le spalle, senza smettere di guardarlo. «Cioè, qui ormai non c'è più nulla che mi trattenga… O sì?».

Dillo, Alex. Dì che c'è qualcosa per cui devo restare.

Silenzio.

Non ero pronta a questo. Mentre venivo qui fantasticavo sulla migliore delle ipotesi: lui mi avrebbe chiesto di non partire e mi avrebbe presa tra le braccia, io gli avrei avvolto le gambe intorno alla vita e mi avrebbe portata a letto, dove avremmo fatto l'amore in modo selvaggio e appassionato. La mattina dopo, mi sarei alzata e sarei andata a fare il tè con indosso solo la maglia del suo pigiama. Lui mi avrebbe raggiunta, mi avrebbe abbracciata da dietro e in pochi istanti ci saremmo ritrovati a fare sesso sul ripiano della cucina. E a lui non sarebbe importato dell'igiene, perché mi avrebbe desiderata con tutto se stesso.

Ero arrivata a questo punto delle mie fantasie quando

avevo suonato il campanello. Il cuore mi batteva a mille dalla trepidazione mentre ascoltavo il rumore dei suoi passi che si avvicinavano alla porta. Pensavo a cosa avrei detto quando avrebbe accennato a quanto era successo tra noi. Avrebbe voluto sapere se significava qualcosa. Come avrei risposto? Avrei confessato che mi ero pentita di essere corsa via? O gliel'avrei solo dimostrato, riprendendo il bacio da dove l'avevamo interrotto?

«Viaggiare» ripete, ma stavolta non è una domanda.

Non so per quanto rimaniamo a guardarci, ma alla fine è lui a distogliere lo sguardo per primo.

«Mi sembra un'ottima idea» dice, bevendo l'ultimo sorso di tè prima di alzarsi.

«Credi che dovrei partire?» gli chiedo, ferita. Va a lavare la tazza nell'acquaio e mi dà le spalle, perciò non riesco a capire che espressione abbia.

«Certo» risponde subito. «Sei sicura di volerlo fare solo per sei mesi? Perché non un anno?».

Porca puttana, non vede l'ora di liberarsi di me!

«Hai finito con quella?».

«Eh?». Poi capisco che indica la mia tazza. «Oh, sì, scusa».

Gliela passo con mano tremante e gli guardo la schiena mentre afferra uno strofinaccio.

«E tu?» chiedo con noncuranza, fingendo che non mi abbia appena scagliato il cuore contro un muro, facendolo finire di rimbalzo nel cestino dei rifiuti. «Tutto bene con Melissa?».

Per quanto non voglia sapere, devo. Devo sapere se l'altra sera ha significato qualcosa. Perché se non è così, se vuole stare con Melissa, allora devo andarmene e fingere che il mio sentimento per lui non esista. L'ho già fatto, posso rifarlo. L'ultima volta la distanza ha aiutato, e andando in Australia tra noi ne metterei un bel po'.

Si volta, si appoggia all'acquaio e incrocia le braccia. La distanza che ci divide è reale. Eppure solo pochi giorni fa, su quel divano, i nostri corpi erano vicini come non mai. Non ha nemmeno accennato al bacio.

«Sì» cinguetta con voce due ottave più alta del normale. «Tutto bene».

«Bene». Bene un cavolo. Non doveva andare così.

«Già».

«Quindi…».

«Quindi».

È così, allora. Non vuole me, ma Melissa. Per tutto questo tempo, a ogni sguardo che mi ha fatto battere il cuore, a ogni tocco che mi ha dato i brividi, ogni volta che si è confidato con me, o ha riso alle mie battute, eravamo solo amici. Non piangere, Holly. Non ancora.

«Be', vado a raddrizzare la mia vita» dico con un sorriso, chiedendomi se Alex capisca quanto sia forzato. Mi avvio verso la porta. «Devo organizzare un sacco di cose e capire che fare dell'appartamento».

Mi fermo sulla porta e mi volto verso di lui, aprendo le braccia. «Ci vediamo, allora».

«Sì, ci vediamo» mi sussurra nei capelli mentre mi abbraccia. Lo stringo forte all'altezza della vita e sento che si irrigidisce. Sono combattuta tra l'impulso di andarmene subito, prima di scoppiare a piangere, e la voglia di non spezzare questo abbraccio. Mai più.

Lo stringo un'ultima volta, poi mi stacco.

E per la seconda volta nella vita, provo un senso di irrevocabilità soffocante, mentre chiudo una porta tra me e Alex Tyler.

Capitolo 33

ALEX

Il campanello ha suonato poco prima delle 21. Holly non mi ha più scritto né chiamato dalla mia ultima conversazione con Melissa, ma sapevo che era lei. Ho spinto il pulsante per aprire il portone, e nel frattempo immaginavo il nostro cottage nel Peak District. Io percorro in seconda il vialetto di ghiaia, parcheggio accanto al camper vintage blu che abbiamo comprato per fare qualche gita fuori porta, magari a Totnes, o a Edimburgo. Osservo la pietra locale, il nero lucido della porta di casa. È inverno, le finestre sono chiuse e le tende tirate. È il mio compleanno. Giro la chiave, entro e… sorpresa!

«Sto pensando di mettermi a viaggiare».

Ho soffocato un singhiozzo. Era la prima volta che la rivedevo da quando ci eravamo baciati. Tra l'altro, avevo deciso di non accennare all'episodio: avrebbe solo reso tutto più imbarazzante e lei avrebbe pensato che, come sempre, analizzo troppo le cose. E comunque, avevamo già abbastanza argomenti di cui parlare. Ma non ero pronto a *questo*. Eppure, ci ero già passato una volta. Holly non era venuta a dichiararmi il suo amore; era venuta a dirmi che se ne andava, che sarebbe uscita di nuovo dalla mia vita, promettendomi di farsi viva. Proprio come aveva fatto undici anni prima.

Come ho potuto caderci di nuovo? A scuola, lei conosceva a memoria tutti i tasti della calcolatrice scientifica: SIN, TAN, LOG. I professori dicevano che aveva un talento naturale per la matematica, e più di una volta l'ho sentita dire che il suo amore per la matematica e il mio per la letteratura erano esemplificativi delle differenze fra noi: a lei piacevano i fatti tangibili, a me le diverse interpretazioni. Holly poteva osservare un'opera d'arte e godersela per ciò che era, io, invece, tentavo sempre di scoprire un significato recondito. In sostanza, lei si godeva la vita, io ci rimuginavo su.

E dire che dovrei aver imparato la lezione. Holly mette tre baci alla fine di un SMS? Ecco che Alex si immagina di tenerle la mano durante il parto. Holly fa scivolare il piede verso di lui sul divano? Alex riflette sui pro e i contro di aprire un conto in banca in comune. Holly lo bacia da ubriaca? Alex si immagina nei panni di Menelao che sfida Paride per Elena. Holly rompe con Richard...

Devo cominciare ad analizzare i fatti concreti, basta fantasie! E un fatto è chiaro: Holly non è innamorata di me. Altrimenti non continuerebbe a scappare.

L'ho fatta entrare e mi sono seduto al lato opposto del divano, come qualche sera prima. Stavolta, però, se ne stava con la schiena dritta, i piedi vicini al corpo. Aveva i capelli legati in una coda e un filo d'erba sulla gonna. Da dove veniva? Ha fissato un attimo il pavimento e poi ha guardato me, rossa in viso, lo sguardo carico di aspettativa, come se si aspettasse una risposta, un cenno di approvazione. Voleva che la incoraggiassi a realizzare il suo sogno.

Se non altro, sono contento di essere riuscito a non vomitarle addosso le mie emozioni, e che Holly non saprà mai delle mie fantasticherie mentre la facevo entrare in casa.

Ho ascoltato il rumore dei suoi passi mentre scendeva le scale. Ho cercato di valutare il suo stato d'animo dal ritmo della camminata, ma non sono arrivato a nulla; quei passi avrebbero potuto essere di chiunque. Si è fermata un attimo. Ha cambiato idea? Una manciata di secondi in cui potevo sentire il battito del mio cuore. Poi ha ripreso a scendere, finché il rumore del portone che si chiudeva non mi ha fatto tremare le viscere. Ho guardato la finestra, ma non sono riuscito ad avvicinarmi per sbirciare giù, in strada. Sapevo che non avrei sopportato di vederla uscire dalla mia vita. Ancora una volta.

Il ruggito delle tubature per uno sciacquone tirato al piano di sotto mi sveglia di soprassalto. La luna fa capolino da dietro una ciminiera sull'altro lato della strada, una pastiglia di paracetamolo nel cielo che getta una dose di luce in soggiorno. Controllo l'ora sul cellulare. Sono le 2,17 del mattino.

Ho il collo irrigidito per aver dormito sul divano e mi sento a disagio. Il calore della giornata ha reso la casa soffocante. Tanto che sento ancora il profumo di Holly. Sole, cioccolata, spazi aperti. Il suo odore. Ricordo i suoi capelli sulla mia guancia, una leggerissima traccia di umidità, come se avesse passato la mattinata al mare.

Prendo il telefono e apro i messaggi. Rileggo la corrispondenza che ci siamo scambiati negli ultimi mesi, scorrendo all'indietro con il pollice.

"Carica messaggi più vecchi".

La serata con Kev al pub. Quella al parco. Graffiti.

"Carica messaggi più vecchi".

Dare da mangiare ad Harold. Il quiz. Non dire nulla di Richard.

Le lacrime iniziano a scorrermi lungo le guance, ma non riesco a fermarle. Non ci sono altri messaggi da leggere e capisco che questi ultimi mesi sono stati solo una parentesi. La nostra storia è finita undici anni fa, e tutto questo è stato solo un pessimo remake di un vecchio film che avremmo dovuto lasciare com'era.

Sono quasi le 8,30 quando metto piede nella stazione di Deptford e il telefono inizia a vibrarmi in tasca. Mi lascio invadere dalla speranza, ma è un attimo.

«Ciao, papà» rispondo, cercando di mascherare la mia delusione.

«Speravi fosse qualcun altro, vero?».

Mi massaggio con una smorfia il collo ancora rigido e valuto di dirgli che non è un buon momento, ma stamattina sento verso di lui un moto d'affetto che non provavo da parecchio. È come se ieri sera avessi capito su chi posso fare affidamento. E comunque, forse è solo colpa sua se sono in questo casino. Sua e di mamma, per aver alimentato le mie inconsistenti speranze d'amore. Terry e Julie, come la coppia di un brano dei Kinks: sposati a diciannove anni, genitori dopo dodici mesi. Tutto nel giusto ordine. Finché morte non ci separi.

«È un po' prestino per te, no?».

«Ho il bingo alle dieci e mezza».

Il macellaio halal sta montando il baracchino. Mentre passo faccio finta di non vederlo. Ho smesso di sorridere invano ai negozianti dopo tre giorni.

«Il bingo?».

«Non prendermi in giro se non l'hai mai provato, figliolo. Non c'è un altro posto al mondo con un rapporto maschi/femmine così alto».

«Giochi a bingo per rimorchiare?».

«Ti piacerebbe» dice. «I bagni degli uomini sono immacolati. Non li usa nessuno».

Sorrido tra me per papà e il suo bingo, che mi tirano su di morale quando mi sembrava impossibile.

«Comunque, ho chiamato per dirti che la metà sana di Kev sta organizzando una festa a sorpresa per il trentesimo compleanno del tuo amico. Venerdì, tra una settimana. Finalmente conoscerò questa Melissa».

Melissa. Mi sono quasi dimenticato di lei, nelle ultime dodici ore.

«Non credo proprio».

«Non dirmi che vi siete lasciati».

Il negozio di alimentari afrocaraibico sta già facendo affari. Ci ero entrato la seconda settimana qui. La banana che avevo comprato per colazione si era rivelata essere un platano.

«Non proprio, ma...».

«Non sono sorpreso».

«Cosa vorresti dire?».

«Ti rendi conto che non mi hai mai parlato della tua ragazza, Alex? Non l'hai mai nominata in non so quanti mesi. So che esiste solo perché Kev mi racconta di lei ogni volta che lui e Diane passano da queste parti».

«Non c'è stata occasione di dirtelo».

Vedo gli studenti. Facce familiari, per lo più. Mi ero convinto di essermi trasferito a Londra per loro, ma ci sono scuole come la Whitford High in tutto il Paese. Il vero motivo per cui ho scelto Londra era...

«Holly Gordon, invece, è una costante delle tue conversazioni. Holly qui, Holly là. Quando ti deciderai una volta per tutte?».

Una mano invisibile mi afferra lo stomaco e resto senza parole. Ho di nuovo gli occhi lucidi.

«Senti, ora devo andare. Ti voglio bene, papà».

C'è una pausa. La mia mente è troppo offuscata per capire che cosa significhi.

Poi mio padre dice: «Anch'io, figliolo. Ci vediamo la prossima settimana».

Capitolo 34

HOLLY

È la lista delle cose da fare più incredibile che abbia mai scritto. Ha un sacco di categorie, livelli e sottoliste. Innanzitutto, comprende tutti i posti che voglio visitare. Voglio girare il più possibile, ma non mi va di buttare due mesi in aereo o sui treni. Poi, per ogni destinazione, ho stilato un elenco delle esperienze da provare. Ho deciso di dedicare sei mesi alla mia avventura, perciò devo prevedere il giusto tempo per ogni luogo, in modo da non perdermi nulla, ma senza restare troppo a lungo. Poi, c'è tutta la lista dei preparativi per il viaggio: comprare, mettere nello zaino, prenotare, controllare. È un capolavoro in formato A3, altroché!

Sono seduta sul pavimento e ce l'ho davanti. Sto cancellando le voci "Vaccinazioni" e "Depilazione", che mi sono fatta stamattina, quando Harold decide di sistemarsi sul foglio. Si accomoda e mi guarda senza nascondere risentimento. Sa che qualcosa bolle in pentola. Durante l'ultima settimana è diventata ribelle, si infila in ogni scatola in cui cerco di radunare le cose, si accomoda sui vestiti appena lavati e stirati, pronti da infilare nel mio zaino nuovo di zecca.

«Sparisci, gatta» gemo, spingendola via gentilmente dal piano di viaggio.

"Ti piacerebbe, vero?" sembra rispondere strizzando le palpebre. "Ti sentiresti meno in colpa a essere la seconda padrona che mi abbandona?".

Mi arrendo. Poso la penna e la gratto tra le orecchie con tutte e due le mani.

«Mamma e papà ti porteranno a York con loro mentre sarò via, perciò non ti arrabbiare, su». Le lacrime mi riempiono gli occhi e le asciugo con una mano, mentre continuo a grattare Harold sotto il mento. Starà benissimo dai miei, le piacerà. L'altro giorno ho visto la loro casa nuova, ed è molto più grande della mia. Ha anche il giardino e c'è perfino una gattaiola installata dall'inquilino precedente, perciò Harold potrà entrare e uscire quando vorrà. Sarà felice, lì.

Sono andata a trovarli, per dire loro di persona che partivo.

Papà è rimasto un po' interdetto. È un abitudinario, l'idea di trascorrere sei mesi in luoghi sconosciuti non esercita alcun fascino su di lui. In ogni caso, mi ha detto di divertirmi e di fare attenzione, prima di tornare a leggere il giornale. La mamma, invece, era entusiasta. Mi ha fatto un sacco di domande su dove intendessi andare e cosa volessi fare una volta là, commentando di tanto in tanto le mie risposte con «Oooh» e «Aaah». Ha accettato di occuparsi di Harold, a condizione che le promettessi di non fare mai l'autostop e di scriverle per aggiornarla su *Neighbours*, quando fossi arrivata in Australia.

Tutti i mobili della mia casa sono ormai in deposito e sono rimaste solo alcune scatole che papà e mamma dovranno portarsi via quando verranno a prendere Harold. L'appartamento sembra più grande, ora. Forse aveva questo aspetto anche quando io e Max ci siamo trasferiti qui, ma non mi ricordo più. Sembra passata una vita. Da allora, ne sono successe di cose, nonostante abbia pochissime prove a testimoniarlo.

Qualcuno bussa alla porta e interrompe i miei deprimenti pensieri. Corro ad aprire.

«Jem!» grido, sorpresa ma felicissima di vederla. «Entra!».

«No, grazie, tranquilla» ribatte lei. «Sono venuta solo per darti questo. È da parte di tutti i colleghi della Hexagon».

Fruga nella borsa per circa tre minuti, prima di tirare fuori una busta tutta stropicciata con su scritto "HOLLY".

«Se è vero che ti chiami così...» dice incrociando le braccia, mentre io la apro e tiro fuori un biglietto.

«Avresti potuto spedirmela per posta, se davvero non fossi voluta entrare» puntualizzo, cercando di non ridere.

«Volevo controllare che vivessi davvero qui. Non sono sicura di quanto in là ti sia spinta con questa doppia vita. E poi, era troppo tardi, non ti sarebbe mai arrivata in tempo».

«Scusami, Jem...» dico toccandole il braccio. «Come ho scritto nella mail, io volevo dirtelo, ma Richard me lo proibiva e continuava a farmi credere che prima o poi le cose sarebbero cambiate».

«Ma io a te dico tutto!» piagnucola, entrando in casa. «Come hai potuto lasciarmi lì a blaterare stronzate sulla mia patetica vita amorosa senza neanche accennare che ti stavi sbattendo il tuo capo?».

Richiudo la porta, mi siedo a gambe incrociate sul pavimento, appoggiandomi alla parete nel punto in cui un tempo c'era il divano, e le faccio cenno di sedersi accanto a me.

«Sto bene in piedi, grazie» dice, poi si gira dall'altra parte, piccata.

«Ti prego, Jem. Mi odio per non avertelo detto, ma sono stata una sciocca. Non posso credere di essermi lasciata convincere a tenere il segreto per così tanto tempo. Mi sento una stupida. Ho perso te, ho perso Alex... nessuno di voi mi odia più di quanto odi me stessa, credimi».

Poi scoppio a piangere.

«Oh, no» mi consola Jemma, che ormai non ha più l'aria offesa. Si siede accanto a me, mi mette un braccio intorno alle spalle e io inizio a singhiozzare.

«Ti prego, smetti di piangere» mi implora dopo un po'.

«Mi dispiace tantissimo» le ripeto. «Volevo dirtelo, te lo giuro».

«Sì, sì, va bene, non importa. Ma devi smettere di piangere. Fai schifo quando piangi. Non ti ho mai vista in questo stato. Non fraintendermi, sei una ragazza stupenda, ma in questo momento hai la faccia tutta gonfia e rossa, e ti scende il moccio dal naso».

Prende un fazzoletto dalla borsa e me lo passa. Sto per soffiarmi, quando mi accorgo che è pieno di macchie di inchiostro blu e qualcosa di giallo che non riconosco, perciò mi tampono leggermente il naso e lo butto a terra.

«Allora, cos'è questa storia di Alex?» mi chiede.

«Sono andata da lui dopo…».

«Scusa» mi interrompe, girandosi per darmi le spalle. «Spero non ti dispiaccia se mi volto dall'altra parte mentre parli, così non sono costretta a guardarti in faccia».

«Ehi!». Le do uno schiaffetto sul braccio, anche se sono contenta che non mi guardi: mi rende le cose più semplici.

«Quindi, ho capito che sono innamorata di Alex e…».

«*Lo sapevo*!». Si volta di scatto. «Era ovvio. È per questo che la notizia di Richard mi ha scossa, perché sapevo che tu e Alex eravate innamoratissimi».

«Il problema è proprio questo, Jem. Lui non mi ama. Per un attimo ho pensato che mi ricambiasse, perciò sono andata a trovarlo il giorno che ho lasciato Richard, ma mi sbagliavo. Lui vuole stare con Melissa e quando gli ho detto che partivo non glien'è importato un accidente. Da allora, non l'ho più neanche sentito».

Scendono altre lacrime.

Jemma fa una smorfia di disappunto.

«Non ci posso credere» sospira delusa. «Ero sicura che ti adorasse. Dovresti vedere come ti guarda quanto sei voltata. Non so proprio cosa ci trovi in Melissa. Quella troia è perfino peggiorata, ultimamente. Ieri mi ha fatto una scenata davanti a tutti perché mi sono dimenticata di prenotarle la sala riunioni. Spero che la prossima volta che va al cesso le esca un porcospino dal culo. Ma sai una cosa, Holly? Che Alex vada a farsi fottere. E che vada a farsi fottere anche

Richard. Intendo fottere del tipo "che vadano all'inferno", non fottere fottere, in caso non l'avessi capito. L'idea del viaggio è bellissima e presto ti ritroverai a ballare il tango con qualche superfigo argentino, o a flirtare con un surfista australiano, e ti dimenticherai di quei due idioti».

«Non parto certo per trovarmi un uomo» dico asciugandomi le lacrime con il dorso della mano. «Lo faccio per...».

«Holly, se stai per dirmi che parti per *trovare te stessa*, ti do un cazzotto in faccia e ti lascio qui a morire».

«Non stavo per dire questo,» rido «però sì, più o meno l'intenzione è quella. Voglio solo tornare a entusiasmarmi per le cose, vivere esperienze nuove e fare quello che voglio io, non quello che vogliono gli altri».

«Ma di sicuro scoperai» sogghigna. «Basta che non ti metti a piangere mentre sei a letto con qualcuno».

«Onestamente, non ci tengo proprio».

Restiamo sedute in un piacevole silenzio per un paio di minuti, poi la guardo di sottecchi. «Sono felice che ci siamo chiarite, Jem. Quando non hai risposto alla mia e-mail, ho temuto che non mi avresti parlato mai più».

«Be', considerando che sono qui da quarantacinque minuti e non mi hai ancora offerto una tazza di tè, c'è ancora una possibilità che accada».

Mi alzo e preparo il tè – mi è rimasta solo una bustina e una goccia di latte – poi torno in soggiorno, dove Jemma è ancora seduta con aria pensierosa.

«Dovrei farlo anch'io, comunque» dice distrattamente.

«Cosa?».

«Qualcosa. Qualsiasi cosa. Non voglio rassegnarmi a passare ogni giorno della mia vita a sbrigare faccende per Martin Cooper».

«Ah, è questo che fai?» chiedo ridendo.

«Simpatica. D'accordo, riformulo. Non voglio rassegnarmi a passare ogni giorno della mia vita a scordarmi di sbrigare faccende per Martin Cooper».

«Vieni con me!».

«Nooo, non posso farmi vedere in bikini se non perdo prima venti chili, e poi c'è...» si blocca all'improvviso, come se avesse parlato troppo, e beve un sorso di tè.

«Poi c'è... cosa?». Non risponde, allora la scuoto piano per la spalla, ma lei continua a bere. Scuoto più forte. «Jemma, dimmelo. C'è un uomo?».

«No, c'è...». Abbassa lo sguardo, timidamente, ma vedo che sorride un po'. «Danny».

«Oddio, mi ero dimenticata che te lo sei fatto. Quindi c'è qualcosa tra voi?».

Mi inginocchio di fronte a lei. È la migliore distrazione che mi capita da una un bel po' e in quel momento mi rendo conto di quanto mi mancheranno Jemma e gli aggiornamenti sulla sua vita sentimentale quando sarò via.

«Be', dipende da cosa intendi con "qualcosa". Non abbiamo ancora fatto *il discorso*, perciò non so se siamo una coppia o meno. Ma l'altra sera dopo il quiz ci siamo baciati di nuovo, appena siamo rimasti soli, e un'altra volta mi ha chiesto se mi andava di bere qualcosa con lui dopo il lavoro, poi appena è tornato al tavolo con il primo giro di birre mi ha baciata. Non avevamo ancora toccato alcol. Non ricordo quand'è stata l'ultima volta che ho baciato un uomo da sobria. Vorrà pur dire qualcosa, no?».

«Direi proprio di sì» affermo.

«Lo sai, è strano, Holly,» dice piano «ma è il primo ragazzo da non so quanto tempo con cui sono veramente me stessa. Cioè, che senso avrebbe fingere di essere figa con Danny? Mi conosce benissimo. Non mi sono mai sentita così rilassata».

«Jemma, tu sei IL MASSIMO quando sei te stessa. È per questo che gli piaci. Conosce la vera Jemma».

«Sarà. Mi mancherai, Holly» afferma, improvvisamente seria. La tiro a me per abbracciarla e dopo un po' la sento che tira su col naso, come se stesse per piangere.

«No, non piangere» le dico. «O ricomincio anch'io».

«Giusto, perciò me ne vado prima». Si alza in piedi, finisce il tè e mi restituisce la tazza. «Faceva schifo, comunque».

«Non c'è di che».

«Mandami un sacco di cartoline» grida dal cancello mentre la saluto con la mano.

Finalmente, guardo il biglietto d'addio che mi hanno scritto i miei ex colleghi. C'è qualcosa da parte di tutti, tranne Richard e Melissa. Richard lo capisco anche, ma Melissa che problemi ha? Poso il biglietto sulla mensola del caminetto, accanto a quelli che mi hanno mandato Leah, Susie e altri amici.

Da Alex, nessun segnale. Per quanto sia felice che Jemma sia passata (partire è un milione di volte più facile, adesso che so che siamo ancora amiche), riconosco che quando l'ho vista alla porta, per un millesimo di secondo sono rimasta delusa che non fosse lui.

Sentimenti a parte, non mi sono mai sentita me stessa come da quando è rientrato nella mia vita. Non è che prima non lo fossi – non fingevo di essere qualcun altro, come Jemma ai suoi appuntamenti – ma era come se avessi dimenticato chi ero davvero. Ho sempre considerato deprimente il periodo di Mothston solo per il modo in cui è finito, dimenticando che in realtà gli anni dell'adolescenza sono stati i più felici.

Forse è per questo che il destino ha riportato Alex sulla mia strada: non perché ci restasse, ma solo perché mi ricordasse chi ero e chi voglio ancora essere. Non importa se non chiama. Non importa se perdiamo di nuovo i contatti. È triste, ma, diciamocelo, sono abituata a essere delusa dagli uomini. Forse è ora di cominciare ad aspettarsi un po' meno.

Prendo il cellulare e lo guardo per l'ultima volta. L'ansia che provavo prima, quando speravo ardentemente che squillasse, svanisce.

Guarda caso, adesso squilla davvero, e mi fa cagare sotto dalla paura. Mi sfugge di mano, ma riesco ad afferrarlo prima che cada.

La chiamata è anonima. «Pronto?» rispondo.

«Holly, sono io».

La voce è maschile, ma ci metto un attimo a capire che non è l'uomo che speravo.

«Oh, ciao, Richard».

Avrei dovuto intuire che era lui appena ho visto il numero sconosciuto, dato che ignoro le sue telefonate da quando l'ho lasciato. L'ultima è stata tre giorni fa e credevo si fosse arreso.

«Come stai?» chiedo imbarazzata dopo qualche istante di silenzio. Sarebbe più semplice se ce l'avessi con lui. Basterebbe dirgli di andare a fare in culo e riattaccargli in faccia. Ma non mi sento arrabbiata. Solo molto, molto stupida. Nell'ultima settimana ho ripensato spesso alla nostra relazione e non posso credere di essermi fatta tenere al guinzaglio così a lungo. Non si sarebbe mai impegnato con me, punto e basta.

«Non bene. Mi manchi, Holly».

«Figuriamoci» dico sospirando.

«No, ascoltami. Devo ammetterlo, all'inizio ero furioso con te per la scenata che mi hai fatto. Ma ci ho pensato e, be', forse avevi ragione. Lo ammetto, sono stato un po' ingiusto».

«Come sei magnanimo». È brutto se gli riattacco in faccia e spengo il telefono?

«Forse ero solo imbarazzato che la gente scoprisse...».

«Ah, grazie».

«Sai cosa intendo. È perché sono il tuo capo».

«ERI il mio capo».

«Esatto. E adesso che tutti lo sanno, e non sono più il tuo capo, sono convinto che potrebbe funzionare. Io ti amo, Holly».

Trattengo il respiro. Nonostante tutto, mi batte forte il

cuore a sentirgli pronunciare le parole che aspettavo da tanto tempo.

«È troppo tardi» balbetto, e mi lascio scivolare lungo il muro fino a sedermi a terra. Mi pulsano le tempie, perciò chiudo gli occhi e appoggio la fronte sulle ginocchia. «Ho un volo prenotato e ho lasciato l'appartamento».

«Cazzo, Holly, non hai perso tempo».

«Sono organizzata, io. Ero un'assistente perfetta».

«Ti restituirò i soldi del biglietto, così potrai restare qui e venire a vivere da me».

Perché mi sta dicendo queste cose solo adesso? È un'eternità che aspetto di sentirlo prendere un impegno con me: perché ha aspettato che capissi di volere tutt'altro, per dirmi che mi ama e che vuole la relazione che gli chiedevo fin dall'inizio?

Mi prendi in giro, Dio?

Forse potrei tornare a essere la persona che ero qualche settimana fa, quella che amava Richard e desiderava la vita che lui sta promettendo adesso. Posso essere cambiata così tanto in poche settimane? Capire troppo tardi quello che voglio a quanto pare è la mia specialità: che succede se arrivo a Bangkok e mi rendo conto di aver fatto un errore madornale?

«Holly? Ci sei ancora?».

«Sì, sono qui» sussurro. «Scusa, Rich. Mi hai mandato un po' in crisi. Devo pensarci su. Ti richiamo».

«Perché non vieni da me?» propone subito. «Possiamo parlarne e...».

«No» lo interrompo con voce rotta. «Devo pensarci da sola. Sono troppo confusa».

Chiudo la chiamata e scoppio a piangere. Non ho mai pianto tanto in un giorno solo. Da quando la vita è diventata così difficile? Dove sono finiti i giorni in cui mi divertivo e mi godevo le cose così com'erano, quando prendere una decisione sbagliata non era una tragedia? Cedo definitivamente alle lacrime, mi abbraccio le ginocchia e continuo a singhiozzare nell'incavo del gomito. Piango pensando a Richard, ad Alex, a Max e perfino a Dean. Piango finché non ho più lacrime da versare e mi sento stranamente sollevata.

Mi alzo e guardo la stanza, le scatole piene della mia roba, il passaporto sullo zaino, con un biglietto aereo che spunta dalle pagine, Harold che zampetta sulla mensola del camino e fa cadere ogni singolo biglietto di addio.

Poi guardo la lista delle cose da fare, con i titoli a grandi caratteri, le sezioni di colori diversi e il programma dettagliato per sei mesi di viaggio. La prendo in mano e la strappo, lasciando cadere i pezzi sul pavimento.

Capitolo 35

ALEX

Le porte impiegano diversi secondi per aprirsi con un ronzio, ma appena metto piede sulla banchina vengo travolto da una sensazione che mi fa sorridere.

Mi sento a casa.

«Sembri sciupato» mi saluta Kev. La nostra stretta di mano si trasforma in un abbraccio.

Mi invita con un cenno a notare il suo abito nuovo. È grigio scuro e gli sta bene. Il nodo della cravatta verde è un po' ingombrante, ma preciso.

«Faccio il venditore porta a porta» mi spiega, quasi a volersi scusare. «Il lavoro dei sogni, eh?».

Mi sento un po' in colpa. Gli ho mai chiesto cosa sognasse di fare?

«Ma non sarà per sempre, giusto?» mi riprendo, stringendomi nel cappotto e tremando per il freddo improvviso di questa settimana.

«E chi lo sa? Voglio mettere da parte un po' di soldi per pagare l'anticipo della casa mia e di Diane».

Attraversiamo la città, superando il discount che un tempo era Woolworths e il White Horse, che ha cambiato gestione.

«Ho messo i miei vinili in vendita su eBay. Perfino quelli dei Pink Floyd, finché non me li ha fatti togliere».

«È il tuo angelo custode, eh?».

Sorride radioso. «Non vedo l'ora di fartela conoscere».

Giriamo a sinistra su George Street. Seguendo questa

strada fino in fondo, arriveremmo al canale dove a volte si ferma mio padre, ma svoltiamo a destra, su una via che conosco meglio di qualunque altra.

«Sono felice che le cose si siano messe bene per te, amico mio» gli dico, scorgendo con la coda dell'occhio una Vauxhall parcheggiata nel vialetto. Un'ombra compare dietro le tende nuove color corallo di quella che un tempo era la stanza dei miei. È come vedere una ex fidanzata mano nella mano con un altro.

Kev mi osserva. «Non vedevi l'ora di toglierti di torno e adesso guardati, fai il sentimentale solo perché qui ci abita qualcun altro».

Mi costringo a distogliere lo sguardo e proseguiamo verso casa di Kev.

«Anche i miei stanno pensando di vendere» dice. «Gli servono soldi, ora che in Spagna è scoppiato il boom immobiliare, quindi dovrò arrangiarmi. Diciamo che Diane è arrivata proprio al momento giusto».

Solo quando vedo le tapparelle chiuse alle finestre del piano di sotto ricordo perché sono qui. Kev infila la chiave nella toppa e devo sforzarmi parecchio per non rovinare la sorpresa sorridendo come un idiota. Appena entra, accende le luci e si trova davanti una decina tra familiari e amici, tutti con una maschera che ritrae il suo viso.

«SORPRESA!!!».

Senza cambiare minimamente espressione, Kev si volta verso di me.

«Vedo che hanno invitato solo gente figa» dice, abbandonandosi a un gran sorriso mentre tutti scoppiano a ridere e lo salutano.

Allungo la mano e stavolta sono io che trasformo la stretta in un abbraccio. «Buon compleanno, amico mio».

«Allora, com'è Londra?» chiede Rothers.

Sia lui che Meg mi guardano con aria ammirata. Stanno

palesemente fingendo per farmi contento, sono troppo felici della loro vita per essere invidiosi di qualcuno.

«Molto bella» rispondo, sperando che basti a soddisfarli. Non ho voglia di pensare a Londra, stasera.

«Il lavoro va bene?».

«Sì, grazie».

Meg interviene: «Hai fatto il giro completo delle linee della metropolitana?».

«Non ancora» ammetto con una risatina forzata. «Ma ci sto lavorando».

Rothers vuole sapere se tutto è costoso come dicono. Glielo confermo.

«Davvero? E quanto costa una pinta?» insiste.

«Dipende. Comunque, è difficile bere qualcosa per meno di 4 sterline».

Si guardano a bocca aperta, e io sfrutto la pausa per annunciare che devo andare a cambiarmi e che ci vedremo dopo.

La festa è appena cominciata, ma il bagno puzza già parecchio. Passo al setaccio scaffali e davanzale alla ricerca del deodorante per ambienti, ma non lo trovo. Mi controllo il viso allo specchio e vedo che Kev aveva ragione: ho l'aria sciupata, le labbra secche e incolori e le occhiaie. Sorrido e mi si creano baffi di rughe sui lati della bocca. E non spariscono subito. Mi chiedo se abbia una percezione distorta di me o se gli altri mi vedano davvero così. Per la prima volta nella vita, mi sento vecchio.

Mi cambio la camicia e mi rado.

Quando esco, trovo una donna appoggiata alla parete del pianerottolo, in attesa.

«Tu devi essere Alex» dice allungando la mano. Vede che sono perplesso, quindi si presenta. Avrei dovuto immaginarlo, perché se è mai esistita una ragazza che corrisponde in pieno all'ideale di Kev, è Diane: piccola, bionda e con un seno che minaccia di strappare il vestito.

«Ho sentito un sacco parlare di te» le dico. Non ha l'aria di una che colleziona palle con la neve dentro.

«Non credere a nulla di quello che ti dice quel coglione» dice con una risata fragorosa, come quelle che mettono fuori campo nelle sit-com.

Si infila in bagno e, mentre mi preparo a fare lo slalom tra una serie di ragazze sedute sulle scale, mi grida qualcosa a proposito della puzza, di cui ovviamente mi crede responsabile. Vorrei spiegarle, ma Kev mi intercetta.

«Incredibile quello che ha fatto per me, vero?» chiede, un po' in affanno. «La mia piccola Fledermaus».

«Fledermaus?».

Annuisce, come se non servisse aggiungere altro. Soltanto quando mi guarda e vede che non ho afferrato il concetto mi spiega: «Significa "pipistrello" in tedesco. È il nostro nomignolo».

Lascio perdere. Non mi sento in diritto di prenderlo per il culo, stasera. Non quando è così felice. E Diane l'ha reso davvero orgoglioso, chiamando a raccolta tutti gli amici e tappezzando la casa di sue fotografie da piccolo, per il suo imbarazzo e il nostro divertimento.

Ci fermiamo a guardare uno scatto di me e lui a nove, forse dieci anni, quando Holly ancora non si era trasferita a Mothston. Teniamo in mano retini da pesca e barattoli di marmellata.

Kev sembra confuso: «Ma che facevamo?».

«Tanto per cominciare, tu indossavi una tuta di acetato verde brillante».

«Non ti conviene buttarla sulla moda, John Lennon. A che ci servivano le reti e i barattoli?».

«Cercavamo di catturare i fantasmi».

In un attimo, gli torna tutto in mente.

«Ne abbiamo preso qualcuno?».

«Neanche uno».

Tengo la foto tra le mani e mi chiedo come abbiano fatto

due bambini che volevano acchiappare fantasmi a diventare come sono adesso. Mi riconosco a malapena.

«Diane mi sembra adorabile» gli dico per cambiare argomento.

«Lo è».

Il Kev che conoscevo un tempo sarebbe arrossito a queste parole, ma l'unica emozione che gli vedo sul viso è l'orgoglio.

«Sai quando ho capito che la amavo?» dice. È una domanda retorica. «Ho un test personale, e nessuna l'ha mai superato. Tranne lei».

«Un test?».

«Le immagino calve. Le immagino senza capelli e mi chiedo: "Se succedesse, vorrei ancora stare con lei"? E sai una cosa? Con Diane, la risposta è stata "Sì". Vorrei stare ancora con lei. E se qualcuno le guardasse troppo la testolina pelata, gli darei un pugno in bocca».

Non l'ho mai sentito parlare così e gli sorrido con affetto, mentre ci buttiamo nel vivo della festa. Non è molto diversa da quelle che davamo quando i nostri genitori erano fuori città. Rothers e Meg sono sempre incollati al divano, ancora persi nel loro piccolo mondo, dopo tutto questo tempo. Perfino gli odori sono gli stessi. Le zaffate di profumo degli invitati si mescolano a quelle di carne e stuzzichini. Mi aspetto che entro breve l'odore dominante sia quello della birra rovesciata sul pavimento e a fine serata dovremo tapparci il naso per la puzza del vomito sul tappeto.

A questo pensiero, ho un flashback improvviso. La notte in cui ho dato un passaggio a Holly ed Ellie alle 2 del mattino. Ellie si era sentita male e Holly era infatuata di Dean Jones. Cerco di scacciare il ricordo. Ho trascorso l'ultima settimana a fare il possibile per non pensare a Holly, non voglio intristirmi e rovinare la serata in onore di Kev.

«Papà ha detto che arriverà per le nove e mezza» dico per distrarmi. «Dopo la riunione».

Kev scuote la testa e sorride. «Non ci posso credere che ha fondato un club nautico».

«Ha già tre iscritti. Si incontrano al Lion».

Ridiamo mentre passiamo di stanza in stanza, parlando con tutti, e capisco che non è rimasto proprio tutto uguale a quando eravamo adolescenti. A quei tempi, chi avesse preparato un vassoio di shot sarebbe stato considerato un eroe, ma adesso la reazione che va per la maggiore è il gemito. E quando parte un brano delle Spice Girls, tutti esultano. Conosco solo una persona che avrebbe reagito così, all'epoca. Anche le gonne sono più lunghe, le borse più grandi e pratiche e nessuno cerca di imboscarsi con chi gli capita, o almeno mi sembra.

Tutti mi chiedono di Londra e ogni volta diventa più difficile mentire, dicendo che è tutto rose e fiori. Forse Kev capisce che c'è qualcosa che non va, perché insiste per portarmi fuori. Mi vuole mostrare la vasca dei pesci, che finalmente ha costruito dopo anni di progetti.

Passiamo sotto un filo per i panni e ci avviamo verso la struttura di mattoni, alta circa mezzo metro.

«Finora abbiamo parlato della mia vita sentimentale» dice indicando il rivestimento di polietilene, che a quanto dice è più impermeabile di una combinazione di mattoni e sigillante. «E la tua come va?».

Rabbrividisco per il freddo. «Quanti pesci ci sono, qui dentro?».

«Quattro. Due koi, due pesci rossi. Come sta Melissa?».

«Ma le koi non mangiano i pesci rossi?».

«Solo quelli piccoli, ma Torvill e Dean sanno difendersi».

«Torvill e Dean?».

«Come la coppia di pattinaggio sul ghiaccio. Ballano, Alex. Dovresti vederli quando fanno le evoluzioni in acqua. Fantastici».

Lo guardo attentamente. Forse sono stato troppo duro con lui negli anni. Kev è come un paio di scarpe, che ormai mi irritavano perché le indossavo tutti i giorni. Ho dovuto togliermele per un po', per capire quanto sono comode. O forse è solo merito di Diane. In ogni caso, la sua vita ha fatto progressi da quando me ne sono andato da Mothston, mentre la mia è regredita.

«Togliti quell'espressione dalla faccia e rispondi alla domanda».

«Non parlo con Melissa da più di una settimana». Sento una goccia di pioggia cadermi sulla fronte. «Dovremmo rientrare».

Kev non si muove. «E come mai?».

Rimango zitto. Kev aspetta. «Pensa che provi qualcosa per Holly».

«Ed è vero?».

«Perché non si vede nessun pesce?».

«Si nascondono. Non gli piacciono le Spice Girls. Ora rispondimi».

Ci sediamo sul bordo della vasca. Ormai non so più come respingere i suoi assalti e sputo il rospo. Kev non dice nulla per una vita, tiene il mento appoggiato sul pugno.

«Non le hai chiesto di non partire, tipo?».

Davanti al mio silenzio, apre le braccia come se stesse per dire una cosa ovvia. «Sei un imbecille senza speranza, lo sai, vero?».

«Non sai nulla di questa storia, Kev».

«So che a Holly piaci».

Mi alzo e mi gratto la nuca, frustrato.

«Sai che le piaccio?».

«Me l'ha detto lei».

Sminuisco le sue parole con una risata.

«E quando, esattamente?».

«Al pub, quando sono venuto a Londra. Mi ha detto che era gelosa di te e Melissa».

Mi volto, afferro il filo per i panni con entrambe le mani e mi ci appoggio finché non è teso al massimo.

«Stai dicendo cazzate».

«L'ho visto con i miei occhi, Alex. Gliel'ho letto in faccia. Te lo ripeto: Holly prova qualcosa per te».

«E allora perché è passata a dirmi che voleva partire?».

«Hai pensato all'eventualità che sia venuta a dirtelo perché le dessi un motivo per non farlo?».

Mollo il filo e torno alla vasca.

«Perché ci sono così tante piante, lì dentro?».

«Fanno ombra, così le alghe non proliferano. E assorbono le tossine, così Torvill, Dean, Reggie e Ronnie non muoiono soffocati».

Kev non sbatte le palpebre né distoglie lo sguardo, nemmeno per un istante.

«Figuriamoci se l'ho delusa...».

Kev scrolla le spalle, con un gesto fin troppo eloquente. *Se lo dici tu...*

«Visto come stanno le cose... Lo sa benissimo che la amo. È talmente ovvio, cazzo».

Di nuovo, non dice nulla e sposta lo sguardo verso la finestra della cucina. Diane ha in mano una lattina di birra mezza aperta, da cui esce un rivolo di schiuma. Deve averla schizzata ovunque, perché tutti stanno ridendo.

«È la stessa cosa che è successa quando eravamo al liceo. È venuta da me per dirmi che non ci vedremo per una vita, che se la squaglia, e tanti saluti».

Kev si volta brusco verso di me. «Le cose non sono sempre quello che sembrano, amico».

«E che vorrebbe dire?».

Guarda nella vasca e indica qualcosa con il dito, muovendo il braccio al ritmo di quello che in teoria mi sta facendo vedere. Scorgo solo un'increspatura sulla superficie dell'acqua.

«È come in *New York, New York*. A volte parte il pezzo

e sorrido, ma prima che Sinatra inizi a cantare, capisco che non è *New York, New York*, ma un'altra canzone che gli somiglia».

Mi copro gli occhi con la mano e mi faccio scorrere le dita sul viso, per tirarmi la pelle e assomigliare a un clown triste.

«Lei è venuta da te prima di andare all'università e avete parlato di non so che cosa, ma non sono sicuro che, se le metteste a confronto, le vostre versioni di quello che è successo quel giorno combacerebbero».

Mi sto arrabbiando e fatico a nasconderlo. Che cazzo ne sa lui? In quella stanza c'eravamo solo io e Holly.

«Meglio se la smetti, Kev. Non sai di cosa stai parlando».

«No, amico, sei tu che dovresti ascoltare, almeno una volta nella vita, perché so più di quanto tu creda, e non ho mai detto nulla perché ho promesso a Holly che non l'avrei fatto. Ma siccome è chiaro che né tu né lei sarete mai schietti l'uno con l'altra, credo che sia arrivato il momento…».

Capitolo 36

HOLLY

Settembre 1999

Sono seduta tremante sul sedile del passeggero, mentre Kev tamburella con le dita sul volante.

Tiro giù il parasole e mi guardo nello specchietto. Le lacrime mi hanno scavato due sentieri nella cipria e orribili macchie di mascara mi circondano gli occhi. Ho ciocche di capelli appiccicate con il sudore alla fronte e la parte destra del colletto è più alta della sinistra. Mi tiro la camicia dal basso. Il lato sinistro è più lungo, me la sono abbottonata storta.

Prendo un elastico dalla borsa e mi lego bene i capelli.

Kev mi guarda, poi allunga un braccio e apre il portaoggetti. Prende una confezione di fazzolettini e me la posa in grembo.

«Allora» dice, dopo che mi sono pulita il viso. «Mi dici che succede?».

Un paio d'ore fa ero molto più ubriaca e molto più felice.

«Adoro questa canzone» aveva squittito Ellie mentre le note arrivavano fino in giardino. Mi aveva preso le mani e fatta alzare cantando, mentre il mio Turbo Shandy si rovesciava sull'erba.

Altre persone si erano unite a noi e dopo tre minuti ero di nuovo distesa sul prato, a ridere come una matta per la goffaggine dei ragazzi.

«Eddài… non andare all'università» aveva piagnucolato Ellie per la centesima volta sedendosi accanto a me. «Mi mancherai tanto».

«Anche tu mi mancherai» avevo risposto, ridendo ubriaca. Sua madre e il patrigno erano andati a trovare alcuni amici a Sheffield, perciò Ellie aveva organizzato a casa sua una festa di fine estate prima che tutti iniziassero una nuova vita, al lavoro o all'università. «Ma puoi venire a stare da me a Londra. E tornerò a Mothston un sacco di volte per venire a trovare te, Dean e tutti gli altri».

«Quindi tu e Dean proverete a restare insieme a distanza?» aveva chiesto.

«Non lo so». Ed era vero, non lo sapevo. Chi poteva prevedere come ci saremmo sentiti, una volta lontani? Non c'era motivo di preoccuparsi, avevo pensato. «Staremo a vedere».

«Sei ancora convinta di fartelo prima di andare?».

«Sì» avevo ridacchiato timidamente.

«Era ora, sei vergine tipo da *sempre*!».

Ellie era stata con quattro ragazzi diversi da quando aveva perso la verginità, un anno prima. Nessuno era il suo fidanzato.

«Parli del diavolo… *Dean*! Siamo qui!».

Dean stava vagando in giardino e si era avvicinato al richiamo di Ellie.

«Vi lascio soli, piccioncini» aveva detto lei, saltando in piedi. «Ah, approfittate pure della stanza degli ospiti se volete un po' di privacy».

Ci aveva rivolto un vistoso occhiolino, che aveva fatto arrossire me e ridere Dean, poi era sparita in casa.

«Holly?». Il viso di Kev è un misto tra preoccupazione e impazienza e mi rendo conto di essere rimasta un sacco di tempo in silenzio, con lo sguardo fisso fuori dal finestrino. Appoggio la fronte al vetro e inizio a raccontare.

Ci eravamo baciati a lungo nella camera. Il suo alito sapeva di sigarette e birra e mi faceva venire la nausea. Continuavo ad aspettare di provare qualcosa, un desiderio che mi spingesse a volere più di un semplice bacio. Ma non arrivava. Mi sentivo nervosa e stanca. E poi avevo capito: non volevo farlo.

«Dean?».

«Sei bellissima» mi aveva mormorato sul collo.

«Ci possiamo limitare a farci un po' di coccole?».

«Certo» aveva risposto, tirandomi a sé e tenendomi stretta. Poi aveva iniziato a toccarmi ovunque.

«Dean, aspetta».

«Holly, fidati di me» mi aveva sussurrato all'orecchio. «Quando vuoi che smetta, dimmelo».

Mi aveva tappato la bocca con la sua. Soffocavo.

«Dean, io...».

«Rilassati» aveva detto, iniziando goffamente a sbottonarmi la camicetta di seta nera. Gli avevo preso la mano per fermarlo, ma lui mi aveva bloccato un braccio sopra la testa e aveva continuato a spogliarmi con l'altra. Aveva tirato troppo l'ultimo bottone, che si era staccato, cadendo sul pavimento.

«Oops» aveva riso, senza fiato. Poi aveva iniziato a palparmi le tette, prima una, poi l'altra. Io mi ero sforzata di provare qualcosa (tutte le volte che mi aveva toccata sotto il reggiseno mentre ci baciavamo mi era sempre piaciuto), ma stavolta era diverso. Mi sentivo strana. Avevo lo stomaco chiuso e la nausea, ma non c'entravano con l'alcol che avevo bevuto.

«Dean» avevo sussurrato di nuovo. Sentivo voci sul pianerottolo davanti alla camera. Un tizio stava spiegando le regole di un gioco alcolico. Non volevo che qualcuno sentisse cosa stava succedendo qui. «Non posso...».

«Shhh» mi aveva zittita, infilando il naso nel mio seno. «Sei così sexy, Holly». Mi stava tirando giù i jeans e le mutandine, che erano già a metà coscia. «Ti piacerà, se ti rilassi».

Era risalito di nuovo, esplorandomi con le dita. Avevo provato a rilassarmi. Mi sentivo in colpa. Gli avevo fatto credere di essere pronta, ero venuta qui con lui e gli avevo permesso di baciarmi e toccarmi. Ma era goffo e non mi faceva sentire bene.

«Dean, forse dobbiamo fermarci. Non mi sembra giusto» avevo sussurrato mentre una ragazza fuori diceva: «Io ancora non ho capito», tra le risate di tutti. Il ragazzo aveva cominciato a ripeterle le regole.

«Holly, smettila di fare la ragazzina». Aveva ragione? Stavo facendo la ragazzina? Forse è normale, la prima volta.

Ma quando avevo sentito che Dean si abbassava la zip, mi era preso il panico.

«Dean, non voglio farlo». Gli avevo messo le mani sul petto, spingendolo via. «Ti prego, basta».

Il resto era confuso. L'attimo di sollievo nel sentire che tirava via le mani, un coro di voci che cantava «Giù, giù, giù!» davanti alla porta, la rabbia che cedeva il posto alla paura, il dolore acuto. Il mio corpo si era afflosciato e avevo smesso di fare resistenza.

Non racconto a Kev proprio tutto. Gli faccio solo un riassunto. E quando ho finito, mi volto a guardarlo per la prima volta. Ha gli occhi grandi come due piattini da tè e apre la bocca per dire qualcosa, ma non esce nulla.

Non so perché gliel'ho detto. Non siamo mai stati così intimi e non mi sarei mai confidata con lui, prima. Ma dovevo dirlo a qualcuno e non appena sono salita sulla sua macchina ho capito che se Alex si fidava di lui, allora potevo fidarmi anch'io.

Distoglie lo sguardo e fissa la strada. Stringe il volante come se stesse guidando, anche se il motore è spento.

«Merda, Holly. Quindi ti ha...».

«No, no. Cioè, non lo so» sospiro, massaggiandomi le tempie.

«Vuoi che chiami la polizia?».

«Cazzo, no. Non saprei neanche che cosa dire, come spiegarlo».

«Vuoi che vada lì dentro e gli spacchi la faccia?».

Per la prima volta, abbozzo un sorriso. «No, tranquillo».

«Sei sicura che non vuoi che gli faccia il culo?».

Annuisco, poi mi copro il viso con le mani e piango. Kev mi lascia fare e mi dà qualche pacca imbarazzata sulla spalla, ma senza avvicinarsi troppo.

«Kev, sono una stupida. Perché ci sono andata? A Dean non frega un cazzo di me. A nessuno di quelli frega un cazzo».

«Se ti aspetti che ti dica che i tuoi amici non sono un branco di succhiacazzi,» mi dice dopo un po' «caschi male».

«No, infatti» rispondo sospirando. «E non sono miei amici. Non più».

«Ehi, chiunque stia strippando lì dentro, sarà meglio che centri la tazza!» aveva urlato Ellie picchiando forte sulla porta del bagno.

Mi ero pulita la bocca ed ero andata ad aprire, richiudendo subito alle sue spalle.

«Oh, sei tu. Cazzo, Holly, che faccia».

Ero sul punto di rispondere, quando un altro attacco di nausea mi aveva costretta di nuovo a piegarmi sul cesso, sopraffatta dai conati, finché non era rimasto più nulla. Soltanto bile.

«Non è da te» aveva riso Ellie tenendomi i capelli. «Quello del vomito è il mio numero di punta».

Fiduciosa di aver ormai finito, avevo riabbassato la tavoletta e mi ci ero seduta sopra, prendendomi la testa tra le mani. Ellie aveva aperto una pochette su una mensola e si stava dando il bronzer davanti allo specchio.

«Alloooora» aveva chiesto ammiccando. «Tu e Dean l'avete fatto o no?».

L'avevo guardata, chiedendomi cosa dirle. Normalmente, avrei fatto notare che si stava mettendo troppa terra e stava cambiando etnia davanti ai miei occhi, ma in quel momento mi sembrava un tantino irrilevante.

«Più o meno» avevo sussurrato.

«Più o meno?» aveva risposto lei ridendo forte, ributtando il bronzer nella pochette e tirando fuori un rossetto rosa. «L'avete fatto o non l'avete fatto? Oh merda, non gli avrai mica vomitato addosso, vero?».

Avevo scosso la testa.

«È andato fino in fondo?».

«Sì, se è per questo». Avevo fatto un bel respiro. «Ma *non volevo farlo*».

«Sì che volevi. Vi ho visti andare in camera insieme».

«Lo so, ma gli ho detto che non ero pronta. Ellie, io… Io gli ho detto di no. Gli ho detto di fermarsi».

L'avevo guardata nello specchio per vedere la sua reazione. La mano si era immobilizzata all'altezza della bocca solo per un paio di secondi.

«Mi hai sentita? Mi…».

«E qual è il problema?» aveva chiesto, voltandosi a guardarmi e richiudendo rossetto.

«Che significa?».

«L'hai fatto con il tuo ragazzo, tutto qua. La prima volta fa un po' male. Ma dopo è meglio. Io lo so, l'ho fatto quattro volte».

«Ma io non volevo farlo».

«Ah, sì? E quindi? Mi stai dicendo che ti ha violentata?».

«Non lo so…».

«Holly, Dean Jones è *figo*. Può avere tutte quelle che vuole. Non ha bisogno di stuprare nessuno. Se ti stai pentendo di avergliela data, fattene una ragione. Prima o poi doveva succedere».

«Ellie!».

«Cosa? Che ti aspettavi che dicessi?». Sembrava arrabbiata. «Sei solo ubriaca».

Aveva girato i tacchi e stava per uscire.

«Ah, e vedi di non vomitarmi sul tappeto, va bene?» aveva aggiunto sulla soglia. «Sennò mia madre mi uccide».

«Alex è il mio unico, vero amico» dico a Kev.

«Sì, be', quello farebbe qualsiasi cosa per te».

«Lo so. Per questo devo vederlo. Devo dirgli cosa provo».

«Come sarebbe a dire?».

Ero uscita dal bagno e, barcollando, ero scesa di sotto, ignorando tutti e uscendo senza salutare nessuno.

Dovevo andare a casa mia. Come sempre, avevo digitato il numero di Alex (con il cellulare che papà aveva comprato a mamma la settimana prima e che lei mi aveva regalato, dichiarando sdegnosamente che non le serviva perché tanto non sarebbe andata da nessuna parte). Il pensiero di vedere Alex era stato come un raggio di luce in un grande, grosso, enorme buco pieno di merda.

Volevo vederlo così tanto che provavo quasi dolore fisico.

Si prende cura di me. Mi fa ridere. Mi fa sentire al sicuro e felice. Per questo lo amo.

Io amo Alex.

Lo amo da stare male.

Perché non glielo dico e basta, invece di giocare con questi idioti? Quando sono a scuola si comportano come se fossero un gruppo di amiconi, ma si insultano a morte alle spalle e si scopano il fidanzato o la fidanzata a vicenda.

Alex è l'unica persona di cui mi fidi, e l'unico che conti davvero per me. Devo vederlo adesso.

Il telefono aveva squillato. Nessuna risposta. Dài, Al, rispondi, avevo pregato in silenzio. Avevo riattaccato e riprovato subito.

Ancora nessuna risposta.

Avevo gli occhi pieni di lacrime per la frustrazione. Prima mi aveva sempre risposto. Una volta mi aveva detto che, se sapeva che ero fuori, teneva il telefono vicino all'orecchio per sentire una mia eventuale chiamata anche se dormiva.

Kev! Avevo immaginato che potessero essere insieme. Per fortuna, anche Kev si era appena fatto regalare il cellulare. Avevo cercato il numero in rubrica e l'avevo chiamato.

«Pronto» aveva risposto una voce assonnata.

«Ehi, ciao, sono Holly».

«Holly?». Era sorpreso. «Che succede?».

«Alex è con te?».

«Ah ah» aveva risposto quasi allegro. «No, temo di no».

«Oh, merda». Mi si era rotta la voce. «Ho davvero bisogno di lui, Kev».

«C'è qualche problema? Sei ubriaca?».

«No, non è quello» avevo singhiozzato al telefono. «È successa una cosa e… Ho bisogno di Alex».

«Cristo, Holly. Dove sei?».

«Sono appena andata via da casa di Ellie. Sono all'angolo della sua via. Ma non posso tornare dentro e… Mi serve Alex».

«Senti, resta dove sei, vengo a prenderti. So dove abita Ellie, arrivo tra dieci minuti al massimo».

«Devo dirgli cosa provo» ripeto.

«Sei ubriaca». Kev scuote la testa. «E sei sottosopra per quello che è successo».

«Non sono ubriaca, ho vomitato tutto, fino all'ultima goccia. E non sono mai stata così lucida. Non c'è nessun altro con cui vorrei passare il tempo, o che vorrei vedere sempre, o a cui direi tutto. E provo queste cose da una vita».

«Allora perché esci con Dean?».

Faccio una smorfia a sentire il suo nome.

La verità è che mi ha fatta sentire speciale. Come dice

Ellie, avrebbe potuto avere chiunque e aveva scelto me. Mi sono sentita fortunata.

«Pensavo fosse figo» mormoro con voce rauca. Mi stringo nelle spalle, mi vergogno di me.

Kev scuote la testa e guarda fuori dal finestrino.

«Ti prego, non dire niente ad Alex» lo imploro. «Devo dirglielo io, a modo mio. Kev? Per favore, promettimi che non parlerai mai ad Alex di questa conversazione».

«Perché non vuoi che glielo dica?» chiede, tornando a guardarmi. «Sarebbe meno imbarazzante per tutti e due. Poi, se a quel punto vorrà chiamarti per confessarti che la cosa è reciproca, potrà farlo, ma se non ricambia…».

Kev non termina la frase, ma quelle parole non dette restano a galleggiare nell'aria. Sa che Alex non è interessato? Vuole evitarmi una figuraccia?

«Grazie, Kev,» dico, più sicura di quanto sia in realtà «ma vorrei parlargli di persona».

«Come vuoi» conclude burbero mentre accende il motore. «Ma non provare a richiamarlo stanotte, perché se ricambia i tuoi sentimenti e tu domani ti svegli e ti rendi conto di aver cambiato idea, gli spezzerai il cuore».

«D'accordo» dico, rilassandomi contro lo schienale e chiudendo gli occhi. «Lo prometto. Ma non cambierò idea».

«Vedremo». Stringe le labbra, dubbioso. «Ti porto a casa».

Quando mi sveglio, mi sento diversa.

Non diversa come credevo, lo ammetto. Niente del genere sprizzo di gioia, non sto più nella pelle o vedo il mondo con occhi nuovi.

Ma so cosa devo fare.

Capitolo 37

ALEX

Settembre 2010

Sono in attesa sul binario alla stazione di Mothston. Il bar non ha ancora aperto e il chiosco dei biglietti ha le serrande abbassate. Per circa dieci minuti sono completamente solo, solo con le parole di Kev di ieri sera.

All'inizio ero arrabbiato. Come ha potuto tenermi all'oscuro per tutti questi anni? Ma poi, tentando senza successo di addormentarmi sul suo divano, ho capito che aveva soltanto tenuto fede alla richiesta di Holly. La testa di cazzo sono io, che non ci sono stato per lei proprio quando aveva più bisogno di me. Io e quella merda di Dean Jones. Vengo sopraffatto da una rabbia cieca quando ripenso a cosa le ha fatto. Per forza non è più tornata a Mothston, per forza la Holly adulta che ho incontrato quando mi sono trasferito a Londra non era più la ragazza spensierata che conoscevo dai tempi della scuola.

Dopo una decina di minuti di attesa solitaria, un piccione obeso atterra goffamente sul cemento e un ricordo ormai sbiadito torna di colpo a farsi vivido: io che aspetto di incontrare Fiona la Vegetariana, proprio qui alla stazione, qualche mese fa.

Mi ricordo un particolare che avevo notato allora e vado verso la stazione. Non so perché, ma è importante. Appena sono dentro, alzo lo sguardo verso il soffitto di vetro e l'universo di cacche di piccione che avevo visto nove mesi prima non c'è più. Me ne sto lì a osservare il cielo attraverso il soffitto, ripensando al giorno in cui Holly era venuta a trovarmi prima di partire per l'università, a come avevo buttato via la possibilità di stare con lei.

A York salgo su un treno per King's Cross e trovo un posto in un vagone isolato. La stanchezza mi striscia lungo le braccia e le gambe mentre il treno attraversa le campagne. Dopo la fermata di Doncaster vado in bagno, mi sciacquo il viso e mi esamino la pelle bagnata allo specchio. Come sarebbe stata la mia vita, adesso, se avessi saputo subito che cosa provava Holly? Se non avessi seguito il consiglio di Kev di "assentarmi" e non avessi ignorato il telefono che squillava, quella notte? Adesso Holly e io saremmo come Rothers e Meg, ancora insieme e scandalosamente felici? Avremmo una sfilza di piccoli Alex e Holly?

Ormai non importa. Tutto questo è il passato e oggi si decide il mio futuro. Il nostro futuro.

All'inizio sarà un po' confusa, ma dalla mia espressione capirà perché sono lì. E se così non fosse, glielo dirò senza giri di parole: "Ti amo, Holly Gordon". Ci stringeremo forte, sulla porta di casa sua, poi entreremo e parleremo, e mi scuserò per tutto, per aver tentato di farla ingelosire con Jane quando era venuta a dirmi cosa provava, per non averla ascoltata quando ne aveva bisogno, e per aver ripetuto gli stessi errori una settimana fa. Costruisco un monologo nella mia mente, cambiando, cancellando e ricominciando mentre i verdi e i marrone della campagna mi sfrecciano accanto oltre il finestrino.

Non sono sicuro di quanto tempo sia passato, quando una mano sulla spalla mi fa sobbalzare. Apro gli occhi e capisco di essermi addormentato. Il treno è fermo e l'unica persona rimasta sulla carrozza è un uomo secco come una matita, con un'uniforme blu. Leggo la targhetta e scopro che è Michael, il capotreno.

«Siamo arrivati» mi dice Michael, indicando con il mento la stazione di King's Cross.

Mi scuso e prendo la borsa, poi mi stropiccio gli occhi e scendo. È relativamente presto, ma qui a Londra c'è sempre un sacco di gente in giro, anche di sabato mattina. Nessuno sa chi io sia o cosa stia per fare. Salgo sulla Northern Line e una parte di me vorrebbe disperatamente incrociare lo sguardo di qualcuno, parlarci, confidarsi. Ma non succede. Non siamo a Mothston. Le cose sono diverse, qui.

La metro che corre in superficie mi porta fino a Blackheath, dove passo la carta Oyster ai tornelli ed esco dalla stazione. È una bella zona, un paesino all'interno di Londra, con un parco enorme al centro che non la rende opprimente come il resto della città. Capisco perché a Holly piaccia vivere qui.

Vedo la bancarella di un fioraio sul marciapiede. Agisco d'istinto e gli allungo 10 sterline, poi riprendo a camminare con un mazzo di girasoli in mano e il cuore a mille. Faccio un respiro profondo mentre aspetto di attraversare la strada, ripetendo tra me quello che mi ha detto Kev ieri sera. Holly mi ama. Mi ha sempre amato. Ma non mi rende meno nervoso.

Di solito, i giorni in cui la vita cambia passano inosservati. Te ne accorgi solo dopo. Come quella volta al Lion, quando papà mi aveva detto che stava comprando una barca, o quando Holly era venuta a trovarmi prima di partire per Londra. Ora, però, so con certezza che il giorno che sto vivendo cambierà la mia vita per sempre.

Lascio passare un taxi nero e attraverso la strada, sbucando in Montpellier Road. La via dove abita Holly. Alla mia destra c'è un albergo con alcune lettere mancanti nell'insegna. "Clarend n Ho el". Direi che è perfetto. Io sono qui per trovare le mie lettere mancanti.

Mi tremano le mani mentre cammino sul vialetto che porta all'appartamento di Holly. Mi fermo per un secondo, faccio un altro bel respiro e suono il campanello. Ormai non si torna più indietro.

Il calore del sole mattutino sulla schiena mi ricorda che all'inverno mancano ancora un paio di mesi. Anche se fa più caldo di ieri, batto i denti e ho la mente vuota. Non riesco a pensare lucidamente. All'improvviso so che non sarò in grado di ripetere le frasi che mi sono preparato durante il viaggio, ma anche se ho il cuore a mille e mi tremano le mani e batto i denti e sudo come un maiale, non importa. So che andrà tutto bene.

Sento dei passi e una mano sulla porta. Sollevo i girasoli, pronto a darglieli nel caso non trovi le parole giuste. Non sono mai stato tanto nervoso in tutta la mia vita, anche se si tratta di Holly. La splendida, gentile, bellissima, spensierata H...

La porta si apre. Non è Holly.

Di fronte a me c'è un uomo con un gilet sopra la camicia. Come me, appare confuso. Ci fissiamo per qualche istante.

«Alex...».

«Signor Gordon...».

Mi accorgo che mi tende la mano da quando ha aperto la porta. Gliela stringo debolmente, sbirciando alle sue spalle per vedere se c'è Holly.

«È bello vederti, Alex, ma se cerchi Holly l'hai mancata per un pelo». La signora Gordon arriva alla porta con il mascara sbaffato attorno agli occhi. Il marito le mette un braccio intorno alle spalle. «Se n'è andata su un taxi nero qualche minuto fa» spiega. «Anche noi ce andremo a momenti, se riusciamo a infilare Harold nella gabbietta».

Non capisco cosa stia succedendo e chiedo soltanto: «Dove la portate?».

La signora Gordon prende a singhiozzare e nasconde la faccia sulla spalla del marito.

«Holly non ti ha detto che sarebbe partita?» dice il signor Gordon.

All'improvviso, l'eccitazione e l'ansia che provo da ieri sera cedono il posto al panico totale. Non mi è neanche passato per la mente che potesse partire così presto.

«Quale aeroporto?» chiedo, facendo un passo indietro.

Non sono neanche sicuro di aver ringraziato il signor Gordon per l'aiuto. Sono di nuovo su Montpellier Road alla ricerca di un taxi che mi porti a Heathrow. Quando uno finalmente accosta e mi siedo dietro, ringrazio il cielo dentro di me.

«Che terminal, amico?».

L'autista abbassa il volume della radio, fa partire il tassametro e dà gas, ancora in prima. Dopo qualche secondo, mi guarda dallo specchietto, in attesa di una risposta. Mi spunta un sorriso sulle labbra al pensiero di quanto è ridicola tutta questa situazione: la mia vita è diventata una commedia romantica.

«Glielo so dire tra un po'».

Dovrò chiamare Holly per chiederle da quale terminal parte, e anche se è più "commedia" che "romantica", non mi importa. Le dirò che sto andando all'aeroporto e che le spiegherò tutto una volta arrivato.

Prendo il cellulare con mano tremante e mi concentro. Seleziono il suo nome e per un secolo non sento alcun rumore, mentre i satelliti fanno il loro dovere. Il tassista cambia marcia e il motore si rilassa. Il cuore mi martella nel petto. Finalmente parte la chiamata.

«*Il cliente da lei chiamato non è al momento raggiungibile, la invitiamo a riprovare più tardi*».

Il tassista guarda più volte prima la strada, e poi lo specchietto.

«Va in qualche bel posto?» chiede, e gli sono grato per questa distrazione, perché l'eccitazione e l'ansia mi stanno divorando di nuovo.

«In realtà, devo incontrare una persona» rispondo rimettendomi il telefono in tasca.

«La signora, eh?».

Sorrido all'idea. «Non ancora, ma sono fiducioso».

Imbocchiamo un ponte che attraversa le acque grigie del Tamigi. Alla nostra destra c'è il Palazzo di Westminster. Superato il ponte, svoltiamo a sinistra verso South Kensington.

«Immagino» riprende l'autista «che la ragazza valga un po' di fatica, eh?».

Ripenso agli ultimi cinque mesi, alle nostre mani che si toccano nel pub, a lei che canta nel parco, al suo piede che scivola sul divano. Ma non faccio in tempo a rispondere.

«La mia ex moglie no, invece» dice il tassista, che usa la lingua per togliersi un pezzo di cibo dagli incisivi. «Una volta le ho sentito addosso odore di dopobarba e sa cosa mi ha detto? Che aveva fatto un salto in profumeria!».

Cerco di fingere un moderato interesse mentre ricordo la sensazione che ho provato quando, finalmente, ci siamo baciati. Riprovo a chiamare.

«Ha capito? Ha provato a farmi credere che voleva comprarmi un dopobarba nuovo! Sarebbe stata la prima volta in vent'anni!».

«*Il cliente da lei chiamato non è al momento raggiungibile, la invitiamo a riprovare più tardi*».

«Come dico sempre, meglio senza». Il tassista accelera sulla rampa e si immette nella superstrada, ma non abbiamo neanche preso velocità che dobbiamo rallentare. «Sa qual è la differenza più grande tra l'uomo e la donna?». Il taxi è fermo e l'autista mi guarda fisso dallo specchietto.

«Perché siamo fermi?».

«Asciugamani piegati». I suoi occhi riflessi inchiodano i miei, ansiosi di cogliere un minimo di interesse. «Le donne vogliono che tutti gli asciugamani della casa siano ben piegati, e agli uomini non potrebbe fregare di meno».

Immagino di vivere con Holly. Probabilmente, sarei io a lamentarmi degli asciugamani non piegati.

Tiro fuori di nuovo il telefono dalla tasca e le mando un messaggio.

«C'è sempre così tanto traffico?».

«Sono sorpreso che non ne abbia parlato nei moduli per il divorzio: stress da asciugamani non piegati».

Mi costringo a rilassarmi.

«Ci sarà stato un incidente? Altrimenti perché sarebbe tutto bloccato di sabato mattina?».

Risatina. «Lei non è di queste parti, vero?».

Guardo il cielo, dove un cumulonembo scuro si sta avvicinando come un bulletto nel cortile della scuola. Passano quindici minuti e ancora nessuna risposta da Holly.

«Qual è la stazione dei treni più vicina?» dico, preoccupato che lei sia già al check-in.

«Southall, credo». Il tassista tira su con il naso e indica una fila di querce che delimitano la superstrada. «Circa un miglio e mezzo in linea d'aria. Ma lei cammina, non vola, perciò dovrà arrivare alla prossima uscita e poi tornare indietro. Le ci vorranno più o meno quarantacinque minuti».

Quarantacinque minuti per raggiungere la stazione, un po' meno se ci vado di corsa, poi altri quindici di treno, se è in orario. Ma non so neanche a che terminal devo andare. Perché non mi risponde? Anche se non mi volesse vedere, risponderebbe per dirmi di non andare. Decido di restare sul taxi, sperando che anche Holly sia bloccata nell'ingorgo.

Chiudo gli occhi e mi copro il viso con le mani, stabilendo di non rialzare lo sguardo finché la macchina non ricomincerà a muoversi. Dopo un po', mi sembra di sentire le notizie sul traffico alla radio.

«Alzi il volume, per favore» dico aprendo gli occhi.

Il tassista alza. Parlano di un autocarro che ha perso il carico. Verdure congelate sparpagliate sulla carreggiata in entrambi i sensi di marcia. La polizia spera di ripristinare la viabilità in un'ora circa. Soffoco un grido di frustrazione e scendo dal taxi per osservare la coda di veicoli fermi fino alla linea dell'orizzonte. Esamino i colori e le forme delle auto immobili nelle tre corsie, ma non vedo da nessuna parte un altro taxi nero.

Nel cielo alla mia destra scorgo un aereo che decolla. Sparisce dietro un edificio e ricompare un secondo dopo, seguito da una scia di fumo bianco. Da questa distanza, sembra in difficoltà.

Rifletto sul fatto che Heathrow è uno degli aeroporti più affollati del mondo, che dalle sue piste decollano ogni giorno centinaia di aerei, che le possibilità che Holly sia proprio su quello sono scarse, eppure ho la sensazione che quel pilota e il suo equipaggio si stiano portando via tra le nubi una parte di me: la speranza.

Mi viene una voglia irrefrenabile di rompere qualcosa, di dare sfogo alla rabbia per aver mandato tutto a puttane un'altra volta, e l'unica cosa che ho a portata di mano è il mazzo di girasoli. Quando ho finito di distruggerlo, mi butto in ginocchio e mi rendo conto che tutte le persone bloccate nel traffico stasera torneranno a casa e racconteranno a mogli e mariti del pazzo sulla superstrada che ha sfasciato sull'asfalto un mazzo di girasoli. Poi mi viene da piangere, perché nel frattempo io sarò da solo, mentre dovrei essere con Holly.

Cerco un'ultima, disperata volta di chiamarla, ma la stessa voce fredda e professionale mi conferma quello che già so: che la vita non è una commedia romantica, che ormai è troppo tardi e che è tutta colpa mia, e che questo non sarà il giorno in cui tutto cambierà.

SMS da Alex a Holly

`Sto venendo all'aeroporto. Ti amo e mi dispiace. Ti spiegherò tutto quando arrivo xx`

SMS da Alex a Holly

PS. a che terminal sei? xx

SMS da Alex a Holly

Traffico sulla superstrada. A che ore hai il volo? xx

Capitolo 38

HOLLY

Mi piacciono i bambini. Un sacco. Ma se la poppante seduta dietro di me continua a prendere a calci il mio sedile per tutto il volo, la vendo ai trafficanti di minori quando faremo scalo ad Abu Dhabi.

In realtà, dovrei approfittare di questa distrazione. Perché finché mi concentrerò sulla bambina non penserò al fatto che mi sono appena imbarcata su un volo da sola, senza piani concreti, e che resterò in viaggio per un periodo indeterminato.

«Signore e signori, è il comandante che vi parla. Vi prego di prestare attenzione mentre le assistenti di volo vi mostreranno le procedure di sicurezza. Questo aereo è fornito di sei uscite d'emergenza...».

Con gli occhi le cerco febbrilmente. Perché? Con la mente mi do un ceffone e con il corpo mi rilasso sul sedile. Io *voglio* partire.

Anche se mentre strappavo il piano di viaggio pensavo: "MA CHE CAVOLO STO FACENDO?", ho continuato fino a ridurlo in pezzi così piccoli che non era nemmeno pensabile rimetterli insieme.

Poi, avevo concluso la telefonata con Richard senza avergli detto categoricamente che fra noi era finita e senza sottolineare che il mio viaggio non era in discussione. Sarei potuta morire di vergogna.

Perché mai avevo valutato l'idea di scambiare la mia avventura intorno al mondo con una convivenza domestica? Solo perché il mio potenziale convivente aveva schioccato le dita?

Mi ero spaventata quando avevo capito quanto fossi diversa dalla ragazza che ero un tempo. Quando ero spontanea e prendevo le cose come venivano, la vita era divertente. Ma a un certo punto avevo sviluppato un bisogno irrazionale di assumere il controllo. E il peggio è che, se mi guardo indietro, capisco che non ho mai avuto meno controllo di adesso.

So che la mia ansia di fuggire da Mothston deriva in gran parte dalla serata con Dean Jones. Ma non incolpo lui. È solo colpa mia, che mi sono lasciata trascinare in quella situazione senza oppormi. Dean non avrebbe dovuto fare quello che ha fatto, ed Ellie non avrebbe dovuto farmi credere che fosse tutta colpa mia, ma non li ho mai odiati.

Lo ammetto, ho provato una punta di SODDISFAZIONE quando i miei mi hanno detto che Dean detesta il suo lavoro di piazzista telefonico di serre da giardino quasi quanto detesta la fidanzata disoccupata che gli si è parcheggiata in casa. E quando, un paio d'anni fa, la mamma ha incontrato la zia di Ellie, e ha saputo che le era stata diagnosticata un'incontinenza intestinale irreversibile, mi ha fatto un po' PIACERE pensare che, a volte, Ellie si caga addosso in pubblico.

Ma questo non è ODIO.

Io do la colpa a me stessa.

Per questo non sono dispiaciuta che Alex sia tornato nella mia vita, anche se mi ha ferita. Perché ha tirato fuori la persona che ero un tempo. E se ci penso, la vecchia Holly era una versione migliore.

Perciò so che sto facendo la cosa giusta, nel modo che ho sempre desiderato. Non ho mai voluto pianificare un itinerario, né fare avventure con una data di scadenza, che ti fanno incazzare quando finiscono. Andrò dove avrò voglia di andare e rimarrò finché mi diverto, partendo quando vorrò provare qualcosa di nuovo. E tornerò a casa quando mi sentirò pronta, che sia tra un mese, sei mesi o cinque anni.

Non mi precipiterò verso un'uscita di sicurezza prima del decollo perché la paura che provo è mitigata da qualcos'altro. Da una sensazione che non sentivo da tanto tempo. Eccitazione. Quella leggera insicurezza che compare quando non sai cosa ti aspetta. L'eccitazione che avevo sperimentato da bambina quando ero andata in Spagna con i miei, senza sapere cosa avrei visto, dove avrei dormito e chi avrei incontrato. O quando avevo spedito i moduli d'iscrizione per varie università, sapendo che avrei dovuto vivere in un posto nuovo, insieme a persone sconosciute e avrei fatto cose che non avevo mai fatto prima, ignorando dove, con chi e cosa.

Ho prenotato le prime tre notti in un ostello di Bangkok e ho una vaga idea di trascorrere il Natale in Australia con Jess, la mia compagna di università. Per il resto... CHI LO SA?

Mi rilasso e chiudo gli occhi, sorridendo tra me, finché un colpo sordo sul poggiatesta non mi catapulta in avanti. Sospiro rassegnata.

Mi volto e guardo la mamma della bambina con aria leggermente irritata, poi mi risistemo sul sedile.

E che cavolo!

«Signore e signori, siamo pronti al decollo. Se non l'avete già fatto, vi preghiamo di sistemare il bagaglio a mano sotto il sedile del passeggero davanti a voi, oppure nelle cappelliere sopra la vostra testa. Vi preghiamo di sedervi e allacciare le cinture».

Bene, Holly. Il tuo sogno si sta avverando.

Mi allaccio la cintura e chiudo ancora gli occhi, ripensando a quello che mi ha detto poco fa il tassista che mi ha accompagnata.

«Il problema del mondo» aveva asserito con enfasi, guardandomi dallo specchietto retrovisore «è che tutti hanno fretta di arrivare da qualche parte e si dimenticano di godersi il tragitto».

Sono quasi sicura che stesse parlando del traffico: per venirmi a prendere si era imbattuto in un grosso incidente che aveva bloccato l'altro senso di marcia e sembrava che la superstrada fosse tutta un clacson e grida di rabbia.

Ma è anche una metafora per indicare la vita, giusto? Com'è quella massima da intellettualoidi che dicono sempre tutti? "La vita è ciò che ci passa davanti mentre siamo impegnati a fare altro", o qualcosa del genere. È il problema delle massime: hanno sempre un fondo di verità.

Comunque, per fortuna il tassista sapeva dell'incidente. Avrei potuto essere ancora sul taxi, bloccata, se non avesse preso una strada alternativa. Invece, mi trovo a pochi minuti da un nuovo inizio.

«Signore e signori, tra pochi istanti inizieremo le manovre per il decollo. Vi chiediamo di assicurarvi che la tendina del vostro oblò sia sollevata e che il tavolino di fronte a voi sia chiuso. Vi preghiamo di spegnere tutti gli apparecchi elettronici, compresi computer portatili e telefoni cellulari».

Io sono un bel pezzo avanti, comandante. Ho il telefono spento da quando sono uscita di casa. Ho trascorso tutta la notte a parlare al cellulare, promettendo che sarei stata attenta (a Leah), che mi sarei strafatta in una cittadina hippy australiana di nome Nimbin (a Susie) e che avrei inoltrato comunicazione relativa a qualsiasi uomo avessi conosciuto/baciato/visto nudo (a Jemma). Nulla da Alex. Mi ero chiesta se fosse il caso di chiamarlo, per dirgli addio. E l'avevo quasi fatto, avevo il dito sul tasto di chiamata. Poi, però, erano arrivati i miei e mi ero dedicata a loro, promettendo di comprare una cintura portavalori (a papà) e assicurando che avrei smesso di vivere «nel cazzo di Medioevo» e che mi sarei aperta una pagina Facebook, per aggiornare il mio status e mettere qualche foto (alla mamma, che pare abbia addirittura diciannove amici).

Ho scelto di non chiamare Alex, oggi, perché dovevo guardare avanti, non indietro. E non sopportavo l'istinto di controllare di continuo il telefono per vedere se aveva chiamato. E ci restavo pure male se non c'erano notifiche. Perciò ho deciso di spegnere tutto appena salita sul taxi.

Mi era sembrata una scelta significativa, ma ora mi pare solo un po' stupida. Forse dovrei controllare adesso? Un'ultima possibilità?

Guardo la hostess che compie gli ultimi controlli. Sta cercando di spingere un cappotto di lana in una cappelliera strapiena a qualche metro da me, perciò tiro fuori il BlackBerry dalla borsa e lo accendo. Pochi secondi dopo, inizia a vibrare e mi arriva la notifica di sei chiamate perse e tre messaggi. Caspita!

La prima chiamata è di Richard. Oddio, ho scordato di richiamarlo. Sono una persona orribile. No, in realtà no. Vediamo se gli piace giocare al suo stesso gioco. Per mesi sono rimasta in attesa che si degnasse di concedermi un segno di affetto, addirittura onorata che avesse scelto di darlo a me. Per poco ieri non mi facevo risucchiare di nuovo in questa situazione. Ma come ho fatto? Gli ero così schifosamente grata per avermi detto che mi ama e che vuole vivere con me, da aver quasi dimenticato che non voglio né il suo ridicolo, narcisistico amore con riserva, né vivere in quel luccicante e ordinario covo per scapoli.

"E io neanche" aveva concordato Harold quando gliel'avevo comunicato. Non avevo avuto il coraggio di dirle che, molto probabilmente, non sarebbe potuta venire in ogni caso.

Le altre cinque chiamate sono di… Alex.

Trattengo il fiato e apro i messaggi.

Alex.

Alex.

Alex.

«Siamo pronti al decollo. Chiediamo all'equipaggio di prendere posto, decolleremo tra pochi istanti».

Che cosa vuole? Dopo una settimana di silenzio completo decide che ha bisogno di contattarmi poche ore prima che io lasci il Paese? Una settimana in cui ho sperato tutto il tempo che chiamasse? Una settimana in cui ho cercato di capire cosa gli avrei detto se mi avesse telefonato?

Apro il primo messaggio e il cuore salta un battito. Il fastidio per il suo pessimo tempismo si trasforma in qualcos'altro. Qualcosa che non so descrivere.

Apro il secondo messaggio. Mi batte il cuore come se avessi buttato giù tre stimolanti e un paio di Red Bull.

«Mi scusi, la borsa deve stare sotto il sedile davanti a lei» dice la hostess, comparsa all'improvviso accanto a me. Sobbalzo. «E *quello* lo deve spegnere subito».

Apro il terzo messaggio e fisso lo schermo.

«C'è qualche problema?» dice la hostess con impazienza. Il suo tono mi riporta alla realtà e scuoto la testa.

«No» sussurro, spegnendo il telefono e infilandolo nella tasca del sedile di fronte con mani tremanti.

La hostess mi guarda in faccia, che sono quasi certa sia ormai incolore.

«Si sente bene?» chiede con un tono più gentile e l'aria preoccupata.

«Sì» mormoro, mentre nella mia testa rielaboro quelle due paroline che mi ha scritto Alex. Le due paroline che aspetto di sentire da lui fin da quel piovoso giorno di settembre, undici anni fa. «Sto bene» dico costringendomi a sorridere. «Grazie».

Lei annuisce, poi prosegue lungo il corridoio per completare gli ultimi controlli, prima di tornare a sedersi e allacciarsi la cintura.

Sto davvero bene, realizzo mentre l'aereo inizia a muoversi sobbalzando lungo la pista.

Mentre si solleva da terra e sale verso le nuvole, capisco che mi sento diversa. Ma sto bene.

Capitolo 39

ALEX

Ottobre 2011

Tiro fuori il libro dalla borsa e lo tengo alto per mostrarlo alla classe.

«Chi mi sa dire di cosa parla *Romeo e Giulietta*?».

Bhumi Khan si stringe il blazer al petto e alza la mano. Altri tre o quattro la imitano.

«Non l'ho visto» risponde Gareth Stones, cui appartiene una delle braccia alzate. È tutto abbandonato sulla sedia, il corpo quasi parallelo al pavimento.

Lo ignoro. «Bhumi?».

«È una storia d'amore, giusto?» risponde. «Con DiCaprio e la Danes che ci danno dentro».

Stacey Bamber la guarda come se avesse appena scorreggiato. «Sia la Danes che DiCaprio muoiono, stupida. Parla di come non sempre si ottiene ciò che si vuole».

Poi annuisce, soddisfatta del suo intervento.

«Avete ragione entrambe» riconosco. «È una storia d'amore e una tragedia, ma in sostanza è la storia tra due famiglie rivali. I Montecchi e i Capuleti».

Gareth si risveglia per un secondo, ma subito si ricorda di essere del tutto disinteressato alla questione. E mi va benissimo. Holly aveva ragione: mi stavo concentrando sulla metà sbagliata della classe. Gareth non leggerà mai Shakespeare. La mia strategia è cercare di mantenere viva l'attenzione degli altri, quanti più possibile, facendo sì che considerino importante il mio programma. Se riesco a interessarli, Gareth non avrà un pubblico ricettivo per le sue bambinate. Dirò questo al colloquio della prossima settimana.

Faccio circolare alcune copie della tragedia. Gareth ha una domanda.

«Sì, Gareth?».

«È vero che il professor Rodgers si scopa la Pritchard?».

Bhumi trasale e si copre la bocca con la mano. Qualche risatina, ma quasi tutti restano rapiti, in attesa della mia risposta.

«Gareth, sarò felice di discutere con te di scopate quando avrai imparato qualcosa sull'argomento».

Gareth diventa tutto rosso tra le risate sguaiate dei compagni. Non sembra in grado di replicare e temo di essermi spinto un po' oltre. E se si lamenta con Cotton? In quel caso, non mi promuoverà mai a coordinatore del Dipartimento di Letteratura.

Guardo l'orologio sopra la porta. Cinque minuti alla fine della lezione. Penso di nuovo a cosa mi aspetta, quando d'un tratto Gareth si raddrizza sulla sedia.

«Allora possiamo discuterne anche subito,» ribatte grattandosi l'avambraccio «visto che mi sono scopato tua madre».

In classe cala un silenzio pesante, interrotto solo dal sibilo del vento autunnale che soffia tra le alte conifere accanto alla palestra. Non ho ancora pensato a una risposta, quando Kenny si alza in piedi, lentamente ma con decisione, e si avvicina a Gareth. Capisco subito di dover intervenire, ma è come se fossi in un sogno, dove sta succedendo qualcosa di terribile e io non posso muovermi.

Gareth si ritrae strusciando le gambe della sedia sul pavimento. Il resto della classe guarda Kenny e Gareth, poi me, poi Kenny e Gareth, come se stessero assistendo a una partita di tennis.

Mi alzo anch'io dietro la scrivania. «Siediti, Kenny».

Come se non mi avesse sentito, Kenny afferra Gareth per il bavero della camicia prima che possa mettermi tra di loro. Gareth è immobile, terrorizzato, anche se Kenny è quindici centimetri buoni più basso di lui. È stato dichiarato innocente al processo per l'accoltellamento, ma un mese di carcere minorile gli ha garantito la reputazione di uno con cui è meglio non scherzare troppo.

Tira Gareth verso di sé.

«Non scherzo, testa di cazzo, è meglio se eviti di parlare delle madri degli altri» lo minaccia. A quel punto, arrivo e lo afferro per le spalle.

Ma non servo più. Sembra che abbia detto quello che voleva dire e se ne torna a sedere, mentre il resto della classe guarda Gareth. Lui scrolla le spalle per dimostrare che l'episodio non gli ha fatto né caldo né freddo, ma la sua faccia lo tradisce. È pallido come un fantasma.

«Possiamo finire prima, oggi». Mi prendo qualche secondo per calmarmi e pensare a cosa fare. «Kenny, resta qui un minuto, per favore».

La classe si alza al rallentatore. L'abituale fuggi fuggi del venerdì pomeriggio oggi è una camminata lenta e incredula. Le ragazze si sussurrano all'orecchio, i ragazzi si coprono la bocca con il colletto per nascondere i sorrisetti e le risatine. Bhumi è l'ultima a uscire, Kenny e io restiamo da soli.

«Perché non c'è anche Gareth? Perché punisce solo me?».

Sono seduto alla scrivania, mi copro il viso con le mani per un attimo. In un giorno qualsiasi sarei in grado di riflettere con lucidità. Ricontrollo l'orologio e so che le prossime ore mi sembreranno un'eternità.

Espiro pesantemente. «Non voglio punirti, Kenny».

«Allora perché sono qui?».

«Perché voglio assicurarmi che la cosa finisca qui. Qualcosa mi dice che tu e Gareth, là fuori in corridoio, non vi sareste stretti la mano. Voglio solo che resti qui finché non se ne sarà andato. Ho da fare, se non ti va di parlare non dobbiamo neanche farlo».

Fingo di dare i voti ad alcuni compiti a caso e dopo una decina di minuti di silenzio lascio Kenny libero di andare e lo seguo nel corridoio, ora deserto. Mi saluta con un cenno del capo quando ci separiamo, e nel gesto non c'è niente di sottinteso, nessuna malizia, insoddisfazione o risentimento. Lo considero un bel progresso.

Arrivo con un'ora di anticipo, ma sono troppo nervoso per sedermi, perciò mi posiziono a metà della barriera, da dove potrò vederla arrivare. Mi guardo e mi vergogno di come sono vestito. Questi scarponi sembrano canoe e hanno l'aria troppo nuova. Mi guarderà e riderà del mio tentativo di darmi un tono, oppure inorridirà all'idea che mi sia conciato così in previsione di un appuntamento galante. Cerco senza successo di nascondere le scarpe dietro la barriera.

Ho bisogno di distrarmi. Prendo il telefono dalla tasca.

«Pensavo che dovessi incontrare Holly» risponde Kev.

«Sono in anticipo di un'ora».

Kev grugnisce. «Non mi sorprende, cazzone».

«Il fatto è che...» esito. «Holly non sa che sono qui ad aspettarla».

HOLLY

Allungo braccia e gambe il più possibile senza sbattere sul sedile davanti o sul tettuccio dell'aereo. Devo essermi appisolata. Sono quasi le quattro del mattino, stando al mio orologio, ancora settato sull'orario di Melbourne.

«Che oe ono a onda?» dico mentre sbadiglio.

«Eh?» mi fa Ryan togliendosi una cuffietta.

«Che ore sono a Londra?» ripeto.

«Circa le sei del pomeriggio, credo».

«Pazzesco».

Mi annoio e sto troppo scomoda per dormire, perciò tiro fuori il bagaglio a mano da sotto il sedile davanti e rovescio sul tavolinetto tutto quello che ho comprato in aeroporto.

Infilo la mano nella tutina da neonato a forma di koala e uso le dita per muovere le minuscole scarpine abbinate sul tavolino di Ryan.

«Buongiorno, papà» dico con voce da bambina.

Ryan ride e prende la tutina, guardandola pensieroso mentre si morde il labbro.

«Non ci posso credere che tra sei mesi sarò padre» ammette alla fine, sospirando. «E che mi sto trasferendo a Londra. E che dovrò bere birra calda, d'ora in avanti».

«Fattene una ragione, bello» gli dico, strappandogli di mano la tutina e infilandola in borsa. «E comunque la storia della birra calda è una leggenda inventata da voi australiani».

Stiamo seduti in silenzio per qualche minuto. Mi appoggio al finestrino e osservo le nuvole. È strano pensare che rimetterò piede sul suolo inglese tra meno di un'ora. Gli ultimi dodici mesi e qualcosa sono volati. Prima di partire, un anno si sarebbe trascinato all'infinito. Questo, invece, è passato in un attimo. Quando ripenso alla partenza da Londra, mi sembra una vita fa. Sono successe tante cose. Nella mia vita sono entrate persone che sembra ci siano sempre state.

«Sei triste?» chiede Ryan, quasi leggendomi nel pensiero.

Lo sono? Penso alle avventure che ho vissuto. Alle cose che ho visto. Alle bevute e al sole che mi ha accarezzato la pelle. Poi penso a casa. Ai miei genitori. E ai miei amici. E ad Harold, che ha risposto alla mia cartolina dicendo che era più felice che mai e che adesso la chiamano Harry. Ripenso ai pic-nic estivi a Blackheath Common e ai pub con i caminetti accesi nelle serate invernali.

«No» rispondo sorridendo dubbiosa. «Mi sono goduta ogni istante della mia esperienza e non cambierei nulla, ma sono contenta di tornare».

ALEX

«Non sa che sei lì?».

Non avevo comunicato a nessuno questo dettaglio, altrimenti mi avrebbero fatto dubitare ancora di più del mio gesto. Una parte di me sperava che Kev mi avrebbe rassicurato.

Mi guardo intorno. Sembra che mezza Londra stia aspettando qualcuno. Alla mia sinistra c'è un uomo alto con il pizzetto che indossa un completo nero, scarpe di vernice e un cappello da *chauffeur*. Alla mia destra c'è un tizio, probabilmente indiano, con pantaloni beige e camicia bianca a maniche corte. Cartelli scritti a mano mi informano che Kerrigan e Lovejoy sono attesi all'uscita, e valuto l'idea di lasciar perdere. Kerrigan e Lovejoy saranno accompagnati alle rispettive auto e arriveranno a casa, accolti dall'amore dei propri cari, che probabilmente hanno preparato un galletto al vino per festeggiare. Io che cosa farò? Le porterò la borsa e la guarderò con aria stolida, mentre cerca di capire che metro dobbiamo prendere. Non ho nemmeno i soldi per il taxi. Dovrei fermarmi a prelevare al bancomat. Proprio quello che uno si aspetta, dopo un viaggio di ventitré ore da Melbourne via Dubai.

Nell'e-mail, Holly mi ha scritto che avrebbe dormito sul divano di Leah e che sarebbe passata da me domani. Avrei dovuto avere pazienza.

«Sono sicuro che non le dispiacerà» mi rassicura Kev, poco convinto.

Un pensiero orribile mi attraversa la mente: e se avessi

frainteso tutto? È passato più di un anno da quando mi ha telefonato da un ostello di Bangkok e mi ha spiegato perché non aveva risposto ai miei messaggi e alle telefonate. Abbiamo aspettato undici anni, ha detto, e quella frase l'ho completata io, nella mia testa. Ci avevo letto troppo, avevo immaginato promesse che non mi aveva fatto?

Da allora, non abbiamo più parlato di noi. Mi ha chiamato un paio di volte, brandelli di conversazione ogni tanto, sempre interrotti da una batteria scarica o da qualche avventura che la aspettava. Con una manciata di e-mail mi ha messo al corrente dei suoi viaggi: è andata a nuotare a Bondi Beach, ha bucato una gomma nell'interno e ha dovuto dormire in macchina, ha preso lezioni di cucina a casa di qualcuno a Chiang Mai, ha assistito agli orrori di un *ping pong show* che un tassista di Bangkok aveva consigliato a lei e ad altre ragazze del suo ostello. Dubito che abbia condiviso tutto questo solo con ragazze conosciute lì. Deve per forza aver incontrato un uomo. Forse il mio anno di castità è stato inutile, e forse aveva stabilito di vedermi domani per darmi la notizia con tatto?

«Tu che stai facendo?» chiedo per distrarmi.

«Sto togliendo la carta da parati dalla stanza degli ospiti. Questo, signori, è il mio venerdì sera».

«Dov'è Diane?».

«Al piano di sotto, a guardare la TV. Vomita tutto il giorno, come una bulimica».

«Bello».

«All'inizio controllavo l'orologio in attesa che arrivasse il pomeriggio, pensando che dopo pranzo sarebbe andata meglio, ma ho scoperto che il nome è una fregatura. Altro che nausea mattutina: dovevano chiamarla nausea mattutina, pomeridiana e anche notturna. Il dottore dice che può durare fino a sedici settimane».

So che abbiamo l'età in cui tutti fanno bambini, ma ancora non riesco ad abituarmi all'idea di Kev padre. Intendiamoci, sono convinto che sarà un ottimo papà: a Torvill, Dean, Reggie e Ronnie non manca nulla. È solo che ho sempre pensato che sarei stato io il primo. Dentro di me, a essere onesti, mi consideravo superiore a lui, come in *Uomini e topi*, io ero George e lui Lennie. Lo so che è assurdo. E invece mi ha umiliato su tutti i fronti, tagliando per primo ogni traguardo significativo della vita di un uomo: bacio con la lingua, perdita della verginità, trovare lavoro, comprare casa.

«Fammi tornare al lavoro, amico».

«Verrò a trovarvi presto».

«Sarebbe bello».

Mi rimetto il telefono in tasca e inizio a osservare ogni viso che esce dall'area Arrivi. Sono sempre più ansioso, man mano che i passeggeri vanno e vengono con trolley, zaini e buste di plastica piene di souvenir. La folla attorno a me si dirada. Kerrigan e Lovejoy sono stati accompagnati alle loro auto. Controllo le e-mail sul cellulare per l'ennesima volta. Ha detto venerdì, non c'è dubbio. Mi fa male la pancia per il nervosismo e anche per un accenno di sfiducia. Inizio a prepararmi alla delusione.

HOLLY

«Se entro cinque minuti non arriva il bagaglio, mi addormento in piedi» gemo. Sento le palpebre abbassarsi al ritmo ipnotico del nastro trasportatore.

«Se entro cinque minuti non arriva il bagaglio, mi metto a urlare» ribatte Ryan mentre appare la stessa valigia arancione che ha già fatto quattro giri.

«Se entro cinque minuti non arriva il bagaglio, io mi ammazzo».

«Se entro cinque minuti...».

«Ecco il mio!» interrompo, avvistando lo zaino.

«Forza, veloce!».

«Era ora» esclamo, mettendomelo sulle spalle. «Dài un abbraccio a Jess da parte mia, eh? Dille che mi manca e che dobbiamo vederci un sacco, ora che siamo tutti qui. Specialmente dopo che il bimbo sarà nato».

Jess aveva conosciuto Ryan lavorando in un bar di Melbourne e aveva rotto con lui senza troppa convinzione quando le era scaduto il visto ed era stata costretta a tornare a casa. Poi, quando gli aveva telefonato un mese dopo, comunicandogli di essere incinta, lui era saltato sul mio volo per raggiungerla. La mia vecchia amica dell'università e io ci siamo riavvicinate molto da quando ho trascorso il Natale da lei a Melbourne, e sono diventata anche molto amica di Ryan.

«Grazie. Spero che il tuo figlioccio apprezzi la tuta da koala. Quando lo incontrerai?».

«Domani, credo» dico emozionata, sistemandomi le cinghie dello zaino. «Stanotte dormo da Leah e Rob, ma immagino che saranno già a letto quando arriverò».

Ci sorridiamo per un secondo, poi ci separiamo con il nostro saluto (pugno contro pugno, "Boom!" e rumore di missile) e mi incammino verso l'uscita.

«Ce la posso fare, ora che ho trent'anni?» mi volto per chiedergli.

«Non potrai mai farcela, Hol. Ora vattene. Detesto i saluti sdolcinati».

ALEX

E poi, tra un branco di studenti, eccola lì, e sebbene l'abbia aspettata per un'ora – per un anno – riesce a cogliermi di sorpresa. Mi viene voglia di urlare il suo nome, come

Rocky con Adriana. Finché non vedo un uomo che le cammina accanto.

Biondo, muscoloso, in canottiera. Quasi certamente australiano. All'improvviso, sono colto da puro terrore. Dopo un paio di secondi, però, lui prende un'altra direzione e il sollievo mi pervade.

La guardo. I suoi capelli, legati in una coda che esplode in mille direzioni diverse. Il suo viso, lentigginoso e più giovane di quando l'ho vista l'ultima volta, dodici mesi fa. I suoi vestiti: jeans strappati al ginocchio, Converse e una T-shirt color mostarda che risale appena sopra la vita e lascia scoperto un pezzo di pancia abbronzata.

È… la donna più bella che abbia mai visto.

L'uomo è sparito ma, anche se Holly guarda verso di me, sembra non vedermi, perché distoglie lo sguardo e continua a camminare. Un passo, due passi, tre passi, poi i suoi occhi di nuovo su di me, la confusione sul viso, che presto cede il posto a qualcos'altro: felicità. Cambia direzione, accelera il passo e si ferma a un paio di metri da me. Per un paio di secondi restiamo lì impalati e ci sorridiamo, senza parlare.

«Finalmente ce l'hai fatta a superare l'ingorgo».

Ridacchia della sua battuta; apro le braccia per accoglierla, il cuore a mille.

«Sì. Ci ho messo un anno».

Lo zaino mi rende impossibile abbracciarla come si deve, ma non voglio lasciarla. Alla fine è lei che si stacca.

Tranquillizzato dal calore con cui mi ha accolto, indico lo zaino. «Te lo porto io».

Holly fa una smorfia di rifiuto. Ci guardiamo dalla testa ai piedi e per un secondo non siamo sicuri di cosa fare, finché lei non allunga la mano sinistra e dice: «Forza, abbiamo aspettato abbastanza. Prendiamo la metro».

Le prendo la mano, e stavolta lei non la lascia andare.

RINGRAZIAMENTI

Laura e Jimmy
Grazie di cuore alla nostra agente Lizzy Kremer per i pareri brillanti e brutalmente onesti, che ci hanno aiutato a rendere il libro quello che è. Siamo estremamente grati anche a tutto lo staff della Transworld, in particolare alla nostra editor Harriet (a parte la discussione sui funghi nelle lasagne), a September e al suo predecessore Mads per le geniali idee pubblicitarie, e a Lisa per la bellissima copertina dell'edizione originale. Siamo molto grati anche ai nostri amici comuni, che abbiamo esasperato parlando in continuazione del libro.

Laura
Ci vorrebbero un sacco di pagine per elencare tutti gli amici che mi hanno ispirata, aiutata e supportata durante la stesura del libro. Perciò mi limiterò a menzionare Gemma Fensome, Emma Baird e James Gill, che hanno dovuto vivere o lavorare con me in questa fase, e sono stati ottimi tifosi e fonte costante di risate. Gratitudine illimitata va a mamma, papà, Susanna e David per avermi fatta crescere circondata da amore, incoraggiamento e allegria.

Jimmy
Ringrazio James Osborne per i consigli sull'insegnamento e Keren David, Lee MacDougall, Grace King e Molly Kat per i suggerimenti e l'incoraggiamento. Un enorme grazie a mamma e Mike per il supporto costante in tutti questi anni.

UNA CHIACCHIERATA CON LAURA E JIMMY

Ci sono molte coppie brillanti nel mondo della commedia inglese: Stanlio e Ollio, The Two Ronnies, French and Saunders, Mitchell and Webb… Adesso, Jimmy e Laura entrano di diritto tra i grandi. Ci abbiamo fatto una chiacchierata, e il risultato è stato esilarante e spaventoso quasi in egual misura…

Come vi siete conosciuti?

Laura Tait: Frequentavamo lo stesso corso di giornalismo all'università. Un giorno, poco tempo dopo l'inizio delle lezioni, con un gruppo di compagni abbiamo saltato un corso per andare al pub.

Jimmy Rice: Qualcuno ha proposto di giocare a biliardo e io ero in squadra con Laura. È stata la prima volta che abbiamo parlato.

Qual è stata la prima impressione che avete avuto l'uno dell'altra?

LT: Che fosse un asso a biliardo e un tipo molto competitivo. Avevo la sensazione che se avessimo perso per colpa mia non l'avrebbe presa bene. Per fortuna, abbiamo vinto.

JR: Durante la partita si scolava di continuo shot di After Shock, perciò mi sono chiesto quanto ci tenesse a vincere. A parte questo, ho notato che rideva molto.

Chi è il più responsabile, tra voi due?

LT: Io.

JR: Io.

LT: Non è vero. Vogliamo parlare di quella volta che hai

preso un gatto con l'artrite al gattile solo per fare colpo su una ragazza?

JR: E allora, quella volta che hai lasciato il passaporto su un aereo in Croazia?

LT: E quando hai strappato l'ultima pagina del libro che un nostro amico stava leggendo?

JR: E quando siamo stati in Portogallo e non hai potuto usare il beauty case per una settimana perché ti eri scordata la combinazione?

N.B. Stanno ancora discutendo sulla questione.

Chi ha pensato alla storia?

LT: Una buona pianificazione è fondamentale, a maggior ragione se si scrive a quattro mani, perché dobbiamo sapere esattamente cosa succede nei capitoli dell'altro. Perciò prima di cominciare abbiamo discusso un sacco. Siamo partiti dall'idea generale: il tema e la trama. Poi abbiamo approfondito: chi sono i personaggi e cosa succede. Solo dopo aver stilato un piano dettagliato e biografie accurate per ogni personaggio abbiamo iniziato a scrivere.

JR: Le cose cambiano in corso d'opera. In quel caso, uno dei due chiamava l'altro e diceva: «Ehi, so che doveva andare così, ma se invece scrivo questo ti incasino?». E l'altro: «Ovviamente sì, ma hai ragione, è meglio come proponi tu. Cambio io».

Quando scrivete, qual è la vostra giornata tipo?

JR: Sono piuttosto disciplinato. Metto la sveglia alle 8 e dopo un buon tè scrivo fino al tardo pomeriggio, alla scrivania oppure in un bar. Cerco di riservare un po' di tempo libero il pomeriggio per sedermi davanti a un block notes e farmi venire altre idee.

LT: Anch'io ho la sveglia alle 8. Ma la spengo. Alla fine mi alzo e mi metto davanti al computer. Poi faccio colazione. Poi capisco che non posso lavorare in una casa sporca e la pulisco da cima a fondo. Poi arriva l'ora di pranzo. Nel pomeriggio di solito rispondo a qualche e-mail e mi ricordo che devo ordinare urgentemente qualcosa on-line, tipo una cornice per un poster che mi hanno regalato tre Natali prima. Poi, dopo cena, mi metto sotto e scrivo e basta. E sto ancora scrivendo quando sorge di nuovo il sole.

Come conciliate la scrittura con il vostro lavoro principale?

LT: Io di lavoro scrivo e faccio editing, quindi l'ultima cosa che voglio fare quando torno a casa la sera è scrivere ancora. Di solito, lo faccio nel fine settimana o nei giorni liberi. Ma sfrutto i pomeriggi per pensare ai nuovi capitoli e buttare giù qualche idea, o per leggere quello che ha scritto Jimmy.

JR: Quando lavoravo a tempo pieno approfittavo del fatto che in ufficio nessuno poteva vedere lo schermo del mio computer. Ora sono free lance e dedico quattro o cinque giorni a settimana alla scrittura.

Davvero siete sempre stati solo amici? E avete avuto difficoltà a scrivere le parti romantiche?

LT: Davvero. Usciamo ancora con gli amici più stretti dell'università e andiamo in vacanza tutti insieme, quindi prima di cominciare a scrivere non abbiamo mai passato molto tempo da soli. Siamo intimi, ma solo come amici. Non ho mai trovato imbarazzante scrivere le parti romantiche, ma sono le scene su cui abbiamo dovuto lavorare di più, quindi forse sono difficili a livello inconscio.

JR: La nostra agente ci ha consigliato di fingere di aver fatto sesso, per migliorare le scene romantiche. Anche se entrambi abbiamo risposto alla sua e-mail, tra noi non ne abbiamo più parlato.

LT: Il bello delle e-mail è che l'altro non vede quanto stai ridendo.

Quanto pensate di conoscervi?

LT: Molto bene. Siamo amici da undici anni, ma ci siamo conosciuti molto meglio da quando abbiamo iniziato a scrivere insieme. Credo che la scrittura a quattro mani funzioni solo se si riesce a capire come pensa l'altra persona, cosa trova divertente e come reagirebbe in certe situazioni.

JR: E quale tè preferisce.

Chi è il più divertente?

LT: Jimmy mi fa ridere un sacco, è incredibilmente intuitivo. Allo stesso tempo, non ha il filtro su cosa sia educato o appropriato dire, perciò se ne esce con frasi che tutti condividono ma nessuno direbbe mai.

JR: I capitoli di Laura sono più divertenti dei miei. Fa ridere anche nella vita vera, spesso senza volerlo. Le succedono cose che non potrebbero accadere a nessun altro. Come quella volta che per sbaglio ha sparso l'intero contenuto della borsetta su un'autostrada a tre corsie.

Come il giorno e la notte (in senso buono)

Bevanda preferita?

LT: Mojito. Ghiaccio tritato, un sacco di menta.

JR: Tè. Forte, con mezzo cucchiaino di zucchero.

Lavoro dei sogni?

LT: Protagonista di un musical di Broadway. Ma non so cantare. Pare che conti.

JR: Attaccante per il Liverpool. Una volta ho giocato ad Anfield a una partita di lavoro e ho pure segnato. Ed era tutto ripreso. Giuro che non ho costretto il cameraman a correggere il mio gol e a pubblicarlo su YouTube!

Libro che state leggendo?
LT: *Funhouse* di Diane Hoh. Ho appena comprato una collana di libri dell'orrore su eBay. Quando mi beccano a leggerne uno, fingo che sia "per lavoro".
JR: *Tempi difficili*, di Dickens.

Cibo preferito?
LT: Qualsiasi cosa, ma soprattutto pesce o frutti di mare. Adoro il sushi.
JR: Qualsiasi cosa tranne il pesce. Solo l'odore mi fa venire la nausea.

Serata perfetta a casa?
LT: Amici, vino rosso, giochi da tavolo, dischi, un tagliere di formaggio.
JR: Da solo alla scrivania con un computer e le parole che scorrono fluide sulla pagina.

Vip più bizzarro di cui vi siete invaghiti?
LT: David Bowie re dei Goblin in *Labyrinth*.
JR: Lo sapevo che l'avrebbe detto! Io, invece, ho dovuto pensarci a lungo e ho consultato perfino il mio coinquilino. Ora posso rispondere: Karren Brady.

Finito di stampare
nel mese di giugno 2014
presso PuntoWeb Srl - Ariccia (RM)